智慧熊
SMART BEAR

阅读强 | 少年强 | 中国强

红色经典阅读丛书

雁翎队的故事

徐光耀小说集

徐光耀 著

海口·南方出版社

图书在版编目（CIP）数据

雁翎队的故事：徐光耀小说集/徐光耀著.—海口：南方出版社，2021.5
（红色经典阅读丛书）
ISBN 978-7-5501-6833-6

Ⅰ.①雁… Ⅱ.①徐… Ⅲ.①中篇小说—小说集—中国—当代②短篇小说—小说集—中国—当代 Ⅳ.①I247.7

中国版本图书馆CIP数据核字（2021）第065181号

雁翎队的故事：徐光耀小说集
YANLINGDUI DE GUSHI: XU GUANGYAO XIAOSHUOJI

徐光耀　著

责任编辑：杨玉亮
出版发行：南方出版社
社　　址：海南省海口市和平大道70号
邮政编码：570208
电　　话：（0898）66160822
传　　真：（0898）66160830
印　　刷：三河市延风印装有限公司
开　　本：710mm×1000mm　1/16
印　　张：15
字　　数：207千字
版　　次：2021年5月第1版
印　　次：2021年5月第1次印刷
定　　价：29.80元

编委会

总主编 朱永新　　**总策划** 闻　钟

专家审定委员会

王本华　教育部统编本中学语文教科书执行主编
张圣洁　河北省社科院语言文学研究所前所长、研究员
高红樱　天津财经大学新闻与文化传播学院（筹）院长、教授
邓玉环　华南师范大学副教授、硕士生导师
张立克　东北大学副教授、硕士生导师
郎　镝　吉林省教育学院中学语文教研员，吉林大学文化理论研究所研究员
余秋妹　江西奉新冯川三小校长、高级教师，"赣教云"红色课程主讲人

参编人员

李　超　　郭　壮　　刘　勇　　陈　敏　　刘亚飞　　张丽颖
陈璐璟　　胡伟叶　　郭春燕　　李珊珊　　荆　杰　　李立强

走进红色经典

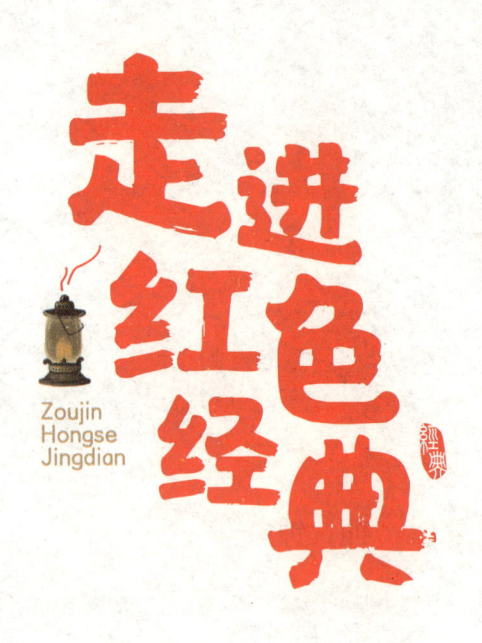

抗日战争时期,在冀中地区的白洋淀里,活跃着一支神出鬼没的武装队伍。他们时而隐没在大片的芦苇丛中,时而又化装成老百姓出现,趁敌人不备,夺物资、端岗楼,常令敌人咬牙切齿却又无可奈何。这支队伍就是以几杆土枪打掉日军两艘汽艇的游击队伍——雁翎队。

雁翎队的事迹是整个冀中地区军民顽强反击日本侵略者的缩影。"五一大扫荡"时期,日军疯狂进攻冀中地区的抗日根据地,在这片辽阔的土地上,八路军与人民群众英勇抗敌的故事纷纷上演,唱响了时代的英雄赞歌。

《雁翎队的故事:徐光耀小说集》是徐光耀小说的汇编集,收录了包括《雁翎队的故事》《小兵张嘎》在内的10篇抗战小说,以及1篇讲述村庄建设的小说《故乡明月》。

徐光耀是一名出生在冀中、奋战在冀中的八路军老战士。1938年春,八路军某部队来到了河北省雄县段岗村驻扎,其中的一个班住进了徐光耀家里。这一年,徐光耀13岁。部队欢乐又热烈的气氛深深吸引了年少的徐光耀,他不顾父亲的强烈反对,毅然决然地参了军。跟随部队,徐光耀体会到了战争的残酷与艰辛:三餐没有着落,长时间不休息地徒步行军,敌人不分昼夜地围追堵截……为了将那些与战友们同生共死的艰苦岁月记录下来，徐光耀动了写作的念头。从几百字的战地通讯，到几千字的报告文学，再到以万字计的短篇、中篇、长篇小说，徐光耀写作的字数越来越多，创作的质量也越来越高，大量优秀的文学作品在他的手中诞生了。

有自身的经历做支撑，徐光耀在作品中展现的战争情节都格外真实，如《小兵张嘎》中的三场主要战斗"挑帘战""埋伏战""地道战"就将战场的紧张刺激展现得淋漓尽致，读来让人有身临其境之感。另外，徐光耀在作品中还塑造了许多饱满的人物形象：鬼头鬼脑的小侦察员张嘎、足智多谋的雁翎队队员、英勇冷静的交通站同志"望日莲"、勇敢顽强的进步女青年秀燕儿……这些形形色色的人物，将那个历史时期人民群众在挣扎、斗争过程中所表现出来的机智和不屈的品质生动形象地展现了出来。《雁翎队的故事：徐光耀小说集》虽脱胎于战争，但作者并未用大量笔墨来描述战争，而是着重于人与人的交流和感情，展现严酷的战争环境下军民之间、普通民众之间的默契、团结、爱护和共同战胜侵略者的坚定决心。

"宁为战死鬼，不做亡国奴"，《雁翎队的故事：徐光耀小说集》将先辈们对祖国深沉而浓厚的热爱、面对侵略者时决不屈服的信仰，通过文字传达给了年青的我们。现在，让我们怀着敬仰之情翻开这本书，去了解中华民族的血泪历史，去感受浩气长存的爱国精神。

Ruhe Yuedu
Hongse Jingdian

如何阅读红色经典

阅读策略 ① / ②

作为一部小说类文学作品,《雁翎队的故事：徐光耀小说集》主要讲述了抗日战争时期，冀中革命根据地军民勇敢抗击日本侵略者的故事，传达了不屈不挠、勇于抗争的伟大精神。要掌握这部作品的内涵，可以围绕小说的三要素——环境、情节、人物展开思考，并采用以下几种策略进行阅读。

（1）结合环境，感受故事氛围。小说中的故事环境包括自然环境与社会环境，读懂小说中的环境描写，是我们理解故事的重要方式。如《小兵张嘎》中张嘎进城时的自然环境明艳活泼，"淀边上，大多是稻子和苎麻，绿叶儿映着清水，蛤蟆和蜻蜓在上下逗闹"；社会环境却阴森恐怖，"每隔不远，还墩着些蘑菇头炮楼，半腰里尽是幽黑的枪眼，仿佛在远远地瞪着他"。再结合"五一大扫荡"时"无村不戴孝，户户闻哭声"的历史背景，我们不仅可以感受到侵略者给冀中地区人民带来的苦难，还可以感受到张嘎面对敌人时的紧张心情。

（2）快速通读，厘清故事情节。在通读时，要尽量做到快速阅读，有意识地抓取关键信息，如故事主题、故事线索等，阅读完一篇小说后应能叙述故事的大致内容。以《前前后后》为例，小说的开头"我久久不能忘记这件事，更不能忘记这个人"说明故事是围绕某个人物展开的；后文则交代了这个人物是"当尖兵的那个胖小伙"吕建华，故事的主题就是他带领二班将同志们护送到平原上；围绕这一主题，故事发展到高潮——吕建华背着小赵跑了六七里地，在即将支撑不住时看见了大部队；最后，故事以小赵早已断气、吕建华吐出一口鲜血结束。

（3）批注精读，分析人物形象。在阅读时，我们要注意圈画出作者对人物外貌、语言、动作、心理等的刻画，在一旁做出批注，以此分析人物形象。以《秀燕儿》为例，作者描写主人公秀燕儿的外貌是"明眉大眼，剪着短头发，蓝布大褂，脖子里一条白毛巾"，俨然一个利落、活泼的进步青年；描写秀燕儿学习时是"纳着鞋底也念字，端着饭碗也念字"，直观地表现了她对知识的渴望；描写秀燕儿骂包办婚姻的媒婆李二婶时是"什么东西！就知道拿人家闺女换豆腐丸子吃，嗓子眼儿里怎么不长疔"，使我们充分感受到她对封建势力的痛恨。由此可以得知，秀燕儿是一个勤奋努力、不甘被压迫的新时代女性。

（4）回顾总结，学习红色精神。在阅读了一篇故事后，我们要对环境描写、故事情节、人物形象等信息进行回顾，结合自己对整个故事的感受，总结故事所表达的红色精神。通过阅读《雁翎队的故事：徐光耀小说集》，我们能够真切地体会到中国军民在物质条件极其艰苦的情况下坚持斗争的不易，感受到中国共产党与人民群众反击侵略者的坚定决心。我们应牢记革命先辈的理想信念，牢记那段屈辱的历史，砥砺自己奋发图强、不断前行。

阅读规划 ① / ②

本书共收录11篇徐光耀的小说作品，建议用2周的时间完成整本书的通读，再用1周时间进行精读，具体规划如下：

(1) 通读阶段

时间安排	通读篇目	通读方法
第1周	《小兵张嘎》及附录、《雁翎队的故事》《弟弟》	快速阅读，圈画关键词，掌握大致内容
第2周	《前前后后》《秀燕儿》《齐又昌》《故乡明月》《望日莲》《"心理学家"的失算》《二龙堂看"戏"》《双玉潭》	

在通读全书时，完成以下任务：

①圈点勾画。根据自己的阅读习惯，圈画文章中的关键字词、好词佳句、精彩情节等，在感兴趣的地方记录自己的感想。

②注解旁批。在阅读过程中，遇到不懂的知识，查阅资料后批注在文章相应位置。

③内容总结。每读完一个故事，能够叙述主要情节，绘制简单的思维导图。

(2) 精读阶段

在精读阶段，可以挑选自己感兴趣的篇目，深入阅读思考。示例如下：

时间安排	精读篇目	精读建议
第3周	《小兵张嘎》	仔细阅读张嘎经历的几场战斗，分析这几场战斗在张嘎个人成长方面的作用
	《雁翎队的故事》	找出文章中关于人物语言、动作、心理等的描写，总结雁翎队队员们的人物形象

在精读时，将重点放在理解文章结构和思想内涵上，着重感受文章表达出的思想感情，体会其中蕴含的爱国主义精神。精读完成后，可以从故事情节、人物形象、红色精神等不同角度出发写一写自己的心得体会。

作者序 ZUOZHE XU

我不是诗人，几乎没有发表过诗，但不是没有写过诗。

人们说青春就是诗。我的青春是在战争中度过的，当然有过澎湃的心潮、美妙的憧憬、海阔天空的幻想、激剧的灵魂搏斗……那都是诗。不同的是，那个时代更多的是铁和血的诗。

一九四四年元月二日，约在凌晨三时，宁晋县大队从邸亮庄出发，在肃杀的冷风中悄然行进。忽地阵云四合，下起雪来。不一刻，天地浑茫，大地皆白。我们目的未达，照旧踏着乱琼碎玉前进。然而，雪又猛然下小了，有即停之势。在我们队伍后面，银白千里，却留着一条鲜明幽邃的小径。这痕迹是很危险的，四围碉堡如林，天一亮，敌人武装便会跟踪追来，当时的冀中根据地，绝对优势还握在敌人手中啊！怎么办？

立地研究的办法是：分散前进。百多个战士分为四队，各自舍弃道路，漫洼里四散而行，破晓前齐集五烈霍庄，先踏乱全村脚迹，而后选地扎营。在越野跋涉中，因天明在即，大家急急兜着圈子，终于四队复合，先后入庄。到"做贼"似的偷越垣墙，轻敲窗棂叫起"房东"来的时候，人人都外披冰甲，内渥汗水，筋疲力尽了。然而，淆乱了敌人耳目，保证了自己安全，且又快乐地过了个"大年初二"，人们洋溢着胜利的欢欣。临到天黑，再次踏上行军之路时，我便作了一首小诗，记述这段经历：

　　　　鸡鸣夜半第一声，雪地行军显路径。
　　　　漫散集村天将晓，越墙窗下叫房东。

把这样的二十八个字叫作诗,今天看来,当然可笑,不讲它的平仄韵律不合格,便是语言、形象也很平庸。但它是我心中的诗。它发源于生活,反映着斗争,含蕴着我所难忘的意境。其时,正是敌后抗日根据地经受最残酷考验的年代(极困难的一九四三年刚刚结束啊)!天天转移,夜夜行军,"扫荡"和"清剿"是家常便饭,吃着饭,子弹便从窗外打来的情况,我经历过好几回。可是,大家不悲观,不丧气,同心同德,入死出生,把抛洒热血视为自然。我们照样过年、说笑、嬉戏,还搞些不露光、不出声的集体娱乐,谨慎小心地躲避着敌人的搜抄,把每次幸运的脱逃都当作胜利。正因如此,几十年来,我一直把这小诗珍藏在心头,陶醉在我自己才能体会的韵味中。

隔了几个月,在另一次夜行军中,与一位在剧社工作的同志走在一起,我附在他耳上,诈说有个他不认识的人,写了首诗,正在征求意见,现在念给他听听,看是怎样。大约我口风中流露了得意,刚刚念完,他就说:"这是你写的吧?"一句话揭了隐秘,使我半天说不出话来,虽在夜色中,我的脸红,也是人们能够猜到的。可我并不后悔,因为我的诗写的是战士,唱的是斗争。

一九四四年是环境逐渐好转的一年,夜行军时,悄悄话说得更多了。但斗争仍然惨烈,战斗还很频繁,倒在血泊中的同志并不见减少;油印小报上,悼念烈士的文章时有刊登。生不见抗战胜利,死后能在小报上留名,便是人们的一种愿望。平时较接近的几个人,便在说悄悄话时互相约定:不论谁先死,后死的一定要为他写悼文。八路军不贪财,不要官,背着一身虱子死在战场上,生者表一表对他心灵品德的敬仰,寄托一点儿同志间的哀思,这是大家都乐于承担的——然而,死者已矣,我却幸存下来。长年累月,时日消流,背着一身债的感觉始终如芒在背,长眠地下的人虽不能向我要了,可还是不行,良心哪里容我安静啊!

在朝鲜战场采访的时候,碰到过一位副教导员,我请他谈谈自己营里的英雄,他叹一口气说:"唉,英雄嘛,都打掉了。"我听了,只感到酸楚、辛辣和深深的惭愧!是的,死过多少好同志啊!常常眼睛一闭,就能看到:李文忠,英俊活泼,意想恢宏,十八岁就当了指导员,跟他的战士们相比,他是小弟弟，专爱跑到上级机关去"调皮"，可战士们尊敬他像父亲；就在他率队冲锋的时候，一颗子弹飞来，倒尽他满腔热血。邵先，白面书生，近视眼，做宣传工作，我听过他的文化课，讲地球是圆的，可拿不出证据来，憋得满头大汗；他牺牲在"五一大扫荡"中。宋谦，一个小摄影干事，二十岁刚出头，长得文雅秀气，笑起来特别甜；他结婚很早，妻子是个分区一级的劳动模范，我们羡慕他，又拿他取笑，他总是拿两个笑窝回答我们，可我从来没见他回过家；我懂得的一点儿摄影术，还是他教的呢；本来已经熬过了抗战的这个"小宋"，解放战争中却受伤被俘，他当面大骂敌人，被国民党装入麻袋，沉进了大清河……

这样的单子开起来很长，让人受不住，心上会崩开口子。还有更多的人，我根本叫不出他们的姓名，又如何开得出？比如，赵县前大章战斗中的那位班长，他突然向掩在墙角后面的我招手说："你瞧，敌人就藏在那儿……"我刚刚扒住他的肩头探看，一颗子弹打进他的额角，仰栽在我的怀里。比如，定兴攻城时候的南关，半夜背下一个伤员来，同我挨挤着睡在一个土坡上，睡到天明，没有气息了，令我惊诧的是：半夜之久，竟没有听见他呻吟过一声半下……

五星红旗仍在高高飘扬，上面就飞着这些人的鲜血。见了这面旗，我便充满无限的恋情和崇敬，因为上面有无数的精灵在歌唱。呵，他们，我决不会忘记他们的！欢乐的时候，苦痛的时候，忧伤的时候，我都会想到他们！他们生是战士，死是强者。他们始终在激励我，教育我，警醒我，他们的尸骨占据着我的心灵，他们的精神滚动在我的血液中。在心中有诗、要写点儿什么的时候，怎么会不献给他们呢？

就是一九四四年的那个时候，就是写那首不像样的小诗的时候，我已经在学着写作了。小诗并不表明我的才能，只表明我的情感和兴趣。情感、兴趣和斗争结合，鼓起我执笔的勇气。在墙报上，在日记里，在通信中，甚至在家书里面，我开始用文字歌唱那些生者和死者。我写新闻、报道、通讯，也发表悼文。尽管文化程度很低，修养极差，简直不懂得什么叫文学，但我不能也不敢不写。我要写我心中的诗，死去的，力求使他们活过来（可我的笔是多么笨拙，多么力不从心啊）；活着的，我知道他们冒过死，没有害怕过死，若碰巧一颗子弹打上头，他们便也死去多时了。就是今天才死，我也应该给他们写悼文，让人们知道，他们曾为祖国，为人民，为阶级的事业，为共产主义理想，是没有怕苦、怕难、怕死过的！我要不遗余力地宣扬他们，宣扬一辈子！只有对那些的确变坏的人，变得丧失党性的良知，成了蛀虫或官僚，变成骑在人民头上的尊神和作威作福的人，我才不去理睬他们！——不，我还要批评或者揭露他们！

徐光耀

一九八一年二月

目录

• MULU •

小兵张嘎 / 001

  附录　我并不是"小兵张嘎" / 083

雁翎队的故事 / 088

弟　弟 / 100

前前后后 / 114

秀燕儿 / 122

齐又昌 / 137

故乡明月 / 150

望日莲 / 165

"心理学家"的失算 / 183

二龙堂看"戏" / 198

双玉潭 / 208

名家解读 / 218
知识考点 / 224

导读 Daodu

抗日战争时期，冀中地区的白洋淀里有一个名叫张嘎的男孩儿，他敬佩村里的八路军战士们，渴望和他们一样上前线抗击侵略者。一次意外使张嘎如愿走上了参军的道路，在严酷的战争环境下，张嘎得到了锻炼和成长，成了一名合格的小战士。

小兵张嘎

一

在冀中平原的白洋淀边上，有个小水庄子。这庄子有个古怪的名字，叫作鬼不灵。在抗日战争年间，就在这个庄子上，一个有趣的故事开头了。

单说这鬼不灵西北角上，有一户小小人家，一带短墙围起个小院，坐北朝南两间草房。栅栏门朝西开，左右栽着四棵杨柳树。从门往西五十步光景，便是白洋淀的一个浅湾，一片葱茏茂密的芦苇，直从那碧琉璃似的淀水里蔓延到岸上来。风儿一吹，芦苇起伏摇荡，发出一阵沙沙的喧笑声。啊，若不是苇塘尽头矗立着一个鬼子的岗楼，若不是从那儿凛凛然逼来一股肃杀之气，单看小院这一角，可不是一幅美妙秀丽的田园画儿吗？

可惜当时正是抗日战争最残酷的一九四三年。日本鬼子对冀中人民发动的"五一大扫荡"，过去也就是一年光景，人们已从"无村不戴孝，户户闻哭声"的年月，转入"出门必过路，夜观岗楼灯"的阶段了。各村庄已大体编就保甲①，向据点一天一度地派着"联络员"。共产党的武装和党政工作人员，都已转入隐蔽斗争，只在日落天黑时，才三五不等地搞些艰难而秘密的工作。敌寇则依靠他三里②一堡、五里一碉的据点林，配上封锁沟和汽车路织成的网，仍在进行着频繁的"清剿"，气焰十分嚣张。

且说那个小院的房间里，这时正靠窗坐着一位老奶奶。她头发花白，脊背佝偻，披着一件掩襟的褂子，盘腿卧脚地在抽针引线，缝补着一只张了鲇鱼嘴的夹鞋。她瞪着一双老眼，眉头上攒起两个疙瘩，豆粒大的汗珠儿，就在那皱纹重叠的额上排起队来。天是闷热的，可是，她一点儿都不觉得，像是一颗心化在那只鞋上了。

呱唧、呱唧、呱唧……由远而近传来一路子急跑声。老奶奶吃了一惊，一针扎在手上。只见单布门帘往里一鼓，从底下冒出个孩子的头来："奶奶，奶奶！一条长虫③转砖堆，转了砖堆钻砖堆。——你说说，你说得上来吗？"

真叫人哭笑不得。老奶奶一面瞪着他，一面揉着胸口，好半响，才喘口气说："小祖宗，你把奶奶给吓杀了；越说不叫你跑，怎么更跑欢了？"一句话提醒了那个小家伙，身子往下一蹲，脑袋歪在炕沿上，恍若犯了大错似的，眯嘻嘻嘻地笑了起来。在那月牙儿似的一对小眼里，两道挺逗人的光芒闪跳着。

这就是老奶奶心上的红灯，眼里的明珠，她的全部希望和宝贝，她的孙子——张嘎子。眼下，他的年纪才只十三岁。

老奶奶没有儿，儿子在事变那年给鬼子打死了；张嘎子没有妈，妈在他五岁那年病死了。老奶奶只有这个孙子，孙子也只有这个老奶奶。老奶奶已是近七十的年纪，就靠半坑苇子一双手，织些席，纺点儿线，把自己的残年当作一把土，一心只要培育这棵小苗苗长大。喜却喜这孩子不但吃

---

① 保甲：旧时户籍编制制度，若干户编作一甲，若干甲编作一保，甲设甲长，保设保长。
② 里：长度单位，1 里合 500 米。
③ 长虫：蛇。

得苦，耐得寒，而且伶俐懂事，性情活泼，生得来一副宽亮心肠，成日价除了帮着老奶奶刷锅洗碗，拾柴火，破眉子①，还蹦蹦跳跳，嘻嘻哈哈，伺候老奶奶开心逗乐。老奶奶纵有千种愁肠、万般苦闷，也给他闹散了，赶光了，直把个孤苦冷清的门户，翻作个火炉般温暖的小家庭。

当然，这大半说的是以前的情形。自从"五一大扫荡"那股子腥风血雨一来，家家户户屋翻宅乱，狗跳鸡飞，血跟着刀，刀又随着火，老奶奶带着小嘎子，东奔西逃，团团打转，直冒了三个死儿，才险险乎脱过这场大难。吓得老奶奶死去活来，终究得下一个气喘心跳的病根儿。

然而就在这场大风暴中，老奶奶却和八路军结下了生死之缘。一来是她老人家心肠火热，赤胆忠心；二来这两间小草房正处在村沿上，地方背，不惹眼，进出方便。于是就常有工作干部和伤病员来家里隐蔽。他们昼伏夜动，黑去黑来；来时吃喝住宿，去时一阵清风。虽有时连模样儿还未看清，一闪便又走了，可她单凭那颗受过万千折磨的心就能知道：这都是些世界上最好的人。他们为国为民流血牺牲，哪怕刀戳在胸口上，眉头也不曾皱过一皱。他们在敌人面前像一个铁人儿，可对她这个穷老婆子，却亲妈一样待承，生母一样伺候。有哪个风烛残年的孤苦老人，曾享有过骤然增添这么多孩子的欢乐啊！

张嘎子的乐趣，可比他奶奶的还要来得大。那日日夜夜从来过往的工作人员，个个是他的朋友，而又个个是英雄。谁能有这么多的英雄朋友，又能知道那么多的秘密呢？东庄上的岗楼给火烧了，谁知道是怎么烧的？西淀里的据点给摸进去了，谁知道是哪一部分？城里的汉奸半夜里丢了脑袋，谁干的？鬼子的小火轮儿在淀里沉了底，怎么打的？还有，娶媳妇的花轿忽然打了鬼子的伏击啦，算卦的先生砸了鬼子的汽船啦，用笤帚疙瘩就下了"白脖儿"②的枪啦……这一切谁能知道？可是，张嘎子知道！他整宿整夜地听着这些故事，那颗小小的心灵，曾有多少次飞进那战火纷飞的

---

① 破眉子：苇子破成细片长条，用来织席子的。
② 白脖儿：这一带人民对伪军的称呼。

雁翎队的故事 | YANLINGDUI DE GUSHI

战场上去啊！就这样，一批人来了，又一批人去了，张嘎子既有永远交不完的朋友，又有永远听不完的故事，这些故事又是那么的神奇惊险，趣味横生。他夜间把这些故事听完，白天就悄悄去转述给当村的小伙伴们。小伙伴们在他面前乐得跳脚，他的快乐也因此更加了十倍。以至使得他一天没有八路叔叔在家，便会失魂落魄，没法子排遣那空漠的日月了。

可是，有一桩事使张嘎子渐渐有些不大耐烦起来，这就是天天去村边上"放哨"。老奶奶当初派他这差事的时候，他可是欢蹦乱跳地挺欢迎，这是带有多么神秘意味的事情呀！试想，呱嗒呱嗒，一队鬼子直奔村子来了，他轻轻妙妙地往回一溜，一声"快着"，满屋子的八路叔叔转眼之间就踪迹全无。鬼子们搜了半天，还是个"大大的没有"。这真是多么值得自豪的事儿！——可是，长年累月放下去，满眼一总是那几个岗楼，一总是那两条汽车路，渐渐就看腻了。加以敌人虽来过几回，都因村里办公的支应得巧妙，始终不曾出过大岔大错，张嘎子就更加简慢了许多，常常大白天便钻到八路叔叔的住处去，一坐就是半天。本来老奶奶最怕无故担惊受怕，平时进进出出，除非真有敌情，是不许小嘎子慌慌张张乱跑的。今天，他因为刚学得一段绕口令，高兴得忘了老规矩，呱唧、呱唧地跑来了。

现在，老奶奶已经定住心跳，但仍是含怒地点他一指头道："准是又到老钟那儿去了。要误了听动静，看我不拧你的肉！你就疯吧！"

张嘎子不言声。他笑眯眯地站起来，腿往炕上一跪，只一滚，就滚到老奶奶跟前去了："奶奶，下回，我跟小猫似的，慢慢儿往里走，横是行了吧？"

老奶奶翻他一眼，故意忍住笑，不说话。

"嘿！奶奶！老钟叔敢情还没有娶媳妇呢，你快给他说一个吧，挑个俊的，啊！"

老奶奶忍不住，喷儿地乐了："你呀，就会耍贫嘴！我可告诉你，刚才队伍上有信儿说，老钟要见好，叫他早点儿回去，鬼子又快'清剿'了。还说鬼子常在傍黑[①]一下子包围村子，掏窝搜人。可你老是没事人儿似的。

[①] 傍黑：傍晚。

生是老钟把你惯坏了！"

张嘎子见奶奶已经消了气，一发把脑袋枕上她的腿去，仰交儿叼着她的大襟儿说："奶奶，'清剿'他'清剿'去！老钟叔说，咱地区队[①]正找肥肉吃呢，来了不揍他个死的！"说着，他的眼倏忽一转，"哎，说起打仗来了，奶奶，你叫我跟了老钟叔去吧，也好叫我亲眼看看打仗啊！啊？奶奶！"

老奶奶仿佛没听见。她望望天气，日影已经西斜，便盘起针线，推开小嘎子的脑袋，轻轻地揉着两只老眼。好久，才轻松地叹一口气道："唉，一天又快过去了。老天爷保佑……"她笑微微地瞅了小嘎子一眼，一边往炕下出溜，一边说："你倒再说说，什么转转堆，砖砖堆？……"

二

老奶奶摸索着做后晌[②]饭去了。一颗心总脱不开老钟叔的小嘎子，趁空又要溜……

老钟叔是地区队的侦察排长，名叫钟亮。因为腿上犯了关节炎，已经在老奶奶家住了五六天了。说是住在老奶奶家，其实不在一个院里。原来跟东邻隔着一道墙，还有个小杂院，里头三间正房，两间小南屋，靠西墙——就是跟老奶奶隔开的这道墙，还盘着个猪圈。那正房，本是韩家祠堂[③]；小南屋呢，老年间是韩家长工们睡觉的地方，后来韩家一败落，长工们都辞退了，韩家的后辈就把它垒起窗户，盛了烂草。到如今十多年不住人了，满院子尽是野草藤蒿，荒得仿佛一座古庙。可自打"五一大扫荡"起，这地方就又暗暗红火起来。凡是在老奶奶家落过脚的，都跟这儿的烂草就过伴儿。只为这地方偏僻背静，祠堂的大门又终年给一把铃铛大锁倒

[①] 地区队：在"五一大扫荡"之前，是相当于主力兵团与游击队之间的一种部队，通常活动在几个指定的县份之内。在主力外转后，它便接替了对敌武装斗争的主要任务。

[②] 后晌：方言，指晚上。

[③] 祠堂：在封建宗法制度下，同族的人共同祭祀祖先的房屋。

锁着，不论是敌人，还是一般群众，都没有对这儿生过疑心。一年多中，来往的人越来越多了，从不曾出过岔子。美中不足的是，这儿离淀水太近，水皮儿太浅，挖不得地洞，也就通不到村子中间的大地道去。然而，老钟养的是关节炎，喜欢干燥，也就不考虑地道那一层了；何况这地方本就是保险的呢！

这老钟本是个脾气随和，有小孩心性的人。虽然三十多岁了，可对唱小曲、破谜语、编快板、说笑话儿等，都有兴致，英雄故事又多，住的日子也长，跟小嘎子搅在一起，真是情投意合，转眼就是撕不开扯不断的朋友了。

现在，小嘎子打北屋出来，直奔了东墙根去。在那里，一排戳着十几个苇个子，好像贴墙立着的一扇大屏风。他走上前去，把第三个苇子轻轻挪开，一侧身，就从缝儿里钻进去了。然后又回身把苇个子原封摆好，猫着腰，在那苇与墙之间的小夹道中往前摸，不两步，就摸着一个三尺[①]来高的窟窿。钻过窟窿，再拨开一堆豆秸，恰好就是东院猪圈的炕上了。小嘎子喜滋滋地吐吐小舌头，跳出猪圈，轻悄悄去推南屋那块独扇的小门。

小门推开了，屋子里一片昏黑，只从窗户上的坯缝儿里漏进几道光来。老钟叔正坐在烂草上，"凿壁偷光"似的就着一道亮儿在弄一件什么东西。小嘎子近前一看，乐得跳起高儿来了。原来老钟叔削成了一把木头手枪。

"哎呀呀，叫我可怎么谢你吧？"小嘎子趴在老钟叔膀扇子上，一边摇晃着，伸手把"枪"抢了过来。啊，削得多么精巧呀！不只弹槽、护圈、枪柄削得毫厘不差，惟妙惟肖，单看那"枪筒"，竟是用一个铜子弹壳改成的，金光灿灿地装在上面，衬着柄上的片片鱼鳞，简直就是小巧玲珑的

[①] 尺：长度单位，1尺合1/3米。

小兵张嘎

"张嘴灯"①，装上子弹能打得响哩。小嘎子咂着小嘴儿，把枪像眼珠子一样捧在手里，喜得脸都红了起来。

"你当着这是给你的吗？"老钟叔故意慢吞吞地逗他说。

"不给我给谁？"

"给呀——给一个勇敢、聪明、坚决抗日的小英雄！"

"他是谁？他在哪儿？"

"你猜。"

小嘎子两个眼珠子骨碌一转，叫一声："猜着啦！——就是我！"说着，他做个拉栓的姿势，闭上左眼，朝着坯缝儿一瞄，喊道："狗汉奸！哪厢逃走！——啪！"

"嘘——街上都听见了！"老钟叔连忙指指窗外，止住他，可一股柔和的笑纹纹，却从心底涌上脸来，"好，送你就送你吧。可你要当得起勇敢、坚决的小英雄啊！"

"那是当然！"小嘎子把"手枪"往腰里一别，挺起小胸脯，"一二一，一二一！"满屋子开起正步来，刚刚转得两圈，却忽地朝前一扑，搂住老钟的脖子说："哎，老钟叔，我想跟你当个侦察员去，要我不？"

老钟把大手扣在他头顶上，黑蓬蓬的胡楂儿一张，笑了笑，一股老侦察员的自豪感，把他激动了："小嘎子，你也想当侦察员啦？"他亲昵地把他的头抚摩了两圈，"好嘎子，侦察员人人都能当，不过，要经得住一定的考验和锻炼。要知道，侦察员不光得勇敢、机智、灵活，他还得遇事沉着。什么叫沉着呢？就是，比方说，天呼隆一下塌下来了，不兴②来眨眯眼的！"

"啊！那怎么就能沉着了呢？"

"这，一句话，得有革命到底的铁心一颗！"老钟激昂起来了，从坯缝儿里望了望天色，把盒子枪和两颗手榴弹都摘下身，拉开架子说，"好，

---

① 张嘴灯：当时常用的一种手枪，因样子漂亮，很受人喜爱。
② 不兴："兴"为方言，指"准许"，多用于否定式。"不兴"即为"不准"。

你要真想干我们这一行,我就再讲个故事你听听。"

小嘎子正求之不得哩,连忙收起"手枪",一曲腿跪坐在他的对面,凝起神来。

"有一回,"老钟开始了,"一个党员同志,住在一家堡垒户[①]养伤。那天,他正跟一个人说话——就跟咱俩这样似的,猛孤丁啪、啪响了两枪……"

啪,啪!就跟勾了鬼来似的,村外真的响了两枪。

老钟忽地往起一立,轻脆脆一声细响,盒子枪的大机头张开了。那两眼唰唰一转,一霎间,他的迟重神态一扫而光,一副英武机警的气概,焕现在面目眉宇之间。啪,啪,啪……村外又响了几枪,随后是马蹄震地和喝人站住的声音。老钟把小嘎子一望,拾起手榴弹,轻轻地慢声说:"这回,敌人来得可不善啊!……"

三

从县城来的敌人,黄昏时分,突然包围了鬼不灵。

两声枪响之后,"白脖儿"当先,鬼子断后,咋咋呼呼冲进街来。一部分先上房堵了街口,一部分闯进"公所",捉拿办公的。其余的分成零星小股,穿门进户,一阵子混抢混搜。狗在他们后面汪汪地叫,鸡在他们前头扑棱棱飞,全村大男小女,一时全蜷缩在屋角里,屏住气息,静候着灾难临头……

当!当当!两个"白脖儿"在砸韩家祠堂的铃铛大锁。

老钟忽地打开小独扇门,想跳到西院去。然而老奶奶房上正有两个鬼子,手搭凉棚,朝四处张望,原来敌人"压顶"了。他把头一缩,抄起半

[①] 堡垒户:抗日战争时期支持和掩护八路军、地方抗日干部和伤病员或抗日机关、组织的农户。这些农户家里一般挖有地洞。

截檩条①，把小门又顶个结实，眼珠子就一连转了好几圈。这时，他看见小嘎子有一阵战栗通过了全身。

"嘎子，"他说，"沉住气，别乱动！我叫你怎么就怎么！不要紧，别害怕……"

哗啷一声，大门的锁砸断了，嗵嗵的脚步声随即逼近了来。

"嘎子，他们进来，你敢不敢拿这个搂他们？"老钟攥着刚才用来削"枪"的短把镰，比试着问。

"敢！"小嘎子伸手把镰接了过去。

"好样儿的！"老钟夸他，"来，把住门！"他们叉开腿，一左一右，把在门背后。

嗵嗵嗵……门缝里闪过两个人影。老钟把背贴着墙，摆手叫小嘎子闪开亮儿。他刚刚也把背贴在墙上，就有人推门了。

"嘿！里头顶着哪，有人！"哗啦啦……外头一片枪栓响，紧跟着一声大吼："里头的八路，出来！"

小嘎子打了个寒噤，急看老钟，却见他握着枪，闭着嘴，钢打铁铸似的纹丝不动。他心里叫一声"行"，胆子不觉一壮，便也学着样儿，鼓着劲儿，一丝儿不动。

"出来！"噔的又是一脚，恰像踢在耳根台子上，屋顶上的土唰地落了一头一脸。可是，老钟叔只眨一眨眼，把睫毛上的灰尘抖掉，仍然纹丝没动。

"真棒！"小嘎子心里又叫一声，胆子越壮起来，把嘴一闭，也纹丝不动。

忽然，门缝里一暗，有颗圆咚咚的东西在那里晃了两晃，很明显，"白脖儿"在扒着门缝往里瞧呢。只见老钟叔舒出腕子，把枪口朝门缝瞄过去。瞧！只要那二拇指头一动，门外那颗脑袋就要碎了。可是，他却忽地停住

---

① 檩条：架在屋架或山墙上面用来支持椽子或屋面板的长条形构件。

手,把枪收了回来。显然,他又变了主意,要看看下一步怎么个走哩。

"哈哈!"门缝里一声怪叫,"我看见你啦!别装蒜,快给我滚出来!——我开枪啦!"

小嘎子的脸发白了。他的脚动了动,要往后抽。却见老钟两只大眼一忽闪,梗着脖子把头重重一点。小嘎子明白:这是不让动。便赶忙一镇定,稳住了脚。可脑门上却津津地鼓起几粒汗珠来。

"白脖儿"们果然是诈,两句过后,忽然又没了动静。可是,气还未喘,窗户那边咚咚几响,哗啦啦掉下来几块坯。"白脖儿"们要从那儿掏窟窿了。老钟一见,立即轻悄悄沿墙根蹭将过去。刚刚到得窗口,嚓的一道寒光,一把刺刀差点儿没戳在他天灵盖上。可老钟大气儿不出,方寸不乱,眼睛里明光灼灼,就像正待捕鼠的猫儿;那副沉稳气概,又像一座黑石山。

小嘎子的精神更抖擞了。手里更攥紧短把镰,目不转睛地盯住门缝。现在,他感到是他独自一个在守卫这扇小门了,一股责任重大的豪迈感,陡地升上心头。他觉得,倘若"白脖儿"真敢把脑袋伸进来,他就会像割草一样把脑袋给他搂掉!

屋里全无动静,到底使"白脖儿"们疑心起来了。只听一个说:"到底有没有人哪?"

另一个说:"他妈的,我上窗户上再去看看。"

"别!别里头给你一家伙!万一是个地道口呢?"

一听见"地道口"三字,另一个立刻发了毛:"那,可也是!要叫土八路把咱拉进地道去,可不上算!趁早再叫两个人来吧,还许有地雷呢!"

秃擦秃擦,叫自己的想头吓怕了的两个家伙,真个[①]相随着跑掉了。老钟从窗口往外一望,院里确乎没了人。再看看房上,鬼子也不见了。说时迟,那时快,他说声:"跟我来!"把檩条一抽,打开门,拉着小嘎子,

---

[①] 真个:方言,的确;实在。

几步就蹿进猪圈，随即把豆秸子一拨，从那个三尺高的窟窿钻过了墙。然而，老钟猛地吸了一口气，一下伏在苇个子底下了；西院里正有一种什么声音传来。小嘎子仄耳一听，可不是，北屋里咕噜咕噜的，是鬼子问话的声音。只听老奶奶大声说："你的话我不懂。我是个穷老婆子，要什么没什么……"接着是稀里哗啦一片乱响，混杂着嘿嘿嘟嘟的威吓……

老钟红着两眼，正在想法儿，祠堂那边人声嚷嚷，又进去了一大群敌人。很明显，苇个子后头这条小夹道，绝不是久留之地，马上就会给敌人搜出来的。老钟咬咬牙，趁院里无人，顺着小夹道往南爬去。南头，就是院子的东南角，栽着棵小枣树。老钟站起身，借枝叶影着，先向栅栏门外看去。啊，苇塘附近并没有敌人。估一估距离，也就是十多秒钟的路程。然而，北屋里有鬼子，院子没法儿通过，再转头看东院，小南屋早去了四五个"白脖儿"，院里还有三四个，都端着刺刀，乍着胆子，踮了脚走路，把砖头也当成了地雷。

老钟忙招招手，小嘎子便也爬过来。奇怪，这当口他竟然龇开小虎牙，嘻地笑了一下，像是正玩着恶作剧似的。老钟把他一拉，小声说："嘎子，这地方不能长待。听我说：我把这两个手榴弹摔到东院去，一响，北屋的鬼子必然往外跑。等他们跑光了，你看见了吧？"老钟指着村边上那片苇塘，"咱们就赶紧往那儿钻。不过，得我先跑，若是没出事儿，你再跑。啊？"

张嘎子咬着嘴唇，眼珠儿骨碌碌打了俩滚儿："老钟叔，还是我头里跑吧，我是小孩儿，就给逮住了也不要紧！"

"不，你不知道，鬼子们的心可黑呢！"

"那——"

"别说了，就这么办！"老钟断然地下了命令，且把手榴弹弦套上了手指，"记着，看我没有事时，你再跑！"说罢，嗖嗖两声，手榴弹隔墙飞去。他两个一蹲身，又退回小夹道里了。

轰，轰！东院里烟尘爆起，土块唰啦啦直落到苇子上来，登时是一片跌撞奔窜和嘶叫哀号的声音。果像老钟所算计的：北屋里三个鬼子呱嗒呱嗒一阵乱跑，直窜出栅栏门去。老钟叔不敢怠慢，眼神朝小嘎子一溜，噌地蹿了出去。在栅栏门后略一瞭望，呼呼地带起一阵风，眨眼之间，已没入了苇塘。小嘎子影在栅栏门后，两边一瞧，咦，果然没有人发觉，撒丫子往外就蹿。可是，刚刚跨出门口，就听见一声断喝："站住！"

小嘎子一回头，了不得了！有两个"白脖儿"打街口拐了出来，后头还跟着三四个。小嘎子不能跑了；再跑，就会把敌人朝老钟引了去。怎么办？他心头一动，翻个身奔了"白脖儿"们跑去，一面急惶惶地喊："老总老总，那边响了俩地雷！"

那几个小子立刻炸散了团儿，吃惊道："地雷，在哪儿？"

"那边，祠堂里头。"小嘎子指着说。

"走！领我们看看去！"那个长着"珊瑚镶边"一对烂眼的小子，拿枪一杆，喝他头前带路。小嘎子正巴不得把他们引开，忙领他们奔了韩家祠堂。真是机会凑巧，刚刚走到门口，就见从里头抬出两个血淋淋的"白脖儿"来。烂眼的小子就问："是地雷炸的吗？"回答却说："什么地雷呀，从西院投来的手榴弹！"说着，另一股敌人直朝老奶奶的院子圈上去。那个"红眼儿"把烂眼一翻，瞪着眼珠子吆喝说："啊哈！手榴弹嘛你说是地雷！瞧你贼诡溜滑的这样儿，八成是你扔的吧！"

小嘎子一挺脖颈儿，也瞪圆一对小眼睛说："我才没有扔呢！我光听见轰啊轰地乱响，谁知道是地雷还是手榴弹哪！"

"嚛！你他妈还挺硬啊！"又一个"白脖儿"喝叫，"天生他妈的小八路，把他看起来！"

"走！"那个"红眼儿"捣他一枪把，赶他上韩家大院。

这韩家大院原是"村公所"所在地，坐落在大街路南的大圆檀门里。敌人每次来，都把指挥部安在这儿。"保甲长"和"联络员"们也就在这儿支应。当小嘎子被押进来的时候，里头鬼子、"白脖儿"们拥了一大群，有的在葡萄架下喝酒，有的围着八仙桌子点钱，有的在打人，有的在宰鸡……"保甲长"急急忙忙，上菜烫酒，里外穿梭。小嘎子刚进得二门，就听村西噼噼啪啪一阵子乱枪，听声音，就在苇塘附近。他心里不觉一翻，机楞楞打了个寒战。可是，那"红眼儿"把他盯得很紧，动弹不得，只好悄然坐在台阶上，伸手把墙根里一只大黄狗——就是韩家那只名叫"小虎"的看家狗——引到跟前，替它顺理毛儿；一面频频地偷眼溜着门外。

不一刻，一群鬼子咔咔地拥进大院。随后，一伙"白脖儿"押着个血淋淋的人，五花大绑，一瘸一拐地走来：黑不楞的粗大个儿，密丛丛一嘴胡子楂儿，脸膛红紫，两眼放光，不是老钟还是谁啊？

哇的一声，小嘎子从台阶上倒撞下来，满地上打滚儿绞龙，叫天般哭起来了……

四

日头落下去了，天色黑将下来。鬼子、"白脖儿"吹起号，把老钟拴在大洋马上，拖着两个鬼子死尸，进城去了。

原来看着小嘎子的那个"红眼儿"，见他跌在地下，半疯半傻地哭喊，心里一时短了主意。村里的"联络员"纯刚大伯，忙乘机说他是羊癫风，一犯三天不省人事。又加上不少好话，才把他保下来。

然而，他自己虽然脱险，老钟叔的被捕，却像连他的灵魂也带走了。特别一想到老钟叔临走时，仿佛根本不认识了一样，竟连眼神也不曾递来一个，就更哭得缓不上气来。幸而纯刚大伯劝他说："孩子，还不回家看看奶奶去！鬼子都走了，光哭有什么用？"他这才迷而搭怔地流着泪，回家来了。

刚刚进得小院，就听见凄楚的一声"哎哟"。小嘎子头发根子一立，喊着"奶奶"，急急往里赶。果然，老奶奶躺在地下的黑影儿里，正吁吁发喘。小小人儿哪里知道害怕？跪下去抱住奶奶的头连连叫道："奶奶，奶奶！"

"谁？……"老奶奶嗓子里呼噜噜地响着。

"我是嘎子，奶奶！……"

"嘎，嘎子……我的孩儿啊！……"老奶奶拢住他的手，使劲儿往怀里搂他，直要把他吞下去似的，"点，点上灯……"老奶奶用手指着桌子：那里有一个灯碗。小嘎子赶紧点着，端来放在杌子上。那豆大的火焰，熠熠地射出一圈黄光，照亮了老奶奶苍白的脸。小嘎子凝神一看，猛地"哎呀"一声，几乎跳起来：老奶奶脖子上有一道血，头发上还坠着个血饼子。嘎子叫道："奶奶，你疼不疼啊？"老奶奶却紧紧抱着他，眼睛睁得大大的，眼角上一颗泪珠，晶晶然旋转着，越冒越大了。

"嘎子，你，你老钟叔呢？"老奶奶急切地问。

"他——"小嘎子眼圈一红，忙又忍住道，"他上纯刚大伯家吃饭去了，一会儿就来。……奶奶，我快给你请先生去吧？"

"不，不，别离开我！……"老奶奶一字一喘，"嘎子，给我……舀点儿水……"

"哎。"小嘎子懵里懵懂立刻把一碗水送到她的唇边。老奶奶就着他的手，一连喝了好几口。然后靠在小嘎子肩上，合着眼喘气。可是，不一刻，老奶奶耸起眉头，猛地抽搐了两下，大嗓子"哎哟"了一声。小嘎子连忙替她舒胸，一面问："奶奶，哪儿疼啊？我给你揉揉？"

老奶奶双手拄地，挣扎着坐直些，眼角上那两颗大泪珠，骨碌碌滚落下来："嘎子，嘎子！你，还太小哇！……"又是一阵猛烈的抽搐，使她的声音显然微弱下来。可是她却仰起脸，清晰地接着说："嘎子，你，告诉老钟叔吧！那个鬼子，是巴斗脑袋，蛤蟆眼，一撮小黑胡……"她喘一喘，舔舔嘴唇，"……他，举着枪翅子，嘿嘿的，跟我乐，我还当他是闹着玩儿呢，可是，乐着乐着，就给了我……这一下子……"老奶奶晃一晃，打了个失迷，舌头还在动，可是发不出声音来了。

"奶奶,奶奶!"小嘎子摇晃、叫喊,可奶奶还是在倒下去,身体也越来越沉重了,小嘎子随着她的身子往下倒,还一心想听完她的话呢。

"奶奶,你累了吧?"小嘎子问道,"你先歇歇,我给你破个谜猜吧?……要不,就唱个歌儿?唱你爱听的那个,啊?……"

老奶奶不应声,渐渐地,连眼珠儿都不动了,她是不能再听小嘎子唱歌的了。

小嘎子没有见过死人。一霎间,他不知道出了什么事,只是发愣。天已经全黑了,周围没有一点点声音。每逢"扫荡"过后,平原上常常出现这样的死寂。小嘎子看看窗外,窗外只有几道月光漏进来。屋角上,两只蚊子在呜呜哀鸣。他举起灯碗儿,把老奶奶照一照,啊!老奶奶已经一动不动,没有气息了。小嘎子伸手去嘴唇上试试,冰凉。他一下子站起来,自语道:"死啦——?"这一声刚刚落地,哇一声,他扑在老奶奶身上大哭起来了。

哭声惊动了纯刚大伯,也惊动了邻居们。他们一同流着眼泪,帮助把老人装殓起来,当夜便草草入了土。而后,纯刚大伯把小嘎子领到自己家去,劝他,安慰他,给他做饭吃,又慢慢哄他睡了觉。

可是,小嘎子哪里睡得着?他仍然悄悄在哭,一面心里盘算着:"哭吧,哭够了,再想想办法。"头一桩,当然是报仇。他猛地想到了枪。伸手往腰里一摸,咦,跟敌人打了这么半天滚儿,那"张嘴灯"竟还安然在腰里别着哩!他忙拔下来,借月光一看,那铜子弹壳做的枪筒,仍在灿灿放光;再瞧那扳机,那弹槽,那枪柄,也还是那么精致秀美,生肖逼真,宛然确是可以创造一番事业的武器!小嘎子擎着它翻来覆去看,心头像小鹿似的突突跳起来。

然而,"唉!"他叹一口气,制造它的老钟叔却不在了。小嘎子鼻头一酸,泪又流下来:"老钟叔啊老钟叔,没有你,我的仇可怎么报呀?"这一念头刚起,老钟叔的声音却轰然地响了:"你要当得起勇敢、坚决的小英雄啊!"

"那是当然！"小嘎子也听见了自己的回答，一股热血，陡地从心里涌腾起来。好吧！那就挺起胸脯来干吧！敌人既然打了你，你就要打敌人！而且要痛痛快快地打！狠劲儿地打！他举起袖子，擦干眼泪，宣誓似的默默祝告说："奶奶，你合上眼好好儿睡吧，我一定要给你报仇！"

在月没鸡鸣的时候，他终于朦朦胧胧睡着了。他做了一个梦，梦见跟老钟叔要一支真的枪。老钟叔还是那样拎枪挎弹，雄赳赳的。听了他的请求，笑着朝他点头说："要枪好办，火线上得去就是啦！"

五

小嘎子决心要当八路军了。可是，第二天他忽又起了个怪念头：想进城。

这念头很是猛烈，竟像驾着坦克冲来的，连纯刚大伯都劝他不住。他一口咬定说，要去找嫁在城里的老姑，好告诉她奶奶的丧信儿，顺便再要点儿钱花。然而，他心里却是在想：必得去打听打听老钟叔的下落，就手儿探一探虚实吉凶。若是机会凑巧，还兴①偷他鬼子一条枪呢。那一来，可就不怕八路军嫌我小了。

他吃过早饭，谢过纯刚大伯，又在奶奶的新坟上磕了俩头，便把"张嘴灯"别在腰里，背起个小草筐，拿起短把镰，青裤白褂，光着脚丫，径直沿着蜿蜒的六郎堤，朝城里走去。

是一个晴朗的好天儿。堤两边全是海似的绿油油的庄稼：旱地上，大多是高粱、棒子，已有半人来高，茁壮得像一排排的勇士；淀边上，大多是稻子和苎麻，绿叶儿映着清水，蛤蟆和蜻蜓在上下逗闹。往远看，那一湾湛清清的淀水，直向天边上伸展过去，钻到一堆白云下面去了。近处的沟边堤沿，则全给苇子和红荆占满了，青草棵没有地方可挤，就一直铺排

---

① 兴：与上文的"兴"不同，这里的"兴"意为"或许"。

小兵张嘎

到堤顶上来。"纺织娘"①和蛐蛐儿你飞我跳，不断弹落草叶上的露珠儿。太阳还未升高，空气是多么凉爽啊！然而，扫兴的却是夹堤的两行杨柳，那原本是葱茏茂密青翠成荫的，不想在"扫荡"中都给鬼子砍去了树梢，单剩下些光秃秃的树桄子，残废似的支楞楞站着，仿佛一幅风景画上，给人抹了几道子黑。

小嘎子可没有闲心看这些。他敞着怀，闯闯地朝前走，心窝里嗵嗵跳着，一路打着算盘："是啊，枪要偷不着呢？空手去当八路，还是得嫌我小！……咳！有了，想法捉个汉奸！那才真像个侦察员呢！……麻烦的是部队不好找，县大队，区小队，都藏着，谁知道他们在哪儿啊？"

下了六郎堤，转上大道，嗡嗡的一阵电线响，前面就是县城了。在那黑黝黝的城墙上，像一颗颗巨大的牙齿，排着一列垛口。每隔不远，还墩着些蘑菇头炮楼，半腰里尽是幽黑的枪眼，仿佛在远远地瞪着他。小嘎子提一口气，给偷枪的念头鼓舞着，坦然地照直奔了城门。可是，他忽然倒吸了一口凉气：城门洞里站着两个"白脖儿"，那个劈着腿正在望天的，不就是昨天那个"红眼儿"吗？"哎呀呀！他要问起我'羊癫风'来可怎么办哪？……"小嘎子犹豫起来了。然而，他知道不能净在这儿傻愣着，便一闪身下了大道，撂下筐，弯腰割起道边的草来。两眼却东撒西看，焦急着想个什么主意混进城。

正在这时，从正东摩云渡方向飞来了一辆自行车，上头骑着个大方脸的家伙：头上留个大偏分，嘴上叼颗烟卷儿，白闪闪一身丝绸裤褂，衣襟在风里飘得泼拉拉发响，把一股股白烟丢在脑后。只见他嗖嗖地骑到城门口，把个什么玩意儿向"红眼儿"一递，一跷腿就进城去了。

"狗汉奸！"小嘎子心里骂着，眼里却羡慕着那个能够进城的什么玩意儿。正自瞎猜，嘎啦啦一阵马蹄响，尘头滚处，从城里拥出五六十匹马

---

① 纺织娘：常见于农田的昆虫，叫声响亮。

队来：黄军衣，翻皮鞋，三八式①，皮子弹盒，黄澄澄一色全是鬼子。小嘎子把头往下一扎，用眼角偷偷扫着，嗬，领头的那小子，可不是个巴斗脑袋蛤蟆眼，留着一撮小黑胡吗！他刚刚一愣，后面又追来七八辆自行车，都是米黄色制裤，漂白小褂，腰系子弹盒，斜挎盒子炮②，紧紧尾随着马队，嗖嗖地都奔摩云渡去了。

小嘎子心里忽然一动："对，狗汉奸才报了信儿，鬼子们赶忙出发了。我不如跟他们上摩云渡，要赶上八路军揍他个伏击，还许捡个洋落儿③呢！"他觉得这主意比进城更好。忙背起筐，闯闯闯直朝摩云渡追下来。

五里地路程，太阳又已大高的，直把小嘎子赶了一身汗，才来到摩云渡村口。不想，村边上静静的，并没有鬼子的岗哨；往街里看，一个扛着筐箩的大婶儿，从从容容进胡同里去了。再往里，一块白布上画个车轱辘，随风轻轻飘着，那是个车子铺；车子铺门口，卧着一只大狗，在舒舒服服地晒老阳儿④。很显然，村子里没有敌人，可能早穿村而过了。小嘎子一下子后悔起来，多糟糕！还不如等着"红眼儿"换了岗，进城去哩。

丁零零一阵车铃响。小嘎子一回头，嚯，白裤白褂方脸偏分头的那小子回来了，也是一脑门子汗。小嘎子连忙往枣树底下一闪，给他让路。谁想那小子刚进街，便哧地刹住车子，钻了厕所。小嘎子心里腾地一亮，两眼忽闪几忽闪，猛地咬住下唇，随手在枣树上撅下两根又老又硬的"指根"⑤来，轻悄悄急步过去，狠狠在车子后带上猛扎了两下子。随即一溜小风，先奔车子铺去了。

一身白的小子从厕所出来，才蹬了几圈，便又跳下来。摸摸车胎，气儿跑得光光的。他奇怪地张望了一下，就嘟嘟囔囔骂着，推起车子也奔

---

① 三八式：指三八式步枪。
② 盒子炮：指毛瑟军用手枪。
③ 洋落儿：指意外之财。
④ 老阳儿：河北土话，即太阳。
⑤ 指根：河北土话，即枣圪针，枣树枝上的硬刺。

了车子铺。小嘎子正拿着块瓦碴儿引逗着大狗打滚儿玩,一面拿眼角瞟着他,一面使劲儿捂住肚子,不让自己笑得打战。穿白的小子把车子往窗下一靠,从掌柜的那里借个气筒,脸朝墙,一撅一撅地给车打气儿。就在他哈腰的工夫,后腰上的衣襟忽地支起一个小篷儿,还隐隐地透出一点儿红来。

"枪!"小嘎子心里猛地一跳,一股强烈的欲望,陡然涌上心头。他抡眼四望,天哪!街上空荡荡的,一个熟人也没有。他搓着手,暗暗地跺脚。啊,那小子就要把气儿打足了!就要直起腰来了!就要转过脸来了!⋯⋯忽然,小嘎子摸了摸腰里的"张嘴灯"。然而,那是木头的,行吗?

"行!"小嘎子把牙咯嘣一咬,"老钟叔说过,汉奸全是草包!不是有个叫罗金保的,用笤帚疙瘩就下了他们的手枪吗?我这个更行啦!"说时迟,那时快,他把草筐一甩,蹿过去大吼一声道:"不许动!举起手来!打死你狗汉奸!⋯⋯"吼着,伸手就去那小子腰里拔枪。啊,他差不多已经抓住枪柄了,枪就要到手了,可是,不知怎么咔的一下,他两腿一磕,一下栽在地上,"张嘴灯"也嗡地飞了老远。

"好家伙啊!"那方脸上两只明亮的大眼瞪得圆圆的,蒲扇似的大手先在背后护了护枪,叉着腰逼近了来,只听喉咙里隆隆地响着膛音说:"嗬,小小的人儿,胆子可不小哇!"小嘎子急忙一个滚儿坐起来,后背紧抵住墙,预备先挨他一顿臭揍。可是,那人只逼近了站着,并不动手。

"你是干什么的?"

"要饭的。"小嘎子顺口就诌。

"要饭干吗夺我的枪?"

"换饭吃呀。"

"换饭吃?"那人忙绷一绷脸,差点儿没笑出来,"'打死你狗汉奸'也换饭吃吗?"

"那,我看差人了⋯⋯"小嘎子口吃起来。

那人却噗的一声笑了。把眼两边一溜，伸手把他提起来，推开门，直进了车子铺。车铺掌柜的正隔着玻璃笑悠悠地瞧着他们，见进来了，便出去拾回那木头手枪，补车胎去了。那人就缓缓地坐在板凳上，很有兴趣地上下打量着小嘎子，问他多大了，叫什么，哪儿的人。一听说是鬼不灵的，就又紧盯着他的眼，问鬼不灵有个姓张的老奶奶，住在韩家祠堂西边，你熟不熟。

　　"熟哇。"小嘎子又心跳了，"你跟她沾亲吗？"

　　"不沾亲。"那人说，"以前在她家待过一会儿，吃过一顿饭。"说着，忽然叹了一声，"唉，不知道她老人家还平安不？……"

　　小嘎子眼圈儿红了，猛地打断他："嘿，你贵姓？"

　　"姓罗。"

　　"罗什么？"

　　"罗金保。怎么？"

　　小嘎子一下跳了起来："你就是罗金保？就是你拿笤帚疙瘩卡过'白脖儿'的枪？"不等老罗点头，他往前一扑，抱住他的两腿，泪珠儿滚豆似的直落下来。

　　"老罗叔，我正找你们呢！……"

六

　　车胎很快补上了。罗金保推开门望望大街，不见有什么动静，说声"走吧"，把小嘎子往车子大梁上一抱，蹬起来顺大街直奔了正东。小嘎子乐滋滋地向前望着，恨不能立刻飞出村外，找到那不知离此多远的部队。可是，从丁字街往南刚一拐，老罗就跳下车来，停在一个小茶馆的门前。"走，里头喝口水去。"不由分说，把小嘎子往下一抱，推车子直进茶馆去了。

小兵张嘎

水灶跟前有个光膀子的小圆胖子,咕嗒咕嗒正拉风箱,一见老罗进来,挤眼一笑,像吊嗓子似的拉着尖尖的长音喊道:"里请——!里头宽绰!"老罗说声"是喽",推开风门子①,又朝里走。小嘎子紧随着进院一看:一溜儿五六间正房,正房对面是一排草厦子,把小院挤成了细长的一条,很像个歇业的小草料店。可是,老罗并不进屋,带了小嘎子又向深处走去。到了天井,往左一拐,又有个小寨篱门;推开小寨篱门,是敞亮亮一座小跨院,可里头连一间房子也没有。只平地上栽着几畦茄子,两沟大葱,靠北墙搭着个大葫芦架,搭得比墙头还高出二尺。上面黄花白花,葫芦丝瓜,斑斑斓斓,杂然一片。一条条倒挂的枝蔓,密密地披散在墙头上。还有个蝈蝈儿在上面唱哩。小嘎子猜疑老罗叔走差道儿了,跑到这儿来干什么呢?正待要问,却见他把车子一靠,往葫芦架底下一钻,登着一大一小倒扣着的两口瓮,拨开枝蔓,翻过墙那边去了。然后探着半截身子,朝小嘎子招手。小嘎子赶紧蹬小瓮,爬大缸,翻上墙头。一看,那边又是一层院子。罗金保正蹬在一个老大的鸡窠上。

这边院子,除了正房,还有一溜儿五间西屋:门关着,窗户用"雨搭"遮着,像个冷落的仓房。正房屋里有轻轻的烟火气往外冒,想是正做饭哩。整个院子很宁静,除了隔墙传来的蝈蝈儿叫,几乎没有任何声音。刚才他们从鸡窠上往下咕咚一跳,北屋玻璃亮上的窗帘掀开了一下,有个妇道的脸一晃,便又遮上了,仍是一切如常。

"老罗叔,这是你的家呀?"小嘎子忍不住了。

"别说话。"罗金保盯他一眼,就过去把西屋的门推开一道缝,侧身子掩了进去。小嘎子也随着往里一钻,哟嚬!吓得他差点儿叫了出来,一把闪亮的刺刀,赫然翘在眼前。小嘎子急一定神,一个圆彪彪的小伙子,闪着大眼,凛凛地端枪站着。那人见他这个愣愣的样儿,点头道:"进来呀!"把他的胳膊一拉,替他把身后的门又对上了。小嘎子刚一迈步,脚

---

① 风门子:指冬天在房门外加设的挡风的门。

底下软软地一绊，差点儿闹个前扑，忙一低头，见一个抱着"歪把子"[1]的大个儿，横在地上，睡得正香。嗬！挨着他，横七竖八还滚着十来个，都抱着枪，别着手榴弹，鞋上勒着鞋带儿，头下枕着半头砖，在草窠里睡得呼呼的。小嘎子这才恍然大悟：门后那个端枪的敢情是老钟叔常说的"顶门岗"！

"好家伙！原来在这儿窝着呢！"小嘎子又惊又喜，止不住连连吐着小舌头，忙随老罗叔又往里走。

里间炕上也睡着三四个人，却给中间闪出一块地方，摆了一张炕桌。炕桌后面，坐着个瘦棱棱的小老头儿，盘腿卧脚地靠着窗台，悠闲地摇着一把蒲扇，仿佛在养神哩。

"怎么这半天才回来？"小老头儿问老罗。

罗金保笑一笑，向小嘎子一甩头说："叫这小家伙绊住腿了。"

小嘎子眯起眼睛，朝小老头儿嘻嘻地一笑，像个老熟人似的想抢话说。可是，小老头儿只看了他一眼，便又问老罗去了。

"情况怎么样？"

"才过去的这伙马队，'那个人'说是昨天才从铁路上下来的。"罗金保报告着，"今天上十方院、吞虎口、瓦桥、磨叉岗一带去。据说瓦桥一带发现了'八路'，要去蹚蹚道儿。可据'那个人'估计，主要是为布置'清剿'，让咱们多加小心。"

小老头儿点点头，又问："钟亮同志有消息吗？"

"说是现押在宪兵队。昨天就过了一堂，打了三个死儿，抬回狱里的时候，话都说不清了。可是他还直说直骂，一路上喊着'共产党万岁'，感动得连'白脖儿'们都有偷着掉泪的……"

"你说的就是我老钟叔？……"小嘎子拽着老罗的胳膊问。老罗却用胳膊肘一碰他，轻声说："别说话。"小嘎子转脸看小老头儿，见他低着头，

---

[1] 歪把子：即大正十一式轻机枪，是第二次世界大战中日军使用的一种轻机枪。

眼圈子全红了，忙敛住气不吭。沉了好一阵，小老头儿举起蒲扇在脸前挥了一挥，才抬起眼来，又问：

"肥田一郎出动了没有？"

"出动了，带着这伙马队的就是他。"

小老头儿还在很注意地听着。但见没有了下文，便望望天色，心里觉得今天的敌情算是过去了。又看一看睡着的人们，忽而眼光一转，落在小嘎子身上。

在那圆圆的脑袋上，两只大眼活脱脱地乱跳，翘着一只小尖鼻子，一笑，嘴角就向上勾，露出两个尖尖的小虎牙来，时不时地眼珠儿一转，那条小舌头便在牙缝里逗动，好像在为一件恶作剧发着信号。那一脸的机警和嘎气，是多么照眼啊！——"这小家伙倒是挺逗人的！"小老头儿脸上不由得浮起一阵温和的笑容来。可是，那笑容就跟闪电似的，亮一亮便又隐落了。

"你想当小八路，是不是？"

"你真会猜。"小嘎子快活地说。

"太小哇，孩子！当八路得行军打仗，你能一气跑一百二十里地吗？我看不能。"

"能！"小嘎子抢着说，"三丈①多高的大树，我一口气就能爬上去。你看我这腿！"他把腿跷上炕沿，拍着上面登棱登棱的肉疙瘩给他看。

"爬三丈高的树，顶多用喝一碗水的工夫，跑一百二十里地，得整整一天！"

"那不怕！上树用的是绝劲儿，走道用的是慢劲儿，有绝劲儿的人，慢劲儿还算回事？你不信，拉出去咱们赛赛呀！"

小老头儿笑了笑，感到跟他这么辩论下去，没有个了局，便拿眼看老罗。老罗这才说："我看，把他留下吧，这小家伙有点儿套数儿……"便把

---

① 丈：长度单位，1丈约合3.33米。

刚才扎车子胎，下手抢枪的事说了一遍。小老头儿一面听，眉尖上不断地挑起笑容来。听完，沉了好一阵，却仍是自言自语似的说："最近就要'清剿'，要打仗，要流血啊！可他是这么点儿个孩子……"

"流血就流血呗！老钟叔给鬼子抓了去，还喊共产党万岁呢！"小嘎子又开口了。

小老头儿又把他细细端详了一会儿，好像感到了小嘎子浑身燥热似的，举起蒲扇，对他扇了几扇。一股又凉快又绵软的小风，直拂在小嘎子脸上，吹得他不禁眯起眼来。这时，他才看见小老头儿很不情愿似的点了点头，对老罗说："那么——先带他去休息一会儿，想法子给他烙张饼吃，等我们再商量商量。"

罗金保忙用胳膊肘把小嘎子一杵，拉了就走。小嘎子可还是不放心，一出屋门，就悄悄地问："这小老头儿是谁呀？可真有个稳当劲儿，倒像谁求着他了似的。"

老罗又杵他一下，轻声儿道："别瞎说，这就是咱们钱区队长。他点了头，就算把你留下了。"

七

几天来，小嘎子那股高兴劲儿，简直没法形容。他又是跳，又是笑，又是打滚儿，又是竖在炕上"拿大顶"[①]；假若办得到，他早为自己唱一台戏了！

不几天，战士们都成了他的好朋友。他有的叫"哥"，有的叫"叔"，好像同宗连族，其实全是同志。大家原本喜欢他的聪明鬼仗，再加上他年纪小，天性快活，就愈发待他赤诚亲热，真个亲弟弟似的。正应了那句老话："四海之内皆兄弟。"小家伙一进入这个大家庭，立即就扎了

[①] 拿大顶：倒竖，也叫竖蜻蜓。

小兵张嘎

根了。

特别使小嘎子称心满意的，是他真的当了小侦察员！每到一个宿营地，部队刚一隐蔽好，他就先去村边上放哨巡风了。小小一个新战士，居然成了保障部队安全的眼睛。这使他在同志们面前，够多么显赫呀！这可实在是一件了不起的光荣！

当然，小嘎子也的确不负对他的委托。地区队夜夜行军，天天转移，可不管走得多累，天不亮，他就背个草筐，拿张短镰，溜到村头上去了。有时蹲在直通据点的路口，有时爬上叶茂枝稠的大树，有时隐在雾罩露垂的青棵中，有时掩在鸦寞雀静的房角下，那一对小眼睛，总是瞪得圆圆的，滴溜溜一直转到天黑。每次发现敌情，都有他个清清楚楚的报告，没有一回误过事情。

不单侦察工作使他快乐，小嘎子的乐趣还要广得多呢。不论是夜间召集群众开会、讲话、做宣传，也不论是打野外、做科目、学文化，更不论是讲故事、说笑话、各项文娱活动，他都感到喜悦，都觉得新鲜。他什么都想做，什么都要学，凡是他遇到的桩桩件件，都得摸摸动动。尽管放一天哨，可晚上回到队部来，仍是蹿来跳去，捅这弄那，没有一刻识闲儿①，也从来不知道疲倦。

不过，在千般事物之中，小嘎子最着迷的还是枪。凡是队上有的各种各样的枪，他都捅过，不光懂得性能，知道用法，也都拆得开，装得上。若不是大个李护把得紧，连那挺"歪把子"也早给他卸开过了。

有一次，不知怎么他把钱区队长的盒子枪逮到手了，立时一顿大拆大卸，把零件零零散散撒了一炕。这还不算，他又把钱区队长仅有的五粒子弹，都拔掉铅头，把火药倒在炕沿上，排列成五个小坟头，研究起它们的成色来。气得个区队长哭不是，笑不是，骂也不是，赶忙从他手心里抠出零件，立刻躲了他了。还有更玄的：有一回，正在大伙睡觉的时候，他竟

① 识闲儿：指闲得住。

025

在一旁卸开了两个手榴弹，正要剥那雷管上的铜皮儿，把头一个醒来的人，吓了一身大汗……

既然爱枪爱得这样入迷，当然找过区队长，要求发给他一支。不想区队长把这当成孩子气儿，笑一笑就完了。这可使他生了气了。

"要碰见战斗，叫我拿什么去冲锋啊？给我块铁，也比这个能吓唬人不？"小嘎子举着老钟给他的那支"张嘴灯"，愤愤不平地说。

"你的任务是放哨，不是冲锋。"区队长可是不着急不上火的。

"别的侦察员为什么都有枪呢？"

"他们的枪也不是发的。是他们从敌人手里得的。"

小嘎子没词儿了。不过，这答复总使他觉得不公平。本来还想找找政委石一鸣再要求要求，可石政委早带着二大队到杨柳青和廊坊一带活动去了。还有什么法子呢？

说来也怪，尽管小嘎子有个天不怕地不怕的性子，可对钱区队长，很有点儿发"拘"，总觉得他还有什么更"拿人"的地方。其实，区队长对他是很亲切的，看顾他的吃穿休息，给他讲革命的道理，甚至抽工夫教他认一个两个生字，那份细心，不下一个很有耐性的女教师。他是在精心地培育着这个孩子，要把他造就成一个真正的人民战士啊！可小嘎子为什么还是"拘"他呢？这也许是受了传染，因为全区队不管什么调皮捣蛋的，一到了这个小老头儿面前，立刻都老实了。就连那单车子出城入城、用笤帚疙瘩下过"白脖儿"枪的老罗，一见了他，也俯首帖耳跟个新媳妇似的！小嘎子曾偷偷问过人："区队长怎的这么压得住阵呢？"由此，他听到了两个小故事。

一个说：前年大清河北打过一次恶仗，三百鬼子猛冲我们一个连，形势非常危险。有七个战士守着一道口子，正是敌人集中力量要从那儿突破的地方。钱区队长就走过去，跟七个战士坐在了一块儿。敌人的机枪大炮跟刮风似的，卷过一阵又一阵，可我们的阵地一动也不动。忽地轰一颗炮弹落在人群里，一下卷走了四个战士，飞起的尘土把区队长给埋起来了。人们说：这回可完了。不想，那尘土刚刚一落，就从烟雾里端端正正冒出一个人来——钱区队长还在原地方坐着哩。

另一个故事说：在又一次战斗中，区队长就在火线上铺开地图，跟两个干部讲进攻计划，正讲着，咻的一颗子弹打在地图上，溅起的土把他指着的那个"村子"迷住了，那俩人惊得一愣，可他呢，用手把土一掸，头也没抬，继续讲了下去，连说话的口气也没有顿一顿……

小嘎子听着这些故事，心里起了怎样的激荡啊，他觉得在眼前涌起一座金煌煌的大山，是这般崇高、这般伟大，连他周围的花草树木，都辉映得金光灿灿的了。站在他面前，连自己也要放起亮光儿呢。……

有一天，他忽而想起区队长每次听到有关肥田一郎的情报时，神情特别专注，便跑去找着罗金保，问这是什么原因。

罗金保告诉他：肥田一郎就是城里的日军大队长，是个凶暴残忍、杀人成性的家伙。因在邻县搞"反共誓约"有功，特地调来白洋淀，推行"清剿"计划的。有一次，他听说万佛堂有共产党的组织在活动，便让"联络员"通知万佛堂说："预备好埋二十个人的大坑。"第二天，他带着鬼子果然去了，下马不说话，先杀了二十个人，然后才搜查共产党。还有一次，在他征粮的时候，有十里堡两个"联络员"去见他。这两个"联络员"是一老一少，因村里粮食实在催不上来，请求他把缴粮日期宽限两天。谁知他把话听完，嘿嘿一乐，一刀就把那个少的砍了。随后割下人头，往那个老的怀里一扔说："抱回去！粮食的到期不缴，统统的这样！"

不等老罗说完，小嘎子早瞪起红火火的眼睛，问道："这家伙是不是巴斗脑袋，蛤蟆眼，一撮小黑胡？……"

从此，小嘎子更盼枪了。日子越久，也就盼得越急。他每每在心里祷念着："叫我碰上敌人一回，缴他一支多好啊！……"

嘎子心心念念想要缴一支枪，他究竟通过什么机会得到了手枪？

八

老天不负有心人，果然给小嘎子赶上一个机会，一支手枪真的得到手了。

说来真是又容易，又奇巧。那天，部队扎在杨家府，天破明，忽然落了一阵麻秆小雨，下得房檐流水，满地稀泥。钱区队长想到老百姓这时都不会出门，单蹦个把小嘎子派出去，反会暴露目标。便让他稍微等等，街道上干些了再出去。不想恰在这时，十几个鬼子带着一帮"白脖儿"蹚着泥水进村了。这杨家府离着磨叉岗据点不足二里地，鬼子们从没有在这儿吃过亏，就大咧咧像到了自己家里一样，进村先奔"公所"，要肉要面，晾衣服，刮鞋泥，放心大胆地休息起来。这中间可就有几个享惯了"外快"的"白脖儿"，溜溜达达串开门子了。

区队长钱云清听说鬼子进了街，心里吃了一惊。赶紧叫小嘎子快去看看，一面下命令准备战斗。小嘎子跟房东要了块棒子面饼子，一步一口咬着，走出院子去。不料刚到大门口，就与两个"白脖儿"正打个照面。

"哪儿去？""白脖儿"把枪一横，眼睛瞪成了两个三角。

"找我爹吃饭。"小嘎子歪着脖儿说，"老总们要找什么？"

"找八路！""白脖儿"用枪苗子把他一戳，

吆喝说,"领我们进去!"

小嘎子翻翻眼睛,笑着耍开了赖皮:"我说老总,要什么我麻利给你拿去不成吗?我家里有个八十多的老奶奶,一见拿枪的就又拉又尿,她嫌怕!……"可那两个小子举起枪来要捣他:"滚你的!哪来的这些个废话!"小嘎子一见拦不住了,便朝里大声喊道:"奶奶!外边有老总,非要上咱们家来!"

就听区队长沉静的声音问道:"几位呀?"

"两位!"

"请进来吧,请进来一块儿吃饭!"

小嘎子到底没有经验,一时不明白"请吃饭"是什么意思,心里猜着说:"房东刚熟饭,必是叫我往房东屋里领吧?"便跑在前头,领着"白脖儿"往里走。"白脖儿"们却还说:"真他妈的,你奶奶八十多了,这嗓门儿倒还挺脆生!"

部队和房东住的是一明两暗,部队住西间,房东住东间。门上都吊着单门帘,当中只隔着个外间。小嘎子领着"白脖儿"一步步往里走,一颗心怦怦地直想跳出来。他拉开风门子,来到外间;两个"白脖儿"也饥狼子似的跟到外间,不住地轮转眼珠子东撒西看。小嘎子忙再抢一步,打起东间的门帘,让着说:"老总,屋里吃饭吧,才熟的豆儿粥!"

"白脖儿"们顺势钻进帘子,喊一声说:"有八路没有?"房东大小四口儿,围饭桌坐着,脸

嘎子迎面遇敌而不慌乱,巧妙提醒屋内的同志们,颇具小侦察员的风范。

雁翎队的故事 | YANLINGDUI DE GUSHI

色苍白,话也一时说不出来了。小嘎子忙拾碴儿①说:"咳,老总可真会吓唬我们,有八路敢把你往屋里领?"那个三角眼的小子又嚷:"几口人?户口本儿呢?"

房东这才醒过神来,一面答应"有有",一面忙伸手掏钱。另一个家伙早掀开了柜盖,从里头提出个包袱来就解。两个"白脖儿"像一对见了骨头的恶狗,围着包袱翻捡开了。小嘎子趁机会忙说:"二叔你伺候老总们吃饭,我还是找找我爹去吧!"说罢,钻出帘子,嗖地钻到西间来了。

西间里三把刺刀堵着门。其余的也都做着随时冲杀的准备。钱区队长单腿跪在炕上,正从小灯龛里往外盯着。一见小嘎子进来,忙小声问:"街上有多少敌人?"

"我还没看清,就给他们截住啦!"

"快出去再看看。这两个家伙你不用管了!"

小嘎子一见区队长满不把这俩小子当回事儿,陡然壮了胆,应声"是",钻帘子往外就跑。刚跑出两步,不好了!东间帘子缝里,那只三角眼正在偷偷瞄他。

"哈哈!我说你鬼头鬼脑的不像个好东西,上那屋把什么藏了,啊?"

小嘎子一愣神,刚要分说,那小子抢上来揪住耳朵就拽:"去,快给我拿出来!"可是那小子

---

① 拾碴儿:方言,指接话。

"见了骨头的恶狗"生动体现了"白脖儿"们贪图财物、强取豪夺的丑恶嘴脸。

刚把门帘挑开,就触了电似的一下僵住了。耳朵里只听得轻轻一声"不准动",三把刺刀逼在胸前。靠里一个黑小伙儿点着手悄悄叫道:"进来进来……"

那小子直撅撅往前蹭了一步,便给揪进去,倒背手一拧,蹲在了炕沿底下。钱云清马上小声命令:"把你那个伙计叫过来!"这三角眼倒也乖觉,立即扯起嗓子叫道:"小锅子,快过来吧,这边有白洋!"

真是再灵不过,只听呜地刮起一阵风,帘子也不掀,就撞了进来,直到咚地撞在刺刀上,那家伙才懵懵懂懂地晓得敢情做了俘虏了。

嗅到钱的气息,"白脖儿"便像风一样闪了进来,将一切危险都抛到脑后,场面滑稽,也可见"白脖儿"贪婪至极。

小嘎子虽早就听说过"挑帘战"的乐趣,没想到会是这么淋漓痛快,一时忘了是在战场上,禁不住跳着脚拍起巴掌来。直到钱区队长盯他一眼,才恍然觉得还没有上街呢,忙吐一下舌头,转身往外就跑。

正是一步紧,步步紧,小嘎子刚推开风门,哎哟嗬!黄塌塌两条影子正在院里晃,再一看,可不是两个日本鬼子吗?前头那个挎把洋刀,背个图囊,还是个官儿呢。小嘎子一惊,失声叫道:"哎呀,两个鬼……""子"字还未出口,急改口高叫道:"奶奶!有俩太君进院啦!快预备饭哪!"只听屋里微微地呼隆一阵响动,又是钱云清的声音说:"小嘎子,好好把太君往屋里请。"

那两个鬼子不待请,已经大踏步撞了过来,嘴里还洋腔怪调地啰啰:"小孩儿,你的鸡蛋的,

雁翎队的故事 | YANLINGDUI DE GUSHI

家里有？"

"家里有。里头请吧！"小嘎子闪开身子，给他们让路。这时，他已发现那个"太君"腰里挎着个皮盒子，一支手枪翘在外面。一霎间，他那馋虫儿似的小舌头，一连在嘴角上逗了好几逗。

"太君"一面咕噜着，咔咔地上了台阶，跨进屋去。小嘎子一面靠向风门子，一面也拿着日本腔指引说："太君，西间屋干净，那里歇歇的干活！""太君"后头那个鬼子，见两屋的门帘都吊着，以为正用得着他的勇敢，挺起三八式，抢在前头，去挑西间的帘子，帘子一起，但听嚓嚓两声，鲜血一冒，大翻身倒栽回来。鬼子官"哇呀"一叫，回头就跑。说时迟，那时快，小嘎子见他要跑，急甩手咣当把风门一关，鬼子官儿身子才蹿出半截，——咔地夹住了后腿，一个嘴啃地，栽在台阶上。接着，从屋里飞出一个战士，啪的就是一枪，那鬼子肚皮贴地，两头儿翘了一翘，骨碌碌滚下台阶去了。刚拔出的手枪，摔出去一丈多远。

就是老鹰抓小鸡也没有这般快疾，小嘎子飞过去只一抄，就把"王八盒子"①抢在手里了。啊！你瞧他的心是怎样在飞腾吧，什么过年放炮，什么赶会逛灯，谁能比得上他此刻的快乐啊！连那噼噼啪啪已经展开的战斗，他几乎都顾不上细看了。

① 王八盒子：指日军使用的大正十四年式手枪。

一连串的动作描写，形象地展现了嘎子得到梦寐以求的枪时的喜悦心情。

战士们可顾不上他的高兴，他们喊声"杀"，一拥而出。

大个李头前开路，"歪把子"一阵猛冲猛扫，打得瓦断砖飞。街上敌人猝不及防，纷纷乱窜。战士们夺得一道街口，冲出野外，直钻入青纱帐[①]去了。小嘎子在后面紧紧跟着，不断地扭转身子，"王八盒子"叭叭直响，他在乘机会朝鬼子们试验新枪哩。

九

地区队冲出村子，很快就摆脱了敌人。可是因天色太早，为避免遭到敌人的合击，只好躲据点，跳公路，在敌人点线之间忽东忽西地钻空子，捉迷藏，一直马不停蹄，围着县城转了个大圆圈，又回到白洋淀边上的时候，太阳才错过晌午，是敌人不敢再出动的时候了。

钱区队长命令部队停在孟良营，一面在村头大场里休息；一面派人号房子[②]做饭，料理战后事宜。战士们虽然行军打仗，滚了一天，跑得又饥又渴，可是一年来老在屋里憋闷着，今儿乍在光天化日之下，明出大卖[③]地扎营，都高兴得飞飞的，哪里还觉得劳累？有的在场里摔跤劈叉，有的练投弹、刺杀，由着性儿地撒欢儿。村里的老乡们好久没见过明牌子八路军了，如今乍见扛机关枪的大部队，像是久别重逢的亲人。呼啦围来一大群，个个眉欢眼笑，问寒问暖，倾吐着一年来的艰难愁苦……

可是，最兴头最快乐的，还得数小嘎子。他站在一棵光滑笔挺、高得钻天的大杨树底下，右手擎着"王八盒子"，左手举着木头手枪，在大讲今天的战斗故事。围着他的是一大群村里的小孩儿，个个张着小嘴，眼睛随着他的两把枪上下翻飞，完全给迷住了。

[①] 青纱帐：指长得高而密的大面积高粱、玉米等。
[②] 号房子：寻找住处。
[③] 明出大卖：指公开、毫不避讳。

"你们看见过这样的枪吗？"小嘎子扬扬"王八盒子"，挤挤眼，俨然是玩枪的老在行似的，"瞧，长苗儿，厚梭儿，口径嫩，绷簧紧，里里外外，满挂烧蓝；一扣机啊，嘎，嘎！连扣连响，不坐不摆，又稳当，又脆生，这才真是新出炉的东洋造啦！"

小听众们羡慕得眼红手痒，啧啧地鼓着舌头，恨不得也马上变成个小八路才好。

忽然，通信员杨小根来了，说是区队长找他，这才打断了小嘎子的兴头。然而，更使他吃惊的还在后面呢，原来区队长所以找他，正是为了那支枪。目前很多县区干部和分区机关的同志，因为常常单独活动，自然很需要短枪来自卫。至于小嘎子，一则年纪小，二则没有打仗任务，所以区队长要他缴出来，匀给那些需要的同志去佩带。

小嘎子脑袋上轰的一下，青筋都迸暴起来了。他定神看看区队长，这小老头儿虽然温和地笑着，却是很严肃的，一点儿也不像闹着玩儿。

"非得缴不行吗？"小嘎子恐慌地说。

"是啊。"

小嘎子傻着眼，半晌说不出话来。"可是，"他忽地理直气壮了，把枪一举说，"我还得凭它给奶奶和老钟叔报仇呢！"

"报仇可不是你一个人的事，得靠大家才成。"区队长不慌不忙地说，"说靠大家，还不是光指咱地区队，是指的全体，指党政军民一齐来。光凭你一个人，就是抱挺机关枪，能报了仇吗？"

"机关枪一扫一片，怎么不能？"

"孩子，扫一片，也不过打死几个日本鬼子，只报了你一个人的仇。别人呢？还有更多的人死了奶奶，死了爹妈，死了亲人哪！更重要的是，日本帝国主义天天都在杀人、放火、抢东西！旧仇才报，又来了新仇。你怎么办？当真说到报仇雪恨，我们只能把眼光放大！咱们是共产党领导的革命队伍，最终目标是要解放全人类！可你光想到私仇，这怎么能当革命战士呀？"

小嘎子眼里湿起来了，他驳不倒区队长，区队长的道理是如此光明正

小兵张嘎

大！可又觉得这实在是欺负人，为什么单缴我的枪呢？心里一激，忽地又冲出一句来："我要硬不缴，你能把我怎么样？"

"不许这样跟我说话！"区队长盯着他，更严肃了，"我们是军队，是有组织、有纪律的，可不是老百姓。"

僵住了。小嘎子看看周围，周围的人虽在对他微笑，可眼睛里都仿佛说："好孩子听话，快缴了吧！"他心里明白了：这是拗不过去的，他一定得和他的宝贝分手了。

"要是我以后再得了呢？"他突然又问。

"再得了也应该按命令办事……"

小嘎子不等区队长的话说完，就把枪往桌子上一扔，说声"我不要了"，一抱脑袋逃出了人群；一颗颗泪珠，滴滴答答地落在他跑过的路上。这时，他多么后悔不该来当兵呀。

小嘎子跑出里院，坐在二门门墩上，捂住脸，想痛痛快快哭个够，并且，最好是一顿就把区队长的心给哭软了。不料想，他刚刚哭得一小半，呱嗒呱嗒一阵脚步声响来，啪的一掌，落在他的肩上，只听小铜钟似的一声喊话："嘿！起来咱们赛赛，看是谁的响！"

小嘎子一抬头，是个黑不溜秋的小胖墩儿，刚才还听自己讲演来的。只见他左手提着挂"柳条鞭"[①]，右手举着根大顶香，瞪着圆鼓鼓的小眼，一脸的挑战神气。小嘎子心里明白：这家伙是借"柳条鞭"来诳他放枪玩的。不由得一阵心烦，扭过头去不理他。谁知小胖墩儿是个缠磨头，以为小嘎子故意拿糖[②]，便凑上来抬胳膊，撩衣襟，满腰里搜枪。"王八盒子"自然不见了，那支"张嘴灯"却使他起了个新念头："我说同志，你有了那个东洋造，把这家伙给了我吧？"说着，伸手就掏。

小嘎子用衣襟把"枪"一遮，扭着脖子说："去去！来不来就要人家东西，臊不臊？"

---

① 柳条鞭：爆竹的一种，质量最好，响声最脆。
② 拿糖：装模作样或故意表示为难，以抬高自己的身价。

雁翎队的故事

"那怎么呢？要不咱俩换，我给你这挂鞭。"

小嘎子本是个活性子，吃他一闹，嘎劲儿又冒上来了。"手枪"他当然不会撒手，可那挂鞭却使他动了心：一百多头，细长铿亮，全是桑皮净纸擀的，放起来，响声儿不定多么"皎"呢！小嘎子想着想着，眼珠儿一转，小舌头又在牙缝里探开头了。

"你想要枪不是？得，咱们打赌吧。你赢了，枪是你的，输了，鞭就归我。怎么样？敢吗？"

"行啊！"小胖墩儿跃跃然了，"可咱们赌什么呢？"

小嘎子抬头一望，指着墙外说："上树。看谁够得着那个老鸹①窝。"

小胖墩儿一看墙外那棵大杨树，好家伙，高足有七八丈，直得像根杉篙似的。老鸹窝就搭在一根细叉上，看上去像是一朵黑疙瘩云，着实高得眼晕，连忙摇头说："不跟你赌那个，我上不去。"

"要不——摔跤。"

"是吗？"小胖墩儿跳起来了，立刻退后两步，一闪身脱了单褂儿，叉着腰说，"来吧，是一叉一搂的，还是随便摔？"

小嘎子在家里跟人家摔跤，一向仗恃手疾眼快，从不单凭力气，自然不跟他一叉一搂。两人把"枪"和"鞭"放在门墩上，各自虎势儿一站，公鸡鹐②架似的对起阵来。起初，小嘎子精神抖擞，欺负对手傻大黑粗，动转不灵，围着他猴儿似的蹦来蹦去，总想使巧招，下冷绊子，仿佛很占了上风。可是小胖墩儿也是个摔跤的惯手，塌着腰，合了裆，鼓着眼珠子，不露一点儿破绽。两个人走马灯似的转了三四圈，终于三抓两挠，揪在了一起。这一来，小嘎子可上了当了：小胖墩儿膀大腰粗，一身牛劲儿，任你怎么推拉拽顶，硬是扳他不动。小嘎子已有些沉不住气，刚想用脚腕子去钩他的腿，不料反给他把脚别住了，小胖墩儿趁势往旁侧里一推，咕咚一声，小嘎子摔了个仰面朝天。

---

① 老鸹：乌鸦。
② 鹐（qiān）：啄。

"哈！手枪归我啦！"

小胖家伙直朝门墩跑去。

"慢着！"小嘎子脑门上烘烘冒火，又羞又急，"咱们是三盘两胜，倒一回就归你啦——还有两盘呢！"

"又三盘两胜啦，你可真会耍赖！好，三盘就三盘！"小胖墩儿挺挺胳膊，乘着一股盛气，又骑马式当中一站。满头燥热的小嘎子，等不得他站稳，奇袭似的蹿上去就是一腿，把小胖墩儿扫了个趔趄，可是没有倒。小嘎子紧接又一扑，搂住脖子就按。不料小胖墩儿一哈腰，抓住了他的两肋。小嘎子按了两下没按动，忽觉下半身发起飘来。急撒开脖子去救肋下，却只落得揪住了对方的胳膊，脚下接连又打了两个悬空。"手枪啊手枪！"险险乎就要不保！小嘎子这回真急了。他两眼一转，照对方肩膀上就咬了一口，只听"哎哟"一声，就在小胖墩儿一闪身的工夫，小嘎子顺水推舟，一个绊子把他扔倒了。

这挺不光彩的一招，可惹恼了旁边一个看热闹的。只听瓮声瓮气一声大嗓子喊道："嘿！怎么咬人哪？"小嘎子急扭头，是个四十多岁的黑墩子：五大三粗，愣头巴脑，除了比小胖墩儿大一号以外，恰跟他一个长相儿。再没错儿，小胖墩儿的爹来了。就见他过去抚着小胖墩儿的膀子，一边看，一边冲小嘎子喊道："不识闹就别闹，犯不上翻脸咬人！这要咬破了，你包养啊还是怎么的？"

说得小嘎子眨巴着眼，紫涨着面皮，一句回话也没有，只冒出一头汗来。那大黑墩子又瞪一瞪眼，拉了小胖墩儿生气道："走！别跟他玩了！"可又回过头来冲着小嘎子添了一句："你呀，哼！给八路军丢了人啦！"

这一句不要紧，可大大伤了小嘎子的自尊心。怎么？急磕儿上咬了一下，连八路军都要跟着背黑锅啦？他立刻瞪起眼道："嘿！你这老家伙，说话清楚着点儿！我怎么给八路军丢人啦？"

"怎么不丢人？八路军就没有你这样不讲理的！"

"嗬！好哇！……"小嘎子跺着脚，心火呼呼上撞，憋得吭吭地响，只是说不出话，眼睁睁看他父子拿了鞭，进院子去了，方才想起一句解气的话来，便追上去对着他们的后影儿大声骂道："你他妈是个老顽固！"

刚被收了枪，这又跟人吵架，新晦气搭上老霉气，小嘎子更加懊丧起来。他别起"枪"，就地趑[①]了两圈，还是气愤难消。猛抬头，见东墙边栽着棵小槐树，便攀着它爬上墙去。墙外，战士们还在大杨树底下做游戏哩，嘻嘻哈哈，打打闹闹，乐得像一群马驹子。小嘎子骑在墙上，展眼一望，遍地青纱帐映来了一片碧绿，一阵阵花粉的清香，随着小风吹来。小嘎子顿觉心胸开朗，便扬起鼻尖儿，贪婪地吸那甜丝丝的香气，真是又醒脾，又清爽。谁知正吸个不足，忽地刮过一阵浓烟来；火辣辣钻进鼻子，呛得他喀喀一阵咳嗽。小嘎子扭头一看，原来房角上有个烟筒，再一瞧厦子底下，真是冤家路窄，大黑墩子正在灶火膛前烧火呢。小嘎子两眼一眯撒，噌噌几把，从墙头上薅下一绺子青草来，团成个蛋，就塞进烟筒里去了。

不一刻，浓烟滚滚，呼呼地从灶膛里倒灌出去，大黑墩子不知缘故，撅着屁股去吹，越吹烟越冒；忙又咕嗒咕嗒拉风箱，烟就大股大股朝他喷。不一会儿，狼烟弥漫，浓烟把大黑墩子裹起来了，呛得他涕泪齐流，喀喀地咳个不住。在房上，小嘎子前仰后合，乐得几乎喘不上气儿来……

十

早把一切烦恼忘得干干净净的小嘎子，正兴致勃勃地跟战士们做游戏，忽然杨小根又来找他，说他给人告下来了。

一进屋，就见大黑墩子气昂昂地在区队长背后站着，地下扔着一团黑煤子乱草。他心里已经明白，知道分辩也没有用，干脆笑嘻嘻点头承认：烟筒是他塞起来的。

老实说，区队长能把他怎么样呢？钱云清已是三十五岁的"小老头儿"

[①] 趑：来回走；中途折回。

了，从来见不得孩子流泪，刚才收枪时见他那副苦痛样子，心里已有些热乎乎的，本要好好儿安慰几句，不想他扔下枪就跑了。孩子得了枪来，还没有受到表扬，倒受了不少委屈，又是这样一个天真烂漫无父无母的孤儿！难道为这一点儿小调皮，真的给他一顿处罚？

不过，事情虽小，究竟关碍着军民关系。区队长便镇着脸，说了小嘎子几句，然后叫他给房东道歉。小嘎子原也乖乖地给大黑墩子鞠了一躬，说了些"对不起"的话。事情到这儿本来完了，不想小胖墩儿忽然提起摔跤的事来，说是他俩打赌，小嘎子输了，那把木头手枪应该归他。这样一来，事情又统统搞糟了。

"你说得倒好，归你？"小嘎子一下又红了眼圈子。根据经验，凡是部队与老百姓发生纠纷，上级总要把错儿断给部队的。小嘎子满心以为官司输了，赔个不是拉倒，谁知招来了丢"枪"的危险，这可吃不住劲儿了。他紧攥着"枪"把，气呼呼地简直要拼命："要'枪'啊，神仙他姥姥也不行！"

"张嘎子！"区队长严肃地叫了一声，然后直视着他，沉了半天，"这样吵闹是八路军的纪律不许可的！你没有听过军民一家的道理吗？……"小嘎子嘟囔说："叫我给他下跪磕头都行，这'枪'是老钟叔给我的，是我的纪念品，要了命也不能给他！"区队长不知怎么心里一软，鼻子有点儿发酸。然而，在这个节骨眼儿上是不能含糊的，放纵会惯成孩子的毛病。何况刚才收枪时，他的态度本来就不端正呢！于是他更加绷起脸来，顿一顿说："告诉你嘎子，八路军土枪土炮，没钱没饷，每人三发子弹，跟日本鬼子拼了六七年，没有叫敌人消灭，这是什么原因？除了共产党的领导以外，我们还有一条仗恃，就是广大群众真心实意地爱护与支持！可你动不动就跟老百姓打架，你知道这有多大害处吗？"他见嘎子不说话，就把手一摆，接着说，"去！你先上套间把这个道理想想。没有我的话，不许出来！"随即扭头对大黑墩子说，"老满哥，这孩子是新参军的，还没有好好接受教育，别跟他生真气。我们先关他的禁闭，等清静下来再好好处分他。……"

老满哥一听说"关禁闭"，猛然间倒吓了一跳。他本是个直筒子脾气，火头上来学说了几句,不过是警戒他下次的意思,不想却弄出个"关禁闭"来,又不知这是什么刑罚,便连忙笑开黑火红红的脸阻拦道:"别别,发落他一顿就是啦。一个小孩儿,能有多大罪过儿,还值得关禁闭!……"区队长虽然点着头,仍朝着小嘎子说:"你不上套间去,还在这儿愣什么?"

小嘎子正巴不得赶快离开,听了这话,忙向套间走去,心里却在庆幸:"枪"可算保住了。然而在走过老满跟前时,把眼向他一横,低低道:"等着吧,你个老顽固!"

一场官司就此结束。老满领了胖墩儿重去做饭;钱区队长开始检查战斗消耗,起草给分区的报告,一面等着侦察员们回来。别人各有工作,也都去了。唯独小嘎子闷在套间里,一个人冷冷清清的。

这套间,总共只有一条炕大。在半截小炕上,光光的只有一层尘土,既无枕头又没席。地下,也只有一个糠篓子,一个破坐柜,坐柜上撂着个旧纺车。小嘎子看看这儿,瞧瞧那儿,没有一件是好玩儿的。坐又懒得坐,躺又没法躺,便把指头伸进拐轴去,拧得纺车嗡嗡乱转。转了一阵,仍是无味,扒着糠篓子瞧瞧,空空的连个干菜梗儿也没有,可见想逮个老鼠的希望也不能了。咳,这可闷着吧!"你知道这有多大害处吗?"区队长的声音又在耳边响了。"嗯,有多大害处呢?……"他脑子刚刚一转,忽地喳喳两声,窗棂子上落了两只"家雀儿"[①],隔着一层窗户纸,在那里扑翅儿,弹爪儿,簌簌地动,仿佛在表演影子戏。小嘎子心花怒放了,忙忙地两脚一蹬,脱掉鞋,蹑手蹑脚地爬上炕去,看看离得切近,噗喳地一搭,窗户纸虽给抓了个窟窿,一只小家雀儿却捧在手里了,那蓬松的羽毛,溜黑的小眼,索索地满手乱动,拂得他手心发痒,痒得小心眼儿里充满了快乐。什么"坐禁闭"呀?小嘎子早就把它忘到九霄云外去了……

外边屋里,区队长可没有闲心想到小嘎子捉家雀儿。侦察员们陆续地回来了,出现了新的情况:据报告,明天城里有两辆汽车去保定,是送一

---

① 家雀儿:方言,指麻雀。

批伪军官受训的。另有消息说：有几个"差犯"也要同时解去，其中可能有钟亮同志。

这消息立刻把大家激动了，区队长跟前围来了一群战士。自打老钟被捕以后，他们曾想过多少方法营救他啊！无论是进城砸狱，无论是花钱赎买，也无论是托门子①作保……都想到过，无奈条件不成熟，不能得手，以致大家仍然日日夜夜地为这事煎熬着！

钱云清翻开地图，对着通往保定的公路，息气凝神审视着，默算着。那神气，就像一个面对疑难大症的医生，心里是在怎样地翻江倒海啊！

"当然，最好的办法还是打伏击。"他开口了。他向来不肯轻易下命令，哪怕再三深思过的思想，也愿意再和同志们商量一下。

大家都露出兴奋的心情，没有人吭声。

"两辆汽车，"钱区队长只好说下去，"除去'差犯'和伪军官，大约有二十到三十个战斗力。估计鬼子不会护送他们。但我们把敌人估计得强一点儿，给他打上一挺机枪，甚至再加上一个掷弹筒，我们还是能够把他吃掉。但困难就在他们是汽车，又是两辆。两辆之间的距离有多大？老钟坐在哪一辆？都不能断定。所以就有个问题：怎样把两辆汽车都截住？"

嗡嗡嗡，大小"诸葛亮"都活跃起来了。有说埋伏在城根下头，堵着城门打的；有说把部队分成两股，各打一辆的；有说埋伏在半道上，截住一辆打一辆的……各法有各法的优点，却又都不够妥帖。最后，区队长综合大家意见，又提出一个方案，就是：利用青纱帐，把伏击圈设在公路上。但预先须把公路掘断。头一辆汽车赶到，必得停住修路。如果部队不被发觉，那就尽量争取时间，等待第二辆汽车赶到后再开火。这方案虽然也不够稳当，可比较起来，还是长处多些。打仗嘛，几分冒险总是难免的啊！

正在大家都点头的当儿，背影里一个人叫了起来："哎，我可还是不放心。"一句未完，腾棱棱，一只家雀儿飞落在地图上，旋即扑棱一下又钻

---

① 托门子：为达到某种目的而找门路托人帮助办事或代为求情。

进入缝里去了。人们不由得一愣，回头一瞧，一根麻经儿①牵在小嘎子手里，家雀儿正是他不经心撒出来的。

"这是谁说话哪？"区队长故意镇住脸，可眼睛里一股笑意却没有隐藏住，"嘀，张嘎子啊。是谁把你请出来的呀？"

"一听见老罗叔说话，我就出来了……"小嘎子赶紧把家雀儿收回袖筒，红着脸说。

"嗯——"区队长终于放开眼睛，让那一片温柔的笑意，像一汪淀水似的流荡着，那是从深湛的心底涌出来的啊。"你有什么不放心，请说说吧！"

"你想啊，"小嘎子大胆地指着地图上的伏击圈，"汽车停在这儿啦，咱们忽一家伙，机关枪，手榴弹，丁零咣啷，一顿狠砸，不把老钟叔也砸在里头吗？"说得大家都笑了起来。

"不要紧！"区队长把手按在他肩膀上，"同志们心里也有个老钟叔，跟你的一样。咱们的子弹是长着眼的！"

十一

……很紧张的一夜过去了，黎明神秘地轻轻走来。青纱帐里，战士们已各就各位，一切都复归于宁静。若不是一股股轻风吹拂，连那宽大的玉米叶，挺立的高粱秸，也会再睡个回笼觉的。大伏天，清风雨露，最难得的是这样凉爽的早晨。

小嘎子趴在机枪手大个李的旁边，从豆棵底下紧盯着公路，心里怦怦地跳个不停。他将头一次正式参加打仗了。他，就要看见敌人迎面走来，就要看见枪炮的对射，就要喊着杀声冲锋了！啊，果然能打敌人个冷不防，该有怎样的红火热闹好看呀！不，他最激动的倒不在这些，最拨动他的心

---

① 麻经儿：缕状的生麻，捆扎小物件用。

弦的还是老钟叔。嘿！当敌人消灭了，汽车打毁了，人们都欢呼着拥上去，老钟叔从汽车上往下一跳，嘿！竟意外地喊一声说："嗖！这不是小嘎子吗？"那该多么醒脾、多么快乐呀！

埋伏圈布置得很巧妙，骑着公路，恰好有一块高粱地和一块棒子地互相交错着，棒子地里"双挂沟"耩着一垄大黄豆，这黄豆枝高蔓长，真像一行行丛密的灌木，人伏在下面，简直非踩住脚是发觉不了的。留给敌人的却是一大片棉花地：枝丫横七竖八，棉桃累累垂垂，宽长足有半顷①，高却不过膝盖。小嘎子虽不懂战术，单看选的这地方也把他折服了："区队长这小老头儿可真有绝的！"

不知是图凉快，还是公事儿紧？日头刚冒红，嗡嗡一阵响，敌人的汽车就开来了。先是模模糊糊的小黑点，尾巴上挂着一股烟；随后越来越大，直顺着公路爬来了，它们一前一后厮追着，恰是两辆。

"瞄准儿！"小嘎子抓住大个李的脚脖子，猛地一摇。

"别捣乱！"大个李不慌不忙，抬起枪托顶在肩窠上。压弹手紧掐着子弹，挨肩儿伺候着。小嘎子撒眼再向两边一溜：嗬，玉米根里，豆叶底下，一眼眼黑黝黝的枪口，都已抬起头来。钱区队长那两只眼睛，就跟闪电似的，直朝前射出两道光去。

两个怪物越开越近，转眼就冲到玉米地头了，突然嘎吱一声，前面那辆刹了车：因为一条断道壕拦住了去路。可是，里头的人还没来得及动，叭！清清脆脆一声响，紧接着就是机关枪的嘎嘎大笑，随后手榴弹排枪齐放，砰砰啪啪，一阵子流星急雨，漫天扫地飞将过去。先是后面那辆汽车的车头上几股白烟一冒，随即腾起一团浓烟，一头栽进道沟去了。车厢里的人没命地翻斤斗②，栽马趴，往外乱跳，砸得地上咚咚地响……

"冲啊！杀！……"

一霎间，高粱叶变成了刺刀，谷穗儿化成了子弹，刺刀迎着日头闪光，

---

① 顷：地积单位，1顷约合66667平方米。

② 斤斗：指跟头。

雁翎队的故事 | YANLINGDUI DE GUSHI

子弹冲开清风啸叫，战士们跃出青棵，蜂拥而上。前面那辆汽车早又挨了几颗手榴弹，呼呼地冒起大火，失魂落魄的伪军们乱纷纷跑进棉花地。不想棉枝棉桃牵起手来，成了一道道绊马索，他们跌骨碌，打前失[①]，跑又跑不动，藏又藏不严，直像蠓虫儿撞进了蜘蛛网。战士们呐着喊儿，赶围子似的东追西撵，一个个把他们捉起来。这中间，最勤快最着忙的，恐怕要算小嘎子了。他紧随着大个李三蹿两蹦冲上去，爬上头一辆汽车一看，车厢里倒是躺着两个人，就是没有老钟叔。他随手抓起把洋刀，又跳上第二辆，还是没有。手搭凉棚，四外一望，乱哄哄遍地是人，哪一个是他呢？忽见西南角上还有几个人在跑，便跳一跳，加劲儿追了上去。

一个穿白衫的大胖子，圆滚滚的像只太平水缸，正一步一跌地在棉地里滚蛋，一把给小嘎子揪住了："嘿！老钟叔在哪儿？"

那家伙呆着两只豆包眼，只顾拉风箱似的喘气，说不出话来。

"我问你老钟叔！——哑巴啦？"

"什么，老钟叔？我……不知道……"

小嘎子不等他说完，恨得踢他一脚，骂道："你个老母猪！"便撒了他，打算再追前面一个去。不想大胖子由腰里掏出一件东西，颤巍巍递了过来，小嘎子一看，嘿！手枪！——一条真正崭新的"张嘴灯"！小嘎子只觉唰啦一亮，一颗太阳打从眼前冒出来了！他忙把枪接过来往腰里一掖，给大胖子一指道："去，汽车那儿集合！"说罢，猛劲儿蹦个高儿，追远处一个穿绿的去了……

因为比料想的还顺利，只有十多分钟，战斗便告结束。打死了五六个，逃掉了七八个，抓了十七个俘虏。可惜敌人没有机关枪，只得了一些小枪子。区队长命令收拢部队，打扫战场，预备撤走。

直到战场快打扫完了，小嘎子还在满地里东奔西找，一个个在那里翻死尸呢。可死尸都翻遍了，还是没有一点儿影儿，这才含着两包泪跑到区

[①] 打前失：（驴、马等）前蹄没站稳而跌倒或几乎跌倒。

队长跟前来：

"找不见老钟叔！……"他差点儿要哭了。

"是啊。"区队长出一口长气，样子也很沉重，"刚才查了一下，老钟并没有来。我们打了半天，只达到了一个目的。"忽然，他上前一步，抚摩着小嘎子的头顶，情意深长地感叹说，"嘎子啊，高山平地都走遍，还得用心想法儿啊！"他回过身去，命令部队立刻出发，朝十方院方向转移。

但是，小嘎子一迈腿忽然拐了两下。区队长低头一看，见他裤脚上洇着些鲜红的血印，忙上去两手一搀，把他抱住，一面连喊卫生员。小嘎子也觉膝盖下有些疼，一卷裤腿，黏黏地沾了一手血，不由得吓了一跳。

"别慌别慌，孩子啊，这是挂彩了！"区队长忙扶他坐下，十分温柔地又安慰，又鼓励，那语气，竟突然变成个老妈妈了，"不怕，养几天就会好的。年轻力壮的，流点儿血没关系。"为了减轻小嘎子的紧张，他尽量想说句笑话，"瞧，只在腿上钻了个小窟窿眼儿，离肠子还远着呢！"

可是，方才还欢蹦乱跳的小嘎子，立时觉得身上发软，两腿发沉起来。

卫生员跑来了，打开救急包，急忙给他包扎。不一会儿，从村里动员的担架也赶到了，卫生员扶他躺上去，就开始随队转移。

老实说，小嘎子心里有点儿慌，他没有流过这么多血，谁知这要引起什么结果呢？再加上没有救了老钟叔，一路上总是皱着眉，一声儿不言语。卫生员是个心慈面善的青年，从旁照护着他，很是细心。忽然他发现小嘎子经常把手捂在左腰上，以为那儿也挂了彩，便上前撩衣服道："这儿怎么啦？是不是也……"

不想小嘎子用手一搪，紧防护着说："没有没有，什么也没有！"

可是他的脸上豁然起了一个变化，一团神秘的得意之色，时时隐逗在眉梢，弄得卫生员莫名其妙了半天。

天黑以后，部队给小嘎子送到荷花湾去了。在那里，他开始尝着了养伤的滋味。

十二

养伤本不是很痛快的事情，可是，小嘎子却由此跑到另一层洞天福地中来了。

这荷花湾，村子虽小，抗日工作可是第一。每逢日头一歪，抗战的歌声便飘了起来。党政工作人员，几乎是明来明往，喜气洋洋。鬼子的据点虽然近在三里之内，从街里便望得见那圆筒筒的岗楼，可它有什么办法呢！这荷花湾紧靠白洋淀，淀边上五里以内，一码都是苇塘。苇子又高又密，深比群山，广比大海，真是火烧不着，枪打不透。苇塘里面又有数不尽的河叉港湾，一条条恰似深街小巷，稍稍有点儿风声，几十条小船排开，荡一荡，人影儿都不见了。"白脖儿"们也知道这村子最"红"，但他们都是给八路军拿服了的，只要鬼子面前交代得过，巴不得睁一眼闭一眼，乐得太平。更有那聪明的，暗中早为自己留下后路，鬼子动一动，他们倒先忙忙地送出信儿来。于是这村子更成了"双保险"。许多抗日机关和伤员休养所都设在这里，从不曾出过差错。因此人们送它一个诨号，叫它"小延安"，意思说：一进这村，就算到了家了。

小嘎子给安置在杨大伯家。这杨大伯家只有三口人：老两口，一个闺女。闺女也十三岁了，名叫玉英，是个温柔、俊秀而又纯朴的小姑娘。老两口儿都已五十开外了，就这一个孩子，自然当作夜明珠似的，两颗老心一并儿都扑在她身上。可是，由于人口过于单静，玉英又一向少言寡语，三口人过日子，总嫌有些冷清。在两位老人心眼儿里，常希望有个八路军或工作人员来住一住，一来便于为抗日尽心，二来也好借他们的革命热情当春风，变一变家里的气候儿。

盼着好，好就到。小嘎子突然来了。这个爱说爱动、整天不识闲儿的小家伙，一来就像给静水里添了条活灵灵的鲤鱼拐子，马上使这个家庭热闹起来了。

小兵张嘎

　　第一使他们喜欢的，是他的洒脱乐和的性子。一进门，见了老头儿是"大伯"，见了老婆儿是"大妈"，见饭就吃，端水就喝，两个老人叫他睡，他就躺在炕上呼呼睡了。成天价大伯长，大妈短，声声不住。乐得两个老人眉欢眼笑，无可不可的。杨大妈待人本就知疼着热，没挑没拣。像他这样一个男孩儿，又是跟日本鬼子厮杀格斗而流血带伤的，更疼得儿子似的，恨不能揣在怀里，喂他一顿奶水才好。她每天拿东拿西，喂汤喂饭，没一样失过仔细。有两次，小嘎子因为害羞，不让她端屎端尿，她还噘嘴生气呢。就连医生来换药，她也在旁边监视着，生怕下手太重，苦了这个孩子。

　　杨大伯有两条小船，一有闲空，便撑下淀去，顿顿逮几尾鲜鱼来给小嘎子下饭。有时还带回几枝半开的荷花给他开心。

　　可是，跟小嘎子最要好的，还得算玉英。这玉英往常一个人虽也过惯了，到底有些孤闷，如今忽然添了个伴儿，又是个说说笑笑挺会逗趣儿的小八路，当然格外高兴。先前，小嘎子躺在炕上不能动，她就在一旁做着活儿陪他说话，两个人说笑话，破谜猜，说绕口令，笑个没完。可最多的，还是小嘎子给她讲战斗故事，把从老钟叔那儿听来以及自己参加过的，全数倒给了她。这使得玉英不仅把他看得英雄、伟大，也羡慕起他那神奇有趣的生活来了。后来，小嘎子躺腻了，她便扶他坐起来，故意找点儿活儿请他帮忙：她扎花儿，便让他盘丝线；她描花、画画儿，便让他研墨裁纸；她纺线，便让他搓"布节"。果然，小嘎子有活儿占住手，觉得日子好打发多了。有几回，他甚至动了高兴，跟她学起描花画画儿来。居然照描了好几张"和合二仙"①和"大破天门阵"，贴着满墙都是花样子。

　　当然，他两个也闹一点儿小摩擦，比方，小嘎子总想着他那一对"张嘴灯"，特别是新得的那把真的，哪怕让他摸一摸，一颗心便像在蜜罐里偎着似的发甜。可是，自进家那天起，杨大妈便收了去，放进文书匣子，藏到顶棚上去了。小嘎子几次央告玉英给他取下来，可玉英害怕鬼子一来，

---

① 和合二仙：民间传说中掌管婚姻和合的神仙。

闯下大祸，老也不答应。两个人为此吵了两次嘴，气得玉英还哭过一场。可是，不上一袋烟工夫，两个人又凑到一块儿唧唧嘎嘎地和好了。

他两个亲亲密密，一片天真，本是无心的，不想却触动了两个有心人。杨大妈自打小嘎子一来，看人品，看心计儿，便有过一点儿意思。古语说得好：闺女千好万好，到头来终是人家的人。眼见得闺女一天天长大，总躲不过那个"出门"问题，一股身后冷落的滋味，老在暗暗袭扰着她的心境。近来瞧他们成天价形影不离，说说笑笑，可不就是一对小夫妻吗？再把小嘎子的家底儿一盘，原来是个无家无业的孤儿，就更加碰对了心思。暗中跟杨大伯一商量，彼此想的恰恰相同。左右掂量，再没比这更合适的，于是他们径直跳过选女婿的本意，竟想把小嘎子"倒装门儿"①了。

"嘎子，"有一次，杨大妈叫着他的名字，暖煦煦地问，"等把鬼子打走了，你最大的想头是什么呀？"

"我呀，"小嘎子说，"先去坐一回火车——老钟叔说，那玩意儿唧噔嘎噔、唧噔嘎噔的，可抖劲儿呢！"

"还有呢？"

"还有——去开飞机！大妈，那玩意儿嗡嗡嗡嗡一开，一下就驾了云啦！再有鬼子侵略，我从天上就把他打翻了个儿！……"

"还有呢！"杨大妈又追一步问。

"还有吗？飞机驾不成，那就开火轮儿。"小嘎子向窗外的淀水望去，就像那儿真有个火轮儿似的，"大妈，那时候你要下天津卫，就用我的火轮儿送你！保险又快又稳当……"

李大妈甜蜜地笑了，伸手拍拍他的脸蛋儿，说："好孩子，到那时候还记着你这穷大妈呢。可你不是想上天，就是要下河，你就不想别的啦！还想干点儿什么呢？"

"还想——没啦！"小嘎子直截了当地摆了摆手。

---

① 倒装门儿：入赘，男的到女方家去就亲。

"我奶！"大妈惊奇起来了，"你就不想成家立业？不想娶个媳妇儿？"

"不要那个。"小嘎子忽地脸红了。这真是世界上最奇怪的事儿，十有九个这样大的孩子，一听见这类话头，都会脸红的，而且大半还带着一点儿莫名其妙的恼怒。小嘎子也是这样，一听这话，立刻扭过头去不言语了，好像戳着了病根子似的。

这以后，杨大妈还试探过好几次，仍是毫无进展。然而老两口子可不灰心，小嘎子的摇头害臊，在他们看来是很自然的，谁个年轻时候不是这样呢？等着瞧吧，总会水到渠成的啊！可他们万也想不到，即将发生的变化，是这样出人意外。

十三

一晃儿几天过去，小嘎子能下地走动了。一能走动，可就再也憋不住他。整天价扒着窗户眼儿往外瞧，有个燕子一飞，他都想跟了去，央告得两个老人没有办法，只好让玉英带他下淀去玩玩，自然，一半也因为淀里比家里还要太平些。

嘎子"不识闲儿"的形象跃然纸上。

玉英是个撑船好手，对淀里地势又是烂熟的。她把嘎子扶进"小三舱"，提篙一点，晃悠悠荡进了苇塘。小嘎子在屋里磨了这些日子脊梁，憋得脑袋都发涨了，今日乍一出来，满眼水色天光，青枝绿叶，直像小凉风吹进了热腔子，一股爽快舒畅的感觉，搔得他心上痒痒得真想随风飞去，便禁不住放开喉咙，和着玉英的细嗓子，唱

长期居家的烦闷在优美景色的冲击下一扫而空。

雁翎队的故事 | YANLINGDUI DE GUSHI

起歌来：

拿起篙来往前撑，
撑船不怕打头风。
打头风，撑不动，
撑一篙来哼一声。
嗨哟嗬！
英雄不怕硬中硬，
再硬也要冲三冲！
前头挡着山三趟，
牙根一咬也打通！
拿起篙来往前撑，
漂洋过海找英雄。
倒霉事儿别败兴，
天要塌来山要崩。
嗨哟嗬！
山上的石头硬碰硬，
胆小怕事可不中！
烈火满天烧个透，
原来咱是真英雄！

歌声带着水音，在碧粼粼的水面上飘扬开去，一直传得老远老远，把水鸟草虫的鸣吟都盖住了。

玉英在船尾上撑着篙，一面唱，一面看着小嘎子的神气，在心里寻思：小嘎子是那么欢乐，那么心神陶醉，什么也不愁，什么也不怕。可他

在敌人残酷的"扫荡"中，到处都弥漫着战火硝烟，这样的静谧平和分外难得，也更令人神往。

连个家都没有,这是怎么回事儿呢?他这些快乐是打哪儿来的呢?她真想问问他。

小船向前漂着,一股微风吹来,推起层层细浪,拍得船头溅溅地响。淀水蓝得跟深秋的天空似的,朝下一望,清澄见底。那丛丛密密的苇草,在水流里悠悠荡漾,就像松林给风儿吹着一般;鲤鱼呀、鲫鱼呀,在里头穿出穿进,活像飞鸟投林,时不时,鲇鱼后头又追出一条肥大的花鲫来,两条鱼看看就要碰在船上,猛一个溅儿又都不见了。苇根下的黄鲴鱼最是着忙,成群搭伙地顶着流儿瞎跑,仿佛赶着去参加什么宴会。

玉英顺手捞起几个菱角,丢给小嘎子。小嘎子拾起一看,还嫩得不能吃,便一个个排在船板上,伸手在水皮上划着,预备亲自去捞。忽然,小船拐个弯,一阵馥郁的幽香飘了过来。猛抬头,苇塘尽处闪出一大片荷花,红的、粉的、白的,开得又鲜又大;圆圆的大荷叶片片儿,密密层层一直铺展到远处的杨柳下去。小嘎子噢的一声,举起手,直朝那里探着身子,一个多么美丽的天地呀!玉英果然把篙一拄,小船掉一掉头,照直蹚将过去。小船惊动了两只野鸭子,扑棱棱腾空飞起,溅起的水珠落在荷叶上,一盘儿珍珠似的在上面团团乱滚。小嘎子再也忍不住,伸手撅下一个大莲蓬头,剥出胖墩墩的莲子来,一粒粒直往嘴里投,连歌儿也顾不得唱了。

一直盯着小嘎子的玉英,把小船扎在荷花丛

> 直接而富有画面感的景物描写,使人仿若置身于荷花丛中。

雁翎队的故事 | YANLINGDUI DE GUSHI

里,也撅了一张大荷叶,打在头上遮着老阳儿,一面望着小嘎子微笑。小嘎子便把莲子投给她,又去抡着两眼,挑选着更大的莲蓬。这时,远处又一只小船漂来,船头上蹲着几只鱼鹰,都套着脖锁儿,向深淀里划去。小嘎子眼一挤,对玉英开口道:"哎,我破个谜你猜猜?"说着,又投过一颗莲子去。

"你说吧。"

小嘎子念道:"一帮一帮,蹲在船上;逮来的吃不下,单等人喂它。"

"你瞎编的——是鱼鹰。"

小嘎子忽地拍起手来,笑道:"'玉英'啊!我说怎么放着莲蓬不摘,非直着脖儿等人家喂呢!"

玉英听了,说声:"好哇,你敢编派我!"便把荷叶一撂,溅起水来,撩了他一身,又用力摇晃小船,要把他翻下水去。小嘎子忙把身子闪在荷叶里,也溅着水进行反攻。一阵清亮亮的笑声,就在水面上响起来,直到小嘎子把伤口笑疼了,才住了手。

"嘎子,我问你,"玉英笑罢了,忽然敛起神来很庄重地说,"你一天价不是唱,就是笑,不是玩,就是闹,怎么就那么乐呢?"

"嘿嘿,"小嘎子眉毛挑得高高的,"这还叫乐?你还不知道我们部队上,那才真叫乐哪!在这儿都快把我憋炸了!"

"可也是,凡你们部队上的,一出来,个顶个

> 这样逗人发笑的俏皮话,表现了嘎子活泼、开朗的性格。

的又说又笑……"她忽地叹了一声道，"唉，还是男的好，女的就是不行！"

"瞧你这封建劲儿！女的怎么不行，你没见过那么些女八路！还不是跟男的一样！你要眼红，跟我走！包你也当个侦察员！"

哎嗨，这句无心的话，可正碰着了玉英的心坎。几天来，她转过多少念头，做过多少英勇而又神奇的梦啊！然而，她总觉得自己的念头有点儿荒唐，是办不到的。不想小嘎子打开了她的心窍，一下子又惊又喜起来。

"行吗？我一个女的？"

"怎么不行？穆桂英也是女的，怎么大破天门阵来呀？"

"那你带我走吧！"玉英心里突突地跳着，兴奋得脸都红扑扑的了。小嘎子见她这么信赖自己，一发喊着好儿鼓励起来。他说，部队上不光个个英雄好汉，事事也可意随心，男女老少像一家子，到处受老百姓爱护欢迎。他又夸区队长怎么精明能干，侦察员怎么骗鬼通神，战士们怎么英雄勇壮，同志们又怎么和蔼可亲。末后又替玉英设想：她年纪小，又是女同志，不为敌人注意，只要胆气大，一定能做个呱呱叫的小侦察员。一席话，更把玉英说得飞飞的，这样光辉灿烂的前程，谁能不着迷呀？玉英不断地踮着脚跟，恨不能催着小嘎子立刻就走才好。

可惜，小嘎子的伤还没有全好，不能马上走

八路军的物质条件极为艰苦，但战士们并不忧愁，共产主义信仰给了他们强大的精神力量。

雁翎队的故事 | YANLINGDUI DE GUSHI

脱，真真急人。于是他俩一面同心协力着意养伤，一面每天照样躲进这荷花淀来，精心精意地规划着走法。头一件困难，当然是杨大伯杨大妈。几天来，一想到小嘎子养好了便要离开，他们尚且叹气不止；独生女儿也要走，怎么舍得呢？玉英也曾半开玩笑地试探过，得到的回答当然是摇头。这可怎么办？想来想去，两人觉得还是偷着走好，既然要上战场，干大事，来个新奇惊险的开头，也是理所当然的啊！

可是，小嘎子才怪，主意本是他出的，玉英已经同意了，他却"哎呀"一声，思想又拐了弯："就这么偷着一溜，不把两个老人给坑了吗？他们都那么大岁数了，跟我奶奶一样……"

"倒也是啊！"玉英也跟着反想过去，"我一走，做饭哪，抬水呀，抱柴火啊，可就没有人给妈帮忙儿了，可就剩她一个人儿了……"

两个人又发起愁来。

真是老天不负有心人，小嘎子到底找着了三全其美的法子。这时，伤已经养好了，两个人都兴冲冲地做着准备工作。

一天，休养所的同志告诉说，地区队又转过来了，有事情可以到吞虎口去联系。这天晚上，小嘎子给玉英递了个眼神，两人便假装从外边跑来，一齐扑在杨大妈跟前，玉英说："妈，刚才有人打莲子口捎了口信儿来，说我二姈子前儿个添了个大胖小子，明儿满月，让妈务必吃包子去。"

> 虽然平时调皮任性，但嘎子的本性依然善良，会主动为他人考虑。

小兵张嘎

杨大妈听着这信儿太突然，正半信半疑，小嘎子从旁接口说："对，我也听见啦！捎信儿的是后庄上卖鱼的，是不，玉英？"玉英连忙点头说就是后庄上的老三叔，还让他进来喝水呢，他没工夫，走了。这一下，可把个杨大妈喜欢得什么似的，娘家兄弟也是半辈子没有儿子，忽然添了个胖小子，怎能不去做满月呢？便连忙舀面蒸馒头，腾篮子，买干粉，直忙了大半夜。第二天一早，便叫他两个好好儿看家，让杨大伯摇起小船，坐上走了。莲子口在淀水中心，离着二三十里，这一去，得一天才能回来。

他们一走，两个小家伙可着了忙。他们拿了花筐扁担，先把村头上半垛滑秸①倒腾回家来，堆在半当院，省得以后杨大妈跑远腿抱柴火了。随后就动手做饭：小嘎子添水刷锅，玉英拿盆和面，噼噼啪啪，贴了一锅圈饼子，再蒸上一笼子窝头，呼通通烧了足有两点钟，饼子窝头拾了冒尖儿一篮子，足够老两口子吃半月的了。最后是抬水，两个人连抬带挑，先把大缸灌个溜溜满，又灌平了三个小罐两大盆，实在再找不到空家什了，便又倒了撒溜撒溜一大锅。做完这一切，再从头点着数儿想：吃的、喝的、烧的，全安排下了，还有什么不放心的呢？没有了。玉英便掏出他俩预先画好的画儿来，压在迎门桌上的蜡扦底下。

这是一张仿佛年画似的画儿。上面画着一间

① 滑秸：小麦秆。

即使快要离家，嘎子和玉英也没忘记为两个老人备好生活所需。

055

小屋，小屋里通出一条大路，大路上走着两个胖娃娃：一个留着锅圈头，一个梳着俩鬏髻①，正迈开大步，朝远处一溜儿军队跑去。那军队都扛着枪，一顺儿迈着同一条腿，开着正步，英武地走着，排头还打着一面小红旗，旗上画着一个五角星。——这就是他们留给大伯大妈的信，是指明他俩的去向的。

一切都妥帖了，小嘎子便从顶棚上取下文书匣子，拿出那两把"张嘴灯"，说声"走吧"，便倒扣了门，携了玉英的手，一溜烟直奔吞虎口跑下去了。

十四

离了白洋淀，渡过大清河，两道车辙，一条大路，小嘎子和玉英一口气就跑出二十多里地来。前面不远，绿阴阴一片就是吞虎口了。

"哎呀！"小嘎子叫了一声，猛孤丁站住了，把玉英吓了一跳。他又愣了半天，才说："我这'张嘴灯'怎么办？叫区队长看见，还不是又得要了去！"

"真哪！"玉英松一口气，"我还当着看见鬼子了呢！这也值得这么蝎虎？"

小嘎子可还是很严肃，他把手搁在枪上，看前面，眼前就是吞虎口，"张嘴灯"却只靠一件单裤儿遮盖着，这顶多藏得上一半天，日子一久，非暴露了不可。这……他两眼风轮似的骨碌碌一阵乱转，嘻！得着主意了！左边那不是孟良营吗？村头上那棵大杨树多高啊！那个像一朵疙瘩云似的老鸹窝，还在上头架着呢，小嘎子想起了自己的"绝劲儿"，这回可要用上了。

"玉英，你先在这儿等等，我到孟良营去一下，马上就回来。"说着，

---

① 鬏髻（zhuā·ji）：指梳在头顶两旁的髻。

小兵张嘎

撒开腿一溜小跑,就到了孟良营。

说来真是凑巧,村头上一个人也没有,连街里也静得死气沉沉的,小嘎子也顾不得多想,赶到杨树底下,往手心里啐上两口,脱了鞋,腰后别着"张嘴灯",猴儿似的一口气就爬上了大树。他挥手把里面的老鸹赶开,朝窝里一望,嘿!一个多么奇妙的地方啊!这窝不只垒得结实,里头还铺着许多干草和羽毛,任是谁再也想不到有这样好的藏枪地方了。小嘎子抽出"张嘴灯",贴边儿往窝底一放,又盖上些羽毛和大杨叶儿,看一看,挤咕下眼睛,哧一声滑下地来。一股妥帖欢乐的滋味,美得他吹起口哨来了。

小嘎子刚刚穿上鞋,就听得背后一声断喝:"小孩儿!过来!"

一回头,嗬!几个"白脖儿"从村后抄过来了。提着枪,瞪着眼,贼溜溜正像一群恶狗。小嘎子打个寒噤,撒丫子就跑,后面"站住,站住"两声喊,叭的就是一枪,子弹在脚下哧地穿了一道沟,小嘎子一个箭步,蹿进了街筒子。又跑几步,几条影子一晃,胡同里又闪出三个鬼子。小嘎子一急,拔头撞进了一家大门,他刚把大门闩上,就听见了咔咔的皮靴响,他急忙飞身进院。而背后,鬼子就在踹门了。猛然间,前面又有脚步响,一抬头,嗬!紫不棱的黑大个儿,敢情是他!——小嘎子跟他吵过嘴,捣过蛋,骂过他"老顽固"的那个老满!

"这回可毁了!"小嘎子一身冷汗,马上溻①透了衣裳。可是,他又看见了墙边那棵小槐树,抢过去要攀着跳墙,就听低低一声喝道:"还往哪儿跑?"

大黑墩子赶上来,舒手一抄,就把小嘎子抱在怀里,几步跑进屋去。穿过一个明间,来到一个地方:半截土炕,一层尘土,地下席篓子、坐柜、纺车,这不正是小嘎子"坐禁闭"、捉家雀儿的那个套间吗?老满上前挪开纺车,掀开坐柜,一弯腰,竟拆掉了当柜底用的木板儿,说声:"快,钻进去!"小嘎子诧异地哈腰一看,原来是个洞口,这才恍然大悟,说得声:"谢谢!"连忙迈进两腿,往下一抽,就缩进地下去了。上面两声木板响,

---

① 溻(tā):方言,指汗湿透(衣服、被褥等)。

一团漆黑笼罩，坐柜又盖了起来。

"谁呀？"一团热气吹在脸上，把小嘎子吓了一跳，敢情底下早有一个人蹲着哩。

"我。你是谁？"

"我是黑胖，你……挺耳熟的，到底是谁呀？"随着伸过一只手来，碰着了小嘎子的脸蛋儿，又摸索着朝头上摸开了。

"黑胖？"小嘎子心上更觉热辣辣的，这必是那个跟他摔过跤的小家伙了，便也伸过手去，紧紧抱住他说："我——叫张嘎子，还跟你打过赌呢。……"

"噢，你呀？……"想不到那小家伙竟是一派惊喜的口气，"你这人儿可真神啦，你怎么知道这儿有地洞？……"

突然地面上咕咚咕咚一阵响，接着是吆喝骂人的声音，丧声怪气的鬼子腔和"白脖儿"调儿，已经分明地响进了套间。只听乒乓吱扭一阵响，纺车摔掉了，坐柜打开了，呼呼喘气的声音，直传到地下来。小嘎子抱着黑胖，耸起了整个身子，好像就将有一只大手要伸下来把他抓住。

可是，咣当一声，柜盖又盖上了。随即噼腾扑腾一阵乱，一个声音喝道："你把小孩儿藏到哪儿去啦？"

"什么小孩儿？我压根儿没有见！"是老满叔那倔强的声音。

啪！响了一个嘴巴。

"挑了他！"又是哐哐两声。

"挑了我也是没有见，不信你们翻哪！"

"好哇，你还挺硬！全是他妈八路变的！"又是乒乓乒乓、稀里哗啦，一阵乱摔、乱砸、乱打。这声音时远时近，带着沉闷的嗡嗡声，震得洞里的土都簌簌下落。小嘎子咬着牙，火辣辣的热血涌上脑门，一股烈火在心头燃烧着。他更紧地抱着黑胖，就像抱着一颗热烈而巨大的心。就在这一刻，他突然想起区队长来，不知怎么的，这个爱镇着脸说话的小老头儿，使他感到那么亲切，那么体贴人，那么叫人想念，他的道理说得多么好啊！不是他把我"关禁闭"，我怎么会知道这儿有地洞？老满叔怎么会把我抱进来？小嘎子对区队长越想越亲，他真想像抱黑胖这样地也抱抱他。

地面上的声音，渐渐地静下来了，可又静得一息皆无，简直叫人害怕。

不知又过了多久，才有阵缓慢的脚步声，秃擦秃擦传来，不一会儿，坐柜揭了底，泄进一片光明，响着老满叔的声音道："出来吧，他们滚啦。"

小嘎子一出柜，就照老满叔怀里扑去，大滴大滴的眼泪，止不住滚落下来："老满叔，我以前对不起你，我再不骂你了，你打我两下吧！……"

老满叔抱着他，向后一错身坐在了炕沿上。他显得很疲乏，像刚刚结束了一场决斗似的。半天，他才缓缓地说："别提那个了，孩子，那是咱一家子的事。就是你把我打一顿，咱也过得着啊！"小嘎子听着，轻轻地抬起头来，两只眼里冒着两朵火焰，把老满叔的脸都照亮了。可是，他却忽地看见老满叔鬓角上有一块血迹，忙踮起脚，把头捧在怀里细看：可不，正有一处给打破了。

"老满叔，这都是为的我呀！"小嘎子哽咽着，眼泪又汹涌了，"疼不疼？——我替你吹吹吧。"说着，真的噘起嘴唇，把一股暖煦煦的热气儿，吹拂在伤口上。老满叔只觉鬓角上痒痒的，而那股热气却早吹进心里去了，愁脸上，立时漾出一层笑纹儿来。他不好意思地把脑袋闪在一边，深深地盯着小嘎子，忽而哧的一下笑了："你呀，又会发嘎，又会哄人！……"可是，他那一双明净净的大眼里，却流露着怎样的爱啊！但他很快又陷进沉思中去了，许久，才轻松地自言自语说："好孩子啊，像棵共产党的根苗！将来比我有用！为你们挨点儿打，算不了什么！……"

小嘎子心里一热，那大滴的泪，又流起来。可是，他却猛地把拳一举，问道：

"打你的那家伙，是不是巴斗脑袋，蛤蟆眼，留着一撮小黑胡？"

老满叔亲切地抚摩着他的头顶，并不肯定地点了点头。小嘎子却仰着颏儿，大眼闪了两闪，忽又自我否定地说："咳，管他谁呢，一总儿是阶级仇、民族恨！统统都得报！走着瞧吧！"

老满叔见他攥着拳头只顾发狠，便说："你大半还没有吃饭吧！小胖，抱柴火点火！"

黑胖正在里里外外地收拾着破碎东西，小嘎子一眼看见他手里正拿着那挂"柳条鞭"，猛地想起一件事来，把木头手枪一拔，跑过去说："胖哥，把这个给你吧！以后别记恨我了——你那天把我也摔得够呛，可疼呢！"

黑胖却瞅着他爸爸，退着身子说："这不是你的纪念品吗？我可不要……"小嘎子赶着说："我现在又有了真手枪了，拿着吧，我也给你当纪念品！"黑胖忽然也想起个主意："那么，这挂鞭也给你！"

"这更好啦！"小嘎子往起一跳，搂住了黑胖的脖子，"那我也有你的纪念品啦！"

嗒嗒嗒……突然一阵机枪声传来，听距离也就是二三里地，随即砰砰啪啪响成一团。老满叔说声："打上了！"拔腿往外就跑，小嘎子和黑胖也追出去。三个人爬上梯子，隔墙一看，只见漫洼的庄稼棵里，鬼子、"白脖儿"纷纷乱跑，从吞虎口那边，黑压压一线八路军，扇子面似的追了过来……

"哎呀呀！"小嘎子急得搓着手乱叫，"就势儿打他个截击，够有多美吧！可我的枪还在大树尖上哩！"

十五

就像紧跟着霹雳的一阵暴雨，来得快，也收得快，三下五除二，一场战斗便结束了。一来敌人学滑了，早有警惕；二来青纱帐也给敌人占了便宜，机关枪一开火，稀里哗啦，除了几个腿慢的，都逃得无影无踪。小嘎子空拍了半天手，"张嘴灯"还在老鸹窝里，只落个白瞪眼。吞虎口追来的队伍，正是钱云清带的地区队，显道神似的大个李，老远就给小嘎子认出来了。他发声喊，跳下墙来，直迎着扑过去。把战士们逗得直纳闷儿：在这个节骨眼儿上，他是打哪儿钻出来的呢？

"小嘎子！哈哈，你成了土行孙啦！"大个李挺亲热地问，"你这是打哪儿来呀？"

"打荷花湾！"小嘎子脸上笑得花儿似的。

"碰上鬼子没有？"

"碰上了呗，好家伙，差点儿闹个壮烈牺牲！"他回身指着说，"多亏老满叔，要不，可真要算我的伙食账啦！"正说着，钱云清带着通信员们也赶到了。小嘎子忙扑过去抱住他的胳膊，一五一十地告诉着老满叔救他的经过，可那神气倒像夸耀区队长的功德似的。大家听完小嘎子的叙述，一齐把老满叔围起来，向他道谢。卫生员忙跑过去给他上药，绑扎，还特别送了一个空瓶给黑胖。喜得大小两个胖墩儿左右回头，笑呵呵的不知怎么才好。

小嘎子也蹦蹦跳跳，欣喜着刚才这场奇巧的遭遇，心里快乐非常。不想一回头，见钱云清那对深深的眼睛，正盯着他微微地笑，笑里还含着一股神秘的意味，他不知要出什么事，一下子心里发起毛来。

"小家伙，"区队长发话了，"伤养好了不是？"

"养好啦！"小嘎子把腿在地上顿了两顿，表示很结实。

"养好了就又发嘎！"区队长仍然笑眯眯的，"你把手枪藏到哪儿去了？"

"什么手枪？"小嘎子脑袋嗡一下子，登时红了脸。

"又装傻！"钱云清不慌不忙，紧盯着他的眼睛。

小嘎子愣一愣，忽然喷儿地乐了。他眯撒着眼，还想撒赖。区队长却不等他开口就说:"快去拿来!"

"好,好,好!"小嘎子怪可怜地点着头。可是他仍然凑到区队长身边,撒娇似的央告起来了:"好个区队长,我马上就去拿来。可是我有个要求:你得叫我再挎十天。——只挎十天!日子一到,你叫我给谁我给谁,这还不行吗?"

区队长说:"你总是有条件!"又瞅他半天,忽然问,"你先说,把枪藏在哪儿了?"

小嘎子仰头一指:"在老鸹窝里。"区队长也仰头一看,忍不住又笑起来。他终于点个头说:"好吧。可是第一,你先得服从命令;第二,再缴了枪不许又藏起来!"

小嘎子一听,真正军人式地应声:"是!"脱掉鞋,一攒劲儿,又爬上大树去了,在那高得眼晕的老鸹窝里掏摸着。区队长笑微微地看着他,带着明显的欣赏口吻说:"啊!真是有'绝劲儿'啊!"

当小嘎子把枪拿下来,得意地往腰里别着的时候,钱区队长却递给他一件东西,略带嘲讽地说:"把这个拿去。你还得更精一点儿才行啊!"小嘎子接过来一看,原来是"张嘴灯"上的皮套。这才恍然大悟:敢情区队长是从那个大胖子那里知道了全部秘密。不由得心里叹道:"这个小老头儿真心细。谁也甭想斗得了他!"

天时已经不早,部队又扎在老满家中休息做饭,一平静,小嘎子才猛一下想起了玉英,"哎呀"一声,往外就跑。钱云清忙喊:"哪儿去?"小嘎子说声:"一会儿就来!"直钻出了院子。一出门,恰把玉英撞上了:她正含着两包眼泪,满街里打听呢。一见他,像得了救似的,一面往这边扑,哇一声哭开了:"光顾你甩手一走,把人家丢下这么大半天!倘乎有个差错,人家谁也不认识,可叫我投奔哪儿去呀!……"

小嘎子跑上前去牵住她的手,小声儿说:"还不把泪儿擦了。区队长就在院里呢!他可最嫌人哭,让他看见,要是不要你了,我可不管!"

玉英还是委屈地说:"我正在村头上立着呢,呱啦啦就是一排子机关枪,跟在脑瓜顶上放的似的。我还说是打你的,急得喊都喊不出来了。后来见人们往这边追,我才也跟着追了来,心里还说:劝劝他们抓活的吧,别给打死了。"

一席话说得小嘎子嘿嘿直乐,玉英的眼泪也就干了。两人牵着手来到队部;钱云清一听说是参军的,就又皱起眉头来。可是,他搁不住这两个小家伙死说活说,玉英又抵死不肯走,也由于有了小嘎子的榜样,只好说:"先休息休息吧,过后再商量。"小嘎子根据经验,知道这是答应了,高兴得拉着她往外就跑。

这时,几个打扫战场的战士来报告,说在北洼发现了一个死鬼子,看样儿是个指挥官,有人猜可能就是肥田一郎!这消息一传,立刻轰动了整个区队,连钱云清也立地跳起来,亲自派通信员去查俘虏,问肥田一郎一同来了没有。

不久,人们又泄气了。战士们牵着俘虏认了半天,回来说不是肥田,是日本红部①的一个特务,名叫斋藤。

"怎么?斋藤吗?"钱云清眼睛倏忽一闪,他对这个消息可不小看。"好!"他的眼又朝大家明亮地一扫,"我们要注意!这对肥田是一个很大的打击,他必然会报复的!"

果然,天傍黑,侦察员们就带来了消息。罗金保报告说:肥田一听说斋藤阵亡,抱头大哭,他跺着脚望天发誓:一定要为他报仇雪恨!还要马上追荐亡灵呢。另外,鬼子骑兵已开始整备鞍鞯、武器,汽车在添水加油。"警备队"的通信兵也慌慌张张里外直跑。老罗说:看样儿,明天准定有大规模的合击。

别的侦察员也报告说:打死斋藤给各据点鬼子的震动很大。有的擦枪备马,预备出动;有的日不落就拉起吊桥,戒备森严;有的在附近村里抓

---

① 红部:当时日本的一个特务机关。

起人伕①车马来。

原来这斋藤是个手辣心黑的老牌特务，跟肥田一郎合作过多年了，处处得心应手。当肥田在邻县搞"反共誓约"的时候，很多最狠毒的手段，都出自他的诡计。他也一向以肥田的左右手自豪，他俩互相依靠，互相提携，亲密无间，说得上是一对老搭档了。钱云清对这一点早就很清楚，他研究他们的关系不止一天了。

屋子里变得严肃起来，竟至寂然无声了好一阵。可是，钱云清却渐渐浮现出一层浅浅的笑容。倏忽间，笑容又为一股坚毅严峻的神情所代替。他仿佛有了一种感觉：一个老早就等待的机会，可能无意中来临了。

"唉，"小嘎子突然很不合时宜地叹了一声，"可惜打死了！要是个活的，拿他把老钟叔换回来多好！"

区队长听了，含笑望他一眼道："就是活的，敌人也未必换。上次，我们拿砸汽车抓住的十七个俘虏换咱老钟，他都不理我们！"区队长突然非常感慨地嘿了一声，把桌子当地一拍，朝小嘎子道，"敌人看我们，比我们自己看得还高啊！"小嘎子正想接着往下听，区队长却断然打住话头，伏在桌子上，飞速地写起信来。

侦察员们一看，急忙抓空儿去吃饭。等他们吃完，信果然写成了：有给政委石一鸣的，有给各县大队的，还有给分区机关的。他把信分完，把侦察员们一个个都撒了出去。小嘎子注意到：今儿跟往日不同，侦察员们都撒得特别远，除了交通要道上的，差不多都派到邻县去了。而且每个人都新加了一条任务，便是每人每夜必须破坏三空②以上的电线。

更有一件是大出小嘎子意料的：区队长突然决定把玉英送到鬼不灵去。说那里有几名伤员，让她一面去帮助护理，一面也学学做医生。小嘎子要推荐她当侦察员的想法，一下子落了空。他本想替她分辩，但情况紧急，

---

① 伕：同"夫"，旧时服劳役的人，特指被统治阶级强迫去做苦工的人。
② 空：两根电线杆子之间为一空。

连区队长的决定，也像突然发生的，很觉不好开口。而玉英是个听话的孩子，她虽不愿和小嘎子分开，经区队长把道理一摆，也就没有说不行。但她要求以后还是让她回到队上来，她觉得还是和大伙在一块儿好。区队长也答应了。于是，她又跟小嘎子叽咕了好一阵，求他勤给她捎信；不会写，画画儿也行，有空就去看看她。小嘎子也都答应了，又竭力安慰了她一番，说只要好好干，以后总有机会能当侦察员的，眼下先将就着吧。天黑以后，玉英便同卫生员一块儿走了。小嘎子把他们送了老远老远。

半夜时分，部队出发了。一路上走得特别肃静。宿营的村子就在城边上，远不足二里，站在房顶，能看见月影下那黑魆魆的城墙，连敌人问口令的声音，都听得清清楚楚的。……

十六

第二天，城里和各据点的鬼子、"白脖儿"，纠集了所有的汽车洋马，天不亮合击了吞虎口。他们杀气腾腾，威声威势，一下烧了六十多间房子，把捉起来的群众，立地杀掉了一半，临了把斋藤的死尸用白布缠起来，装进汽车，运回城里。第三天，又合击了杨家府，肥田一郎亲自用洋刀劈了"保长"，把一对六十多岁的老夫妇，锁在屋里，用毒瓦斯熏死了。第四天，合击了万佛堂，绑走四个妇女，抢走粮食七大车，有一个过路小贩，给捆在树上，唆使洋狗活活把肠子扯了出来。临走，又砸了二十八口饭锅。

战士们听着这些消息，恨得擦掌抡拳，牙咬得咯嘣嘣乱响。可钱云清却皱着眉，不动声色。他只是仔细地听着，细心地记着，把敌人的出动时间，人员武器，来踪去迹……一桩桩，一件件，问了又问，查了又查。有时候他对着油灯出神，两眼呆呆地竟至二十分钟不动。三四天来，他不着风，不害热，没灾没病，却忽然瘦了下来，连眼窝都塌成个酒盅儿了。然而，这几天部队就一直围着城圈跳来跳去，没有离开十里以外。敌人的大队人马，常常就在鼻子底下串来串去。可区队长总是盘算着，推测着，搜寻着，有时一头一头地出汗，却仍然不动声色。但他对宿营的秘密性要求得严极了，发响的脚步、轻轻的谈话，都会使他上火的。小嘎子每天都是头明就派出去，天黑大后，才许回来，害得他饿得受不住，真的要起饭来了。

第五天，情况出现新变化，敌人不再进行合击，每据点各管一片，转成"清剿"了。城里的敌人也分成许多小股，把汽车洋马留在家里，四处杀人放火，狠索穷搜，猖狂地残害群众。

听到这些，钱云清情绪一振，脸上陡然又起了一个变化：仿佛轻松了，也仿佛更紧张了。当夜，侦察员们又各各带下一批信去，不过，这次他们出动的距离较近，而任务都极秘密。第六天，敌人仍然小股"清剿"，不见大的变化。这天夜晚，突然，石一鸣政委回来了；过不久，县大队长陆培忠也到了。原来他们带的部队早已靠拢，就在附近。而特别使小嘎子奇怪的是：有两个侦察员忽然扛了一挺捷克式轻机枪来，还带着三百发子弹。区队长和石政委看了看，便交给了大个李。过后小嘎子才知道，敢情这是从一处"白脖儿"那儿借来的，使用两天，还得送回去呢。

"这回可是要攻城吧？"小嘎子快乐地猜测着。

罗金保是最后一个回来的。他满头大汗，很是紧张，一路小跑就钻进屋子来了："区队长！鬼子明天包围鬼不灵！说是要搞什么'反共誓约'，还要挑一批'差犯'，肥田可能亲自去。"

"确实吗？"那样沉静的钱云清，一下子就把袖子捋起来了。

"'那个人'说，确实！"

"挑'差犯'？有没有老钟叔？"小嘎子急着问。

"那可没听见说……"

区队长眼睛左右两闪，把拳头攥紧一晃，好像抓住了什么似的："老石，怎么样？下决心吧？"政委还没有回答，他忽地回头向众人道，"去，去，去！先都出去待会儿！"把侦察员、通信员和战士们，都撵出来了。屋里只剩下区队长、石政委和陆大队长他们三个。

小嘎子多么想听一听啊！"包围鬼不灵！""要挑一批'差犯'！""哎呀，玉英也在鬼不灵呢！"这将产生什么结果，又如何收场呢？他在院子里站着，抬眼四望，天黑黑的，只有屋里的灯亮，隔着一层纸照得通明。几个巨大的身影，无声地映在窗上，时时神秘而又滑稽地动一动臂或张一张嘴。小嘎子吐着小舌头，把嘴唇舔了几舔，他多么想去偷听啊！他们到底在说些什么呢？

可是，他不敢靠近那个窗户，他知道这是军事秘密，关系着战斗的胜败，也关系着老钟叔的命运，以至全体同志的生命，不是轻易闹着玩儿的。他转眼再瞧，南屋的一个小房间里，灯光也很明。而且有一个老罗叔的影子映在窗上。小嘎子心里一动："要不，去听听他们！"

他静悄悄来到那个窗根，把窗纸舔了个窟窿，瞄着眼一瞧，嗬，有六七个人哩：老罗叔、大个李、通信员杨小根，以及几个平常顶受人敬重的人。就听大个李隆隆地响着膛音说：

"……这一次，战斗必然打得大，鬼子也一定多。我保证带领我的副射手，把两挺机关枪使用好，掩护同志们顺利地冲上去，消灭他狗日的！"

"噢，"小嘎子明白了，"他们在这儿也讨论打仗呢！"心里不由得有些上火，便闯闯几步，一边往里闯，一边喊叫着："好哇！你们在这儿商量打仗，也不叫我一声儿！叫我白在院里愣了半天！"说着，就挑开帘子，往人群里挤着，要占块地方坐。

"哎，小嘎子！我们这是党员们开会呢，你要干什么？"

"党员会怎么样？我就是参加党员会来啦！"小嘎子理直气壮地仍往里挤。

"你不是党员，干吗要参加党员会？"

"我不是党员？"这可是新闻！小嘎子翻着眼睛，更火了，"我当了这么多日子八路军，倒不是党员？"

一屋子人哄地都笑起来。罗金保赶忙给他解释，说当八路并不等于入了党，要想做党员，还得具备入党条件，履行了必要的手续才行哩。起先，小嘎子仍然以为大家在耍笑他，后来见大家的确严肃认真，才相信下来。可是，这使他颓丧极了，原来他跟这些人还不一样，这些人比他多着好多"条件"呢。他一向以为自己就是共产党员，如今看来，敢情还差着一步哪。突然间，他想起了以前区队长一次次的谈话，要有解放全人类的意志，才够得上真正的革命战士哩！做党员？不行啊，还必须做更大的努力啊！

"张嘎子！"

他正独自往外走，突然听见区队长叫了一声，便答应着跑了过去。原来区队长三个已制订好战斗计划，正安排具体部署，让他来介绍鬼不灵的情况。这正是小嘎子最希望的。他把自己知道的村子的街道、胡同、房屋院落、地道暗堡、敌人每次进占的规律、兵力火力配制特点，都叙述给三个人听，比画给三个人看。借着这个好指引，战斗的具体部署也很快拟定出来了。

这是一个利用地道，结合地雷爆炸，用急袭歼灭敌人的计划。鬼不灵这庄子分东西两头，各有一个制高点。西头的制高点，就是韩家大院，敌人的指挥部常常设在那里。东头的制高点是小学校，小学校临着十字街，对面还有一座关帝庙。敌人每次去，都把一部分兵力放在小学校的房上。这样一来，整个村子就都控制住了。

鬼不灵的地道是十字形的。一共四个出口，恰好都开在两个制高点的周围。地区队的计划是：待敌人占领村子，扎下脚跟，分散了兵力并麻痹下来以后，突然四路出兵，把敌人消灭在韩家大院和小学校里。而指挥部，就设在街道当中碾盘底下的暗堡中，这地方是地道的交叉点，既便于观察，又便于指挥。此外，为了迅速大量地消灭敌人有生力量，还确定县大队预先派人在必要的地方埋设地雷；全体部队以地雷炸响为号，展开攻击。

待一切都计算妥帖的时候，天时已经不早，部队赶忙出发，就在三更天气，秘密进入了鬼不灵。又经过一番实地勘察布置，部队便分头钻进了地道。真是神不知，鬼不觉，公鸡照常打鸣，老乡们也都照常睡觉。而小嘎子今日却破天荒没有派出村去。他在村边上一道短墙后头，用树叶掩着身子，监视着村外。

看看黎明时分，在通城里的大道口上，突然出现了两溜黑影。他们雁翅儿排开，做贼似的鬼鬼祟祟搜索着，向村子的两侧抄了过去。显然，敌人把村子包围了。

十七

嗵！一颗掷弹筒弹落在街心，一片杀声随即从四围响起。杀声过后，忽而一片寂静。稍停，村南啪的一枪，子溜子[①]唰地从村子上空划过，像回应似的村北也是一枪，子溜子又向南飞去。全村的鸡叫顿时煞住，一息皆无。天已大亮。不一刻，杀声又起，鬼子、"白脖儿"挺着枪，弓着背，杀进街里来了。

从梦里惊醒的老百姓，抓衣服，藏东西，把孩子搂在怀里，预备着抵挡一场骇人的灾祸……

在地底下，部队分聚在四个出口上，像四条蛰伏的活龙，隔着八尺厚土，一个个息气凝神，等待着春雷的发动。

韩家大院斜对过，有一盘碾子，碾盘底下，眼下正有几对眼睛，从暗枪眼里炯炯地扫视着大街。由这儿通过去，在一家榆司门台阶底下，通信员杨小根牵着一根绳子，蹲在那里。绳子那头拴着一个二号盆大小的地雷，

[①] 子溜子：指子弹的弹道。

埋在街心。他从砖缝里朝外望着,每一想到一场大热闹就将从他这儿开头,便禁不住默默地发笑。一有敌人的腿脚在他眼界里晃悠,他的手就情不自禁地发颤起来……

敌人已经上房。"保长""联络员"都给抓来了,一伙"白脖儿"拥着他们,砸开了韩家大院的大门,接着便有些当供的慌乱地进进出出。村里一片鸡飞狗叫,夹杂着吆喝和哭泣的声音。然而,碾盘跟前许久不见有鬼子露面。在远处——十字街那里,飞尘滚滚,人马翻腾,杂乱而且热闹,钱云清越看越觉不对劲儿,心上猛地发起凉来:"莫非鬼子的主力集中在东头了?"

果然,东地道口上的部队来人报告:鬼子不但占了小学校,还控制了周围的平房,有一翼恰好堵住了他们的出口,一探头就会给敌人发觉的,眼下根本没法儿出击。正说着,南口上县大队也来人说,鬼子把他们的院子占了,部队出不去,要求转到北口上来。

区队长说声:"先不要动!"急钻到东口和南口去看。形势的确在坏下去,敌人一反往常的规律,把主力扎在东头,围着十字街下了卡子,并已开始把老百姓往那里赶。看样子,韩家大院顶多是个"白脖儿"的指挥部,鬼子的指挥部却设在小学校里了,而"会场"显然选在了十字街。东、南两口本是卡着小学校布置的,不想都给压在地道里出不来。西、北两口的部队虽然可以出入,但够不着鬼子的主力,只能解决一些"白脖儿"。倘或贸然发起战斗,一时打不中敌人要害,倒让鬼子反扑过来,胜利就没有希望,弄不好,还要吃亏。——形势是很严重的!

嘚嘚嘚嘚……一阵马蹄响,由西而东,顺大街来了一队骑兵,上边坐着一色三十几个鬼子。在路过碾盘跟前时,杨小根攥着绳子问:"拉不拉?"钱云清咬着牙一甩手说:"等等!"

"哎呀,老钟叔!"小嘎子在碾盘下的瞭望孔里几乎喊出来了。大家急看,果然,在骑兵后尾上,用绳子拴着三个人,都倒剪着双手,蓬头垢面，破衣烂裳。走在最后的那个暴圆眼、蓬蓬胡子、紫堂堂一张大脸的，正是钟亮。小嘎子连他的"张嘴灯"都举起来了，可是，唉！地雷还没有响啊！

时间是不饶人的。拖得越久，战斗的危险性也就越大，敌人也不是死的啊！

"妈的！"钱云清抱着两手，一张一拳地倒替攥着，严峻的脸上，竟是汗津津的了，"把敌人扰乱一下才好，想法把鬼子调到西边来……"

"是啊！能把敌人吸引到两个制高点上去，给东、南两个口闪个空儿，也好办了。"石政委回应说。

小嘎子猛地从枪眼那里回过头来，他刚刚吐着小舌头，对着韩家大院观察过。他想了些什么呢？奇怪的是，钱云清和石一鸣也同时转向了他。然而，他们只匆匆地把他凝视了一下，便长出一口气，又回过头去，仿佛刚才萌芽的一个念头，给他们回绝了。

"派三四个人从西口上出去，逗他一下……"区队长自语似的说。然而，料想敌人对村子一定封锁得很紧，恐怕钻不出去。就在村里逗他两枪呢，又要冒在兵力展开之前暴露地道的危险，也感到不大妥帖。

"让我去试巴试巴行吗？"小嘎子实在忍不住，突然举着他那挂"柳条鞭"开口了，"我把这挂鞭想法在韩家大院弄响，准定能把敌人引过一股子来！"

"好哇！"石一鸣政委说，"可韩家大院你怎么进得去呢？"

"这我倒想好了，先在近处找些鸡蛋，就说是给'太君'送的，准能混进去。"

几个首长脸上都泛起了喜色，以小嘎子的机智和胆量，很有可能成功。"可是，"区队长又问，"要是被敌人发觉了呢？"

"那你们再想办法呀！总不能放着鬼子不打，看着老钟叔不救啊！"

"不，我是说，你怎么跑回来呢？"

"这——"小嘎子眨眯着眼一笑,"那就得看事做事啦!反正我得往回跑。——咳,只管打你们的,不用管我!"他说得很激动、很严肃,甚至把小拳头激烈地挥了两挥。

地道里一阵寂静。墙上小土龛儿里的油灯,忽悠忽悠地闪着红光,红光射在小嘎子脸上,两颗乌黑晶亮的大眼珠儿闪动着,那是一股灵敏而又庄严的神情。一霎间,大家想到了他的过去,同时也就相信了他。区队长和石政委的眼光终于碰在一块儿了,彼此会心地点了一下头。

"张嘎子,"钱区队长庄严地开口了,可他竟不自觉地牵过他的小手,紧握在自己的大手里,"你好好听着:我们批准你去。你,是个勇敢的孩子。你很聪明、很灵活……好!就去完成这个光荣的任务吧!"很明显,他要说的话是很多的,却猛地就这样光秃秃打住了。小嘎子只觉他的手给握得很温暖、很有力。于是,他打个立正,响亮地应声:"是!"回头往外就钻。可是,他突然又翻了回来,把"张嘴灯"摘下来朝区队长一递说:"把这个先交给你——可是,还有我三天啊!"见区队长点了头,才把身子一旋,钻出地道去了。

钱区队长一直目送着他,直到看不见了,才忙又派了三个战士,从西口上钻出地道,预备万一用得着时,在韩家大院墙外扰乱敌人一下,好给小嘎子一些紧急策应。接着就传下命令,让各口子上的部队做好出击准备……

十八

小嘎子很快便找到了十多个鸡蛋,用小笸箩端着,从韩家大院斜对过的榆司门里出来了。那气派,就像个乡村饭铺小跑堂的。

他朝碾盘底下瞟了一眼,嘴里咬着舌尖,笑微微地朝对过走去。韩家大院里刀勺乱响,油香和着酒气飘出来。在大圆楦门底下,有个烂眼的

小兵张嘎

"白脖儿"，苶①呆呆地在那里戳着。小嘎子装得很熟惯的样子，瞧也不瞧就往里闯。

"哪儿去？"那"白脖儿"胯骨一扭，横在了门道上。小嘎子刚要抬头说话，那小子哟了一声道："哟嗬，这不是熟人吗？"

小嘎子吓了一跳。定神一看，果然认得，就是老钟叔出事那回，逮住过他的那个"红眼儿"。小嘎子笑起来了："你呀老总——你看我还像个小八路吗？"那小子一愣，刚要拿"八路"帽子扣他，不提防倒给他抢先了。便横巴着再跨一步，故意刁难地说："像！瞧你鬼头滑脑这相儿，天生就是小八路！"

小嘎子可不着慌，仍然笑着，把小笸箩一举道："那你带我见'太君'去吧，这是'太君'叫我送来的。"那小子两只红眼一挤咕，说："太君在东边！"小嘎子却说："高灶可在这边呢！""红眼儿"没话说了。但他虽断不定这小家伙准是小八路，却觉得他机灵得讨厌，仍是要存心跟他为难："那你先在这儿待待，等里头传你了再进去！"

"那你就替我传禀一声吧。"

"哼！""红眼儿"把脑袋一甩，仰着脖颈儿吹口哨去了。

小嘎子捧着鸡蛋又往里闯，却给那小子拿刺刀顶着胸口，又给顶出来。看样子，他是成心不让进去了。小嘎子心里火辣辣的，真想咬他一口。但他笑着兜个小圈，仍赖在门道里，不时把眼往院里偷瞧。只见葡萄架下，迎着二门摆了一张八仙桌，周围几把太师椅子，上面坐着几个穿漂白褂的，正座上是个戴眼镜、留两撇断梁胡的家伙。桌上已经摆着三个酒瓶、两碟小菜、一把瓷壶、几盏细碗。"保长"和"联络员"纯刚大伯，都欠身在一旁的板凳上陪着。灶上的厨子，跑上跑下，摆菜端茶的直忙活。而韩家那只叫"小虎"的大狗，围着桌子，正吐舌哂嘴，不时把鼻子伸到断梁胡的白手上闻一闻，惹得那小子躲着身子直瞪眼。

---

① 苶（nié）：呆；傻。

小嘎子再往房上看，灰搔顶上，来来往往尽是"白脖儿"。看情形，伪军的大部分都屯在这儿了。

那个"红眼儿"却是可恶透了。他总是黑丧着脸，不时翻着眼珠子瞄他几瞄，半点儿疏通一下的意思也没有。小嘎子却大咧咧的毫不在乎，老是眯嘻眯嘻地朝他笑，尽管"红眼儿"一直在找斜碴子，还是拿他一点儿办法也没有。

正在这时，"联络员"纯刚大伯拿着块棒子面饼子，一路倒退着，把"小虎"引逗出来了。才到门口，猛一眼看见了小嘎子，惊得一愣。小嘎子可不容他发呆，忙从从容容走上去求救说："纯刚大伯，这是'太君'叫我找的鸡蛋，可这老总硬是不让我进去，你给说个情儿吧。……"

纯刚大伯正怕他闯祸呢，哪懂他的来意？连忙把鸡蛋一接说："交我给你传进去算了。给你这块饼子，把'小虎'看住。里头快开席了，这东西净在那儿捣乱！"说着，端了鸡蛋就进去了。害得小嘎子泪花儿都冒上来。可是，有"红眼儿"在一边看着，又不能追上去把他叫住，眼睁睁把个进院的机会错过了。

"小虎"可不管这一套，它把尾巴摇得羽扇儿似的，两只眼死死地盯着那块饼子，冲着小嘎子探爪伏腰地撒贱儿。小嘎子信手掰下一口，往半空里一扔，它就提起前爪，纵脖子一吞，呕呕几声，便咽进肚里去了。小嘎子心里陡然一动，一霎间，他眯起大眼，小红舌头一连在牙缝里逗了好几逗。他转眼看"红眼儿"，那小子正懒懒地打哈欠，手里夹着根烟卷，摸摸索索地在找火。小嘎子忙从兜里掏出火柴，划着，捧了过去。

"也给我根儿抽吧，老总。"小嘎子一边给他点烟，嬉笑着央求说。

"那儿不有烟头。""红眼儿"鼻子里喷着烟，一翘下巴颏说。果然，门道里扔着半截烟头，小嘎子上前拾起来，故意找着"红眼儿"对火，可是，那小子忘恩负义地闪到墙角里去了。真是事有凑巧，恰在这时，从东来了一群鬼子，前头那个，巴斗脑袋，蛤蟆眼，一撮小黑胡，牵着条滚瓜肥的大洋狗,直朝大院里走来。小嘎子先看见了,便唱歌似的拍着手嚷道:"快来瞧,快来瞧!嘿,有位'太君'来到了!""红眼儿"听了,忙一探头,鬼子已到了跟前,慌得把烟卷一扔,咔就是一个立正,瞪起一对珊瑚烂眼,目送鬼子进门。小嘎子忙拾起烟卷,往他背后一站,一面也瞪着眼目送鬼子,一面把烟头悄悄突在"红眼儿"的后襟上。不一会儿,那衣襟便冒开烟了。

鬼子们都拿着不屑旁顾的盛气架子,咔咔地走进门去。小嘎子忙趁势退开些,迅速把自己的烟头对燃,又把烟卷还了"红眼儿"。"红眼儿"却因差点儿误了差事,挪到大门外去了。小嘎子便留在门道里,继续引逗着"小虎"打滚儿玩。玩着玩着,他把眼一溜,又唱歌似的叫起来了:"快来瞧,快来瞧!……""红眼儿"忙一探头,他却笑着伏在狗身上,接着唱道:"嘿,大狗长了一身毛!""红眼儿"啐他一口,又把脖子抽回去。

忽然,"红眼儿"抽着鼻子,围着自己的屁股团团打起转来。终于发现后襟上正在呼呼冒烟,忙一面骂着,急往下解子弹袋。小嘎子一见,又唱道:"快来看,快来看,——嘿,黑鸡下了个白鸡蛋!""红眼儿"正忙救火,哪里顾得上他。小嘎子可毫不怠慢,忙掏出那挂"柳条鞭",三缠两绕,拴在狗尾巴上,用烟头往药捻上一突,但听得哧的一响,他便举起饼子,晃一晃,照直扔进了二门。"小虎"腾起身子,虎扑狼奔,风似的追了进去。疾能生风,风又助火,叭的一声,大盖枪一般,在"小虎"后腿上炸响了。那狗大吃一惊,哧溜就往八仙桌子底下一钻,不想叭叭又是两声,它猛地一蹦又蹿出来,直从巴斗脑袋的头上纵了过去。接着噼噼啪啪,一阵乱响,烟火和狗毛齐飞,崩得鬼子、"白脖儿"东仰西翻。那只大洋狗一见,脱地跳起,照"小虎"汪地就是一扑。"小虎"越发毛了,一纵身,蹿上了桌子,哗啦啦!碟翻瓶倒,碗碎壶飞。两条狗,一前一后,一跑一追,管什么桌子板凳,直从人群中钻来蹿去,那"鞭"就在人群中砰啪爆响;鬼子、"白脖儿"你爬我滚,躲闪不迭。满院子烟团朵朵,碎纸纷飞,直比烧了炮仗市还热闹。

　　门道里的小嘎子，忍着一股一股肠子疼，喊声："老总！'太君'们自个儿跟自个儿打起来了！"撒腿往外就跑。没等"红眼儿"醒过神来，他已拐过碾子，进了榆司门。这才抱着肚子，笑得一路打跌，好不容易才找到了洞口。可是，洞口的战士们正在往外钻，大个李已把机关枪架在对着韩家大院的窗户上了……

　　村东头的鬼子，果然以为八路军袭击了韩家大院，呼隆隆，撒开各处平房，立马拥到小学校去。并分出了大半兵力，救火似的朝西"增援"了来。可他们刚刚前进到韩家大院门口，一下子就泄了气。因为巴斗脑袋的"太君"，正满脸涨成茄子皮，来回乱蹦，叫人把"保长"和那个"红眼儿"绑起来，要吊在大梁上架火烧了他们。

　　原来这个巴斗脑袋正是肥田一郎。鬼子兵看见他们长官平安无事，不过一场虚惊，便散散乱乱挤在大门口，看起热闹来了。惹得肥田更加暴跳如雷，骂他们还不快去重新集合老百姓，待在这儿干什么？

　　这时候，钱区队长稳稳地把手一挥，杨小根咬住牙一拽绳子，轰！山崩地裂一声响，街心里陡然立起一团黑云，破枪、烂布、碎钢盔，一起飞上天去，鬼子们七跌八爬，躺下了一大片，还不知是醒是梦里。嗒嗒嗒……机关枪从北房窗里喷出子弹，手榴弹也乱鸦投林，从墙外猛摔了来。登时海啸似的杀声从四面八方涌起。鬼子、"白脖儿"蒙头转向，钻墙根，扎门洞，恨不能把砖头当作大山，只求挡身子活命。韩家大院房上的"白脖儿"，本想要还两枪，不提防西邻房上一阵机关枪扫过，靠房檐忽地竖起两架梯子，八路军在爬房了……

　　东头小学校里的鬼子，听得这边打响，呼隆隆急急上房，不想，脚没站稳，轰轰两颗地雷，把一溜儿北屋崩塌了两大间，机关枪急雨似的直从口子里喷进来，扫得瓦片尘土四散纷飞。鬼子们抱着檩条刚滚到院里，轰地一颗手榴弹在马群里炸开，三十匹大洋马一下子崩了群，它们挣开缰绳，腾空跳起，满院里横冲直撞，互相践踏。鬼子、"白脖儿"给撞倒的，踩伤的，吱吱哇哇，成一堆乱滚。

有两伙鬼子逃进了教室，打个扫地蹱，觉得站脚不住，发声喊，把通街的窗户撞下好几扇来，蜂拥出去，想抢占街南的关帝庙。另一伙"白脖儿"也认作便宜，聚群儿紧跟了来。不想刚到十字街，关帝庙的瓦房脊后，早冒出一排人头，排子枪、手榴弹，恰像大公鸡啄米，乒乒乓乓，几下子就把他们收拾光了。

战斗的突然、短促、猛烈，再加上地雷的威力，真像是疾风扫落叶，二十分钟的猛打猛冲，敌人就被消灭了。总有五十多具鬼子的死尸分布在院里和街上，一百三十多个"白脖儿"做了俘虏。现在，村子里烟雾缭绕，充满着硝烟气味，虽仍有零零落落的枪响，也只是战士们在收拾残敌败兵了。

巴斗脑袋——肥田的尸首，是在碾盘跟前发现的。开头，地雷刚响的时候，他拔出指挥刀，督着一群鬼子想退守韩家大院，不料全院最高大的南房，给纯刚大伯抢先进去，从里面把门顶上了，害得鬼子们插脚无地，奔窜无门。正自撑持不住，"白脖儿"们忽又从房上嗵嗵地跳下来，八路军压了顶了。肥田一见，抡起洋刀又督着鬼子往外冲。谁知街口两头都已卡死，对面窗户里火冒烟喷，咔啦啦，把他的洋刀扫作两段。他举着半截刀，"哇呀"一声，窜到碾盘跟前，打算在那里找机会逃跑。万没料到砖缝里突地冒了一股白烟，一声闷闷的枪响，在他胸膛上开了窟窿。这家伙倒在地上，拘挛着滚了几滚，不知怎么竟咬住了一块砖头，直到尸身都僵挺了，那块砖还在牙缝里卡得紧紧的呢！

在烟雾腾腾的街道上，小嘎子挺着一棵比他还高的三八大盖出现了。他穿房进院，东钻西找，一股劲儿挨门挨户地搜着。逢人就问："看见老钟叔了没有？"

"喂，喂，同志！"一个胡同里有人叫，他回头一看，咦，明眉大眼秀秀气气一个小姑娘，可不是玉英吗？

"哎呀！你怎么在这儿？"小嘎子飞步跑了过去。玉英愣一愣，惊喜地朝前一扑，叫声"嘎子哥"，泪花儿围着眼圈乱转起来："哎呀，可把我们吓死了！"

"你在这儿干什么？不怕飞子儿打着你！"小嘎子忽然像个老战士似的，上前督促她说，"快去找个地方隐蔽起来，一会儿再说话！"

"不要紧，我刚从夹壁墙里出来的。你知道，我们差一点儿叫鬼子发觉了。嘿！有个鬼子咕噜咕噜地追一只鸡，那鸡一头扎在柴火堆里了，鬼子就扒着柴火往里掏，这堆柴火正是堵着我们夹壁墙的，你说够多险吧！可巧，鬼子正在那里拼着命地掏呢，呱啦啦枪就响了！当时我一猜就是你们！那会儿我真想伸出手去，把那个鬼子揪住！……"玉英一面说，一面比画，兴奋得满脸通红。

"这么说，你这会儿真够当个侦察员啦？"小嘎子赞扬地说。

"那是啊！"

"可你刚才'喂喂'的，要干什么呢？"

这一句才提醒了玉英，忙回身指着一个小院子说："有个人藏在那儿了，身上还捆着绳子。问我地道在哪儿，叫我把他藏了。"

"啊？"小嘎子两眼一睁，"是老钟叔吧？"说着往里就跑，玉英赶忙就追。进了小院，在牲口槽后头拉出一个人来：泥头鬼脸，一身的烟煤黑灰，活像个土猴儿，却不是老钟叔。小嘎子平提了枪，近前细认。那个人忽地龇开白牙，噗儿一下倒先乐了。

"同志，不认识啦？咱是老熟人了！"原来正是那个"红眼儿"。

"哈哈！是老总啊！"小嘎子跳起来，一把揪住他的耳朵，"好个老熟人，你可连根烟卷儿都不给我抽呢！"

那小子给揪得弯着腰，仍嬉皮笑脸地说："没给烟卷，可给烟头啦，要不然，你的'鞭'能放那么顺当？为这个，我差一点儿给吊在梁上烧死！"

正闹着，嘀嘀嗒嗒一阵号声响了起来，小嘎子不知为什么吹号，忙牵着"红眼儿"，同玉英跑向大街。远远就见杨小根蹬在碾盘上，仰着脖儿，公鸡报晓似的起劲儿地吹着。他吹得那么嘹亮，那么激昂，听了，简直叫人想飞起来。号上拴着一块红绸子，在风里飘得像一面旗。

碾盘附近围了一大群人，钱区队长和石政委都在那里。小嘎子急急走着，猛觉心里一阵热，冲上去，扒开众人一看，嘿！就是他！只叫得一声："老钟叔！"便从人缝里扑过去，竟差点儿绊了一跤……

十九

鬼不灵一仗，把鬼子的气焰扫了个精光。七里堡、磨叉岗据点的鬼子，都连夜偷撤回城。撤下的"白脖儿"们怕当替死鬼，大白天就拉起吊桥，躲在岗楼里喝闷酒。"联络员"给他们送"情报"都不敢接了。城里也一日三惊，谣传风起，对出入人口盘查得很严，太阳大高，城门上就落锁了。往日一打败仗，第二天必有报复"扫荡"，这次却一连三天，没有动静。到第四天，才由邻县增来二百鬼子，拿两门山炮助威，咕咚咕咚，一路壮着胆子，急慌慌把肥田的尸首抬了回去。

四乡八镇的老乡们都乐得眉飞眼笑，对天念佛。天天有人抬着肥猪，到处打听八路军的下落。连有据点的村子，也把猪肉白面装上大车，公开给八路军送"给养"。"白脖儿"们只好装聋作哑，在暗地里叹气。

各地的抗日工作更活跃了。县区干部时时在下午便公开召集起群众大会来，抗日歌声一直响到岗楼跟前去。封锁沟和电线杆，有的断了，有的平了，连公路也常常在一夜之间出现很多断道壕。不少据点岗楼，常在平明[1]时发现对面墙上写满了大字标语："打倒日本帝国主义！……"

地区队这几天抓紧机会，一面开展政治攻势，一面进行休整。战士们

---

[1] 平明：天亮的时候。

个个兴高采烈，成天价举着些日本武器，你比我赛，互相夸耀，到处洋溢着一片胜利的欢欣。当然，最幸福最开心的，仍然是小嘎子。他一连三天，缠住老钟叔，让他把在敌人监狱中怎样受拷打、怎样做斗争，原原本本讲给他听。而后，把自己参军以后的所作所为、各种经历，也都说给他。乐得老钟叔满腮挂着泪珠儿，把他抱起来，用蓬蓬的胡子拂他的脸。

经过这次战斗，玉英更把小嘎子看得伟大了，有事无事总爱跟他说话，或商量个什么。小嘎子呢，由于她是自己扩来的新兵，在鬼不灵又表现得挺不错，也颇觉光彩，就越发乐意照顾她、开导她，尽力往侦察员方向带引她。战斗下来，还特意送了她一支新得的红蓝铅笔，作为对她的鼓励。玉英当然也高兴得不得了。

"哎，玉英，大伯大妈有信儿没有？"有一天，小嘎子忽然这样问她。

"有。前几天还在鬼不灵看我来呢！还拿着咱们那张画儿。"

"跟你说什么来？保险骂了我一顿吧？"

玉英笑着摇头说："没有骂。我妈说，那张画儿叫他们猜了好几天，把脑仁儿都猜疼了。气得我爹说：'这准是那个嘎杂子出的主意，俺玉英才兴不出这些故事点来呢！'"

"还说没骂呢！这不开头了。"小嘎子笑着说。

"你往下听啊，"玉英止住他，接着说，"他们一知道咱们当八路了，马上就放心了。我爹还说：'当八路就当八路呗，干吗偷着跑！若不是上了岁数，我还想当去呢！'临走的时候，还嘱咐我说：'听上级的话，别跟你嘎子哥吵嘴，有事儿俩人多帮补着点儿。'来了，还让我给你捎来两句话……"

"什么话呀？"

"叫你勤给他们捎着点儿信儿。"玉英抿着嘴一笑，"还说，叫你少发嘎，好好干！"

小嘎子听了这句话,好像触着了心里什么,便低了头,抠他腰里新得的日本皮带,一时竟沉思起来。

"嘎子哥,"玉英又叫一声,"你以后学点儿文化吧,学会了,好给我爹我妈写信哪。"

"嗯?"小嘎子抬起头,两眼迷迷糊糊有点儿发愣,许久,他忽然庄重地压低声音,悄密密地说,"我跟你商量个事吧,玉英,你也替我拿拿主意——"忽然,他又不说了。

"什么主意?"

小嘎子犹豫着,脸上渐渐有点儿发烧,半响,猛然立起来说:"不行,我还不行,还是过些日子再说吧。"说完,就拔起腿跑走了。弄得玉英半天都莫名其妙。

这天晚上,部队和当地群众联合召开了"祝捷大会",庆祝鬼不灵战斗的胜利。钱云清在大会上讲了话。他先一般地讲过这次战斗同对敌斗争的意义,之后,就开始表扬在战斗中有功的人员:大个李呀,杨小根呀,罗金保啊……一个一个讲过去,忽然提到了"张嘎"同志。小嘎子在底下坐着,不觉一震。往下听,就提到他在鬼不灵战斗中怎样勇敢机智,怎样用鞭炮搅混了敌人,从而促成战斗顺利发展的事。

"因此,"钱区队长把手一扬,举起那支"张嘴灯"说,"经过区队部的研究,决定把这支手枪正式发给张嘎同志佩带,作为对他的奖励!"

哗——会场立时响起一片春雷般的掌声。

"张嘎同志!"石政委在台上叫。

小嘎子觉得这个名字挺生疏,仿佛不是叫他,仍然坐着发愣。玉英在旁推他说:"叫你呢,怎么还不去?"他这才立起来,走上了主席台。石政委把"张嘴灯"双手托着,走过去,给他挎在了身上。台下又是哗哗一阵掌声,接着有人喊:"转过身来给我们看看!"石政委果然推转他的背,使他面朝大家。小嘎子这时见台下那么多飞舞的手,那么多含笑的脸,那么多眼睛盯在他身上，不觉有些慌，脸红得像个熟透的苹果似的，不知怎样才好。他忸怩地回过头去，却见区队长和石政委都站在台上，也朝他微笑着，他猛然心中一动，忙舒开两臂，朝着他们热烈地鼓起掌来。于是台上台下更加暴风雨似的鼓成了一片。

小嘎子带着浑身的热劲儿，跳下台来，一直跑到了玉英跟前，还未坐下，就对着她的耳朵悄悄说："你给我拿拿主意，——可你先别跟旁人说——我现在想参加共产党，你瞧够格吗？……"

一九五八年六月九日初稿
一九七九年二月五日再改

附录　我并不是"小兵张嘎"

"《小兵张嘎》是怎么写出来的？""嘎子的来历如何？""嘎子的原型是谁？"……这些问题已有五十多年了，倒是个有趣的话题。

《小兵张嘎》电影，被中宣部、国家教委、文化部、广电部定为小学生必看片。这说明，它的思想艺术品格，还是活着的。影片自发行以来，几乎每年都放映。尤其"六一"前后，这里那里，总能见到"张嘎"的面孔。有人说这片子教育和熏陶了几代人，虽未免过誉之嫌，却是个实在情况，由此而产生的好奇心，也属自然。

《小兵张嘎》小说的情况，相形之下要沉寂些。它的发表和出版，都比影片要早，而导演看上它，要拍摄它，也是从小说起意的。一个作品的出现，总要有些条件，几个条件相加，合成效果充实，才算较为圆成。反之，几个必要条件哪怕其一有缺漏，则作品便易流于干瘪。下面，我要谈谈我的条件。

"嘎子"是从哪儿来的

我是一九三八年参加八路军的，当时十三岁，与"嘎子"同庚。以后一直在部队工作了二十年，经历了抗日战争、解放战争、抗美援朝战争，大小打过一百多仗。我参加的部队是个一二〇师三五九旅七一七团的老红军连，后来在肃宁编为特务团。一九三八年冬季，日寇第一次进犯肃宁城的时候，我团就驻守在那里，战斗于早晨开始。当日大雾弥天，视界甚是模糊，敌人来到我连侧背了才被发觉，结果我军很吃亏，把一挺走了两万五千里长征的轻机枪也丢掉了。然而也沾了大雾的光，当我们撤退时，敌人的飞机只能在天上瞎转，很难找到目标；只是敌人的炮弹，四野乱落，崩起大团大团的烟尘，使我第一次参加战斗便领略到挨炮弹的滋味。

特务团后来脱离了一二〇师建制，改属冀中军区，不久，与"冀中民军"合编为"民抗"①，又不久，与"挺进支队"合编为警备旅。一九三九年冬，警备旅被调往晋东南，参加反击国民党"摩擦专家"朱怀冰的战役。那是我第一次参与山地作战，亲眼看到国民党修的碉堡群，密密层层布满了根据地周边的山山岭岭，令人想到当年五次"反围剿"的艰难与壮观。战斗从漳河展开，一直追击到河南林县。大获全胜之后，警备旅又回到赞皇、井陉一带参加百团大战。

警备旅此后便在冀中六分区（后改十一分区）安家了，这就造成一种机遇：从此时直到抗战胜利，我一直活动在石家庄至衡水这段铁路的两侧，跟这儿的人民一起，共同度过了那血与火的残酷岁月。

凡在那时活过来的人，都永远忘不了"五一大扫荡"，在八年抗战中，这是最最"要命"的一场斗争了。敌人下最大决心，拿最强兵力，做最细计划，用最阴狠手段，对冀中军民下了最恶毒的黑手，真是腥风血雨，九死一生啊。我抗日军民在敌人的大风大网中，左冲右突，"过了筛子过箩"，经受了人世罕见的魔劫，演出了无数悲壮的活剧，也确乎受了很大损失，当时流传一句话，"不死也得脱层皮"，确是真实写照。这场考验，给我的收获是很大的，其他的不说，单从创作素材讲，日后我写的《平原烈火》《小兵张嘎》《冷暖灾星》等中长篇，无不脱胎于这场"大扫荡"，所以说，"生活是创作的源泉"，确是颠扑不破的真理了。

为什么非要写"嘎子"

斗争的激剧、残酷、壮烈，不仅激发了人们的昂扬斗志、崇高品德，也极大地密切了军民、军政、同志之间的血肉联系，大家在救亡图存、为共产主义奋斗的光辉理想照耀下，前仆后继，视死如归，把流血牺牲当作

---

① 民抗：冀中民众抗日自卫军。

家常便饭。英雄故事、动人业绩，日日年年，层出不穷，昨天还并肩言笑，挽臂高歌，今儿一颗子弹飞来，便成永诀，这虽司空见惯，却又痛裂肝肠。事后回想，他们不为升官，不为发财，枕砖头，吃小米，在强敌面前，昂首挺胸，迸溅鲜血。傲然迈过一堆堆尸体，往来穿行于枪林弹雨之中，这精神、这品格，能不令人崇仰敬佩，产生感激奋勇之情吗？

正是由于环境的过于紧张，大家把全部生命都集中在跟敌人的血战上，个人要求反而极少极少，即使像死后留名这样的事，人们都来不及顾及。我身边有个小知识分子，在暗夜行军悄悄私语时，就和我有过一次约定：日后不管哪个先死，后死的一定要为他写篇悼文，以昭告后人而寄托我们的友谊和哀思。

但我们终于挺过来，胜利了。回头一想，那需要写文悼念以光大其事的人，又有多少啊，真是成千上万，指不胜屈。再一想，他们奋战一生，洒尽热血，图到了什么，又落下了什么呢？简直什么也没有。有些人，甚至连葬在何处都不知道！正所谓活不见人，死不见尸。但是，他们还是留下了，留下的是为民族自由、阶级翻身、人类解放的伟大实践，和那令鬼神感泣的崇高精神。这精神，是中华民族生存的支柱，前进的脊梁，是辉耀千古的民族骄傲，作为他们的同辈和战友，我是有责任把他们写出来的。素养不高，笔力不够，能做一分是一分，但是义不容辞必须要做。

对先烈的缅怀，久而久之，那些与自己最亲密、最熟悉的死者，便会在心灵中复活，那些黄泉白骨，就又幻化出往日的音容笑貌、勃勃英姿，那爱国主义、革命英雄主义的巨大声音，就会呼吼起来，震撼着我的神经，唤醒我的良知，使我坐立不安，彻夜难眠，倘不把他们的精神风采化在纸上，就对不起自己的良心。于是，写作欲望就难于阻止了。

这样给"嘎子"们画像

先烈的音容风采，再联结上当世的英雄志士及亲密战友，苦斗的历史便不断在心头演映重现，逐渐凝结为具象化的人物，这就是对文学创作有巨大意义的所谓形象。无形象串不成故事，好故事又必须有活跳的形象才挑得起来。我的长篇《平原烈火》，便是在这个简单的道理下写成的。这部小说的实践也证明：形象活不活，是文学作品能否站住的一个关键。

《平原烈火》里有个十三岁的小鬼，名叫"瞪眼虎"。"瞪眼虎"实有其人，原是赵县大队的小侦察员，他还有个伙伴外号叫"希特勒"，是一双声动四方、小有威名的人物。可惜我只见过"瞪眼虎"一面，又不曾交谈，但他那倒挎马枪、斜翘帽檐的逼人野气和泼辣风姿，留给我很深印象。至于"希特勒"，则连面也没见过。《平原烈火》中虽取了"瞪眼虎"的名号，事迹却是另外一些人的。但由于他出场过晚，无机会展示其才智本领，直到小说结尾，未能发射什么光彩。有个老朋友看过该书之后，对我说："咳，你那个'瞪眼虎'，开头表现还好，像是挺有戏的，怎么不凉不酸就拉倒了呢？"他的批评，正打中我心上的遗憾，确实的，他本来还有神异出奇的作为的，可惜不能与主角"争戏"，只好随大流谢幕，这实在是委屈了他。却为以后的"嘎子"，埋下了一株嫩芽。

有一点必须附带说明：许多读者按推理以为我便是"嘎子"，不，我并不是嘎子，恰恰相反，我是个刻板、老实、不懂变通的人。我很不满意自己这种性格，实在人常做窝囊事，不懂变通更是遇事吃亏，即使日常社交，刻板人也不讨人喜欢。嘎子则活泼洒脱，机灵善变，临机有新招，遇事有闯劲儿，在人堆中尤为惹人喜爱。我自小便恨着自己，羡慕嘎子。平日冷眼看人，总于嘎子格外留心。这样天长日久，脑子里便蓄积了不少"嘎人嘎事"。加以当兵多年，部队里的"嘎子"自然见得更多，像"瞪眼虎""希特勒"这类野小子，自然会引起我极大关注。谁知这个看似无关紧要的习性，以后却给了我不少方便呢。

★ 冀中抗日根据地的明珠——白洋淀

一九三八年，为抵抗日本侵略者，华北人民自卫军与河北游击军合编为八路军第三纵队兼冀中军区，冀中抗日根据地开始形成。在这片广阔的土地上，在战争的炮火硝烟中，白洋淀如同一颗璀璨的明珠，熠熠生辉。

白洋淀位于河北省保定市东部，由大小92个淀泊组成，白洋淀在其中面积最大，因此以白洋淀命名。白洋淀是华北平原最大的淡水湖泊，由于水陆交错、光热充足，它的水产资源非常丰富，素有"华北明珠"的美誉。

抗日战争时期，日寇将魔爪伸向了物产丰富的白洋淀。淀区人民在中国共产党的领导下，组织起了一支支抗日武装，借助淀区复杂的地理环境，打伏击、端岗楼，打击了敌人的嚣张气焰，保卫了家乡的安全。

导读 Daodu

抗日战争时期，在白洋淀里有一支武装队伍，名唤"雁翎队"。它是一支神秘莫测的队伍，常常借助大片芦苇的遮蔽与敌人周旋，令敌人十分头痛。雁翎队初创之时武器短缺，队员们盯上了城里的伪军，决定去截获他们的装备……

雁翎队的故事

两棵老套筒[①]

雁翎队才成立那工夫，枪不够使的，除了两棵"独抉"[②]，就剩几颗手榴弹，好些人都空着手。这太不像个队伍了。大伙就琢磨着怎么弄几棵枪使使。有了枪才好打仗啊！

熟悉新安城情形的人说："新安东门外小集上，常有汉奸和伪军乱串游。到那儿去想想办法吧！"

雁翎队员赵波当时是个十九岁的小伙子，机警果断，血气方刚。他与他的战友——老胡和小李子一阵商量，就定出个主意来：到集上卡

以简洁的语言说明了故事背景和全文线索——夺枪。

[①] 老套筒：中国汉阳兵工厂仿制的德国1888式步枪。
[②] 独抉：一次打一颗子弹的手枪。

枪去……

恰好，第二天就是新安集。当时正是秋末天气，活鲜鲜的大白菜刚下来。赵波找了副浅筐，买了几十斤大白菜，用扁担一挑，天刚傍明子①就上集了。别看当时队上有两棵"独抉"，可那是看家的根本，轻易还舍不得用它哩。赵波怀里只揣着一颗手榴弹。

新安东门紧对着白洋淀，出门一下坡就是大清河。顺河往东是一道大堤，沿堤两岸有几家铺户，错错落落的猛一看也像半趟街。平常，新安的小集就在这半趟街上。

赵波挑着白菜轧悠轧悠地来到集上，一看，哟，动身太早了，集上还没什么人哩。抬头望望，新安城那两扇大门，还黑丧着脸似的紧紧闭着，修在城门楼上的岗楼，高高地影着半边天，黑洞洞两排枪眼，居高临下地瞪着这半趟街，那神气，真像在咬着牙恨人不死。从垛口中间望进去，有钢盔和刺刀闪去闪来，不用问，那是敌人的岗哨。

赵波往前再走几步，见路北有个小饭铺，饭铺门脸前头蹲着个人，箍一条齐眉手巾，肩上搭个"梢码子"②，也许正等着老豆腐出锅吧。赵波一看，原来就是小李子，偷着对他一挤眼，回身把菜挑儿撂在路南的墙根里了。集上卖菜不来乱吆

> 以拟人手法，表现敌人堡垒的阴森恐怖。要在他们的眼皮底下夺枪，队员们面临着巨大的风险。

---

① 傍明子：方言，指黎明。
② 梢码子：褡裢，长方形的口袋，中央开口，两端各成一个袋子。

喝的，何况是外行，就守了菜筐一蹲。

　　渐渐地，集上又上了三四个人，也有买的，也有卖的，都磨磨游游地来回溜达着。赵波一眼看见了老胡，他胳膊上挎个篮子，懒懒散散地逛游来了。可他明明早看见了赵波，却硬装着没有看见，故意地在那儿过来过去地瞎张望。赵波心里一笑，暗暗骂道："你甭逗我生气，我才不理你那个碴儿哩！"就把脑袋一扎，低着两眼，只顾瞅着那两筐大白菜。

　　轧轧的一阵响，城门启开了，敌人的岗哨就从城上挪到城门口来。赶集的人来来往往，又见得多了不少。赵波忽然听见小饭铺前头响了一声口哨，转脸一瞧，可不，从城里蹓出两个"白脖儿"来。一人扛着一棵老套筒，咋咋呼呼地由西往东走来了。赵波用眼一溜，小李子已把"梢码子"挟在胳肢窝下，正从人群里往这边靠，左右再溜上两眼，却还不见老胡。这家伙，跑到哪儿去了呢？难道真的连正事都忘了？心里正自着急，"白脖儿"已到了跟前。也是活该，走在前头的那小子一见这两筐活鲜鲜的大白菜，立刻动了贪心，就停下来，一咧满嘴的大金牙，问道：

　　"怎么卖？"

　　赵波急忙立起来，带笑说："三毛五一斤。"

　　"嚋，那么贵！城里头才要三毛！……"

　　"菜有好有赖，货高价出头嘛！……"赵波一边响当当地跟他搭讪，一边看着他手里的老套筒，不由得碰了碰衣襟下那颗铁硬铁硬的东西，觉着

细微的动作表现出赵波此时的紧张心情。

手心里正往外冒汗。后面那个"白脖儿"却对白菜没有兴趣，催着大金牙往东走。可大金牙不但不听，倒把老套筒往膀尖上一靠，一曲腿蹲在筐前，抱起棵大白菜，就往下劈那带泥的帮子。后头的"白脖儿"不耐烦了，愣一愣，提起自己的老套筒，径自奔了正东。这时，赵波才猛地发现了老胡，原来他挎着篮子，影在这两个小子背后，紧紧盯着他们呢！老胡见那个"白脖儿"单独往东去了，便朝赵波努一努嘴，笑嘻嘻跟住那小子脊梁，也往东去了。

"一块钱四斤！"大金牙带着威胁的口气命令似的说。

"那就连本儿都赔了，卖不着。"赵波把眼睛回到大金牙身上来。

"你这小孩儿真硌生[①]，城里有给四斤半的！"

"嗯？……"赵波陡地瞧见大金牙的枪背带，成个大大的圆套儿，垂在自己脚下。好！他心里主意刚一打定，底下就伸出腿去了：用脚把枪背带一钩，猛地一带，唰啦！老套筒就到了脚下。大金牙一吓，急抬脸，当的一手榴弹已落在他头顶上。只听他哼了一声，便整个儿向后栽翻过去。赵波还不放心，抢前一步，狠狠地又是一捶。这时，他觉得脚下一动，一回头，原来小李子早把老套筒抢到手了。再往东看，嗬！半当街躺着个"白脖儿"，老胡肩上也有棵老套筒。只见他们俩

雁翎队队员配合默契，趁敌人分散开来逐个击破，而此时敌人仍未察觉危险的来临。

① 硌生：生硬、古怪的意思。

招一招手，一人一杆，扛起两棵枪一齐往东跑了。

"我可扛个什么呢？"赵波提着那颗血淋淋的手榴弹，四下一寻，见那副菜挑子还在地上。便上前抄起扁担，把两头的绳子一蹬，安慰自己说："我就扛条扁担吧！"忙忙放在肩上，迎着红彤彤的朝日，沿大堤往东追了下去……

<u>直到他们跑出一里地来，才听见城门上响了一阵子乱枪，那响声，赵波听着才真像过年放炮哩。</u>

在敌人的眼皮底下夺了枪，敌人只能打几下乱枪来发泄愤怒，而这枪声在雁翎队队员们听来，则是胜利的号角声。

龙湾端楼

龙湾是大清河口上一个镇子，驻伪军一个小队，三十多人，三十多支枪，小队长姓刘，单他有一支盒子。

一天晚上，雁翎队和任丘五小队碰在一块儿了。两方面的队长一嘀咕，想把龙湾楼给他端了。怎么端呢？岗楼外是大沟，沟口上架着吊桥，吊桥整天都吊着。这情形决定了，不能硬攻，只能智取。他们商量的结果，决定一边出四个人，八棵手枪，化装拿它！

第二天，八个便衣就出发了。那阵容可是真奇特：八个人，八副挑，十六个花筐满装着青绿脆皮的大甜瓜。当时正是一九四四年的七月，赤日炎炎，天热得跟火炉儿一样。在这样的天气里，谁见了青嫩多汁的甜瓜不眼馋啊？

八副挑一顺儿拉开，颤悠悠地渐渐逼近了龙湾

雁翎队的故事

村头。那岗楼,高高地矗立在村外的旷野里,楼下是平房,四围是丈多深的大沟,只在南面有一个出口,那吊桥,老虎大张嘴似的悬在半空中。怎么进得去哟?可是,八个人不慌不忙,按照预定计划,直奔了吊桥外边那棵大柳树。这大柳树离岗楼约五十步光景,足有两抱粗细,撑开苍苍郁郁一个大树帽儿,恰像一把翠绿的天伞。八个人挥着汗,径直进了树下的荫凉,他们一放下担子,便东一个西一个地歪在地上,各自拣起一个大甜瓜,一口一个月牙儿地啃起来。恰恰流来一股小风,卷起甜瓜的清香,一阵阵向岗楼那边吹送。

可是,还不见岗楼上有什么动静。

雁翎队的老赵有点儿焦心了,他和任丘五小队的燕队长一碰眼神,两个人就凑在一块儿算起账来。他们俩屈着指头,点着瓜筐,二一添作五,三一三十一,三算两算,闹了个赔赚不均,动起火来。老赵提起拳头,照了燕队长嗵的就是一捶,燕队长托地一跳,抬腿飞来一脚,其他人连忙上去劝解,可他两个早双双扭住脖领子撕掳不开了。一时粗声大气、连骂带卷,闹得不可开交。

唰啦啦——岗楼上的吊桥落了下来。

老赵心说"有门儿!"便更加跳起来扭紧燕队长,大嚷道:"走!咱请刘队长给断断,这算不算坑人!"便吵吵嚷嚷,硬扭着直奔了吊桥。其他人也一面劝说着,一面前前后后地围随了去。直到进了沟口,那个放吊桥的"白脖儿"还说:"怎么不把甜瓜挑进来,不怕叫人偷了?"有个队

一个眼神就能明白对方的想法,队员们的默契可见一斑。

员随口答道:"有老总们费神看着呢,哪有那么大胆的小偷儿!"

一进大沟,北面三间正房就是刘队长的"办公处",东西两排厢房分住着"白脖儿"弟兄们——这是大家早有了底儿的——老赵和燕队长互扭着脖领子直奔了正房。一进门,就见刘队长穿个小白褂儿,徒手在桌子前边等着。另有三四个"白脖儿",都眼里笑微微的,等着看一场挺有油水的官司。老赵看见,粉白的北墙上,整整齐齐并排挂了五棵枪,第一棵就是配着新木套的二把盒子①。

"你们怎么回事?"刘队长像个审判官似的开口了。

"他坑我三块八毛钱!……"老赵说。

"他诬赖好人!……"燕队长同时大叫。

刘队长威严地把手一挥,喝道:"不许吵,一个一个说!"

老赵侧过头把眼一溜,见后边的人已经分别朝东西厢房扑过去了。猛然提起拳头,狠狠劲儿,腾地就打了出去,刘队长眼也不及眨一眨,向后一翻,连身后的小桌一起闹了个六脚朝天。

"不准动!"赵、燕两棵盒子同时逼住了"白脖儿"。就在"白脖儿"刚来得及打个冷战的工夫,老赵抢步上前,用手一划拉,就把北墙上所有的枪支敛到怀里了。燕队长也不慢,他飞步钻进一个套间,只一转,就抱出来五棵大枪。

① 二把盒子:指德国制造的一种毛瑟军用手枪。

简单的动作描写——"同时逼住""划拉""敛",表现了队员们的干脆利落、配合默契,读来令人不禁拍手叫好。

剩下的事就很简单了:"白脖儿"们根本没料到这么大热天会有八路军打进来,东西两厢房的家伙们正歇晌觉呢,他们的枪突然给从墙上摘走了。至于那个挺高挺高的四层大岗楼,因为"白脖儿"们嫌它闷得不舒服,没有一个人在上头。

打警长

在白洋淀水面上,浮着一群群的小水庄子,就像大海中兀立着的许多小岛。这些小岛因分布的聚散不同,又自然地刻成了好多个集团。那些大一点儿的庄子,就像是集团的首领,受着周围庄子的围拱和朝揖。

日本鬼子为了把白洋淀彻底"治安化"起来,就在每个任着"首领"的庄子上,安了据点,修了岗楼,驻了军队,还设了警察所。

警察所各有头目:大一点儿的叫"所长",小一点儿的叫"警长",全是些磨牙吮血、直接辖治和残害人民的恶魔。他们才来时,像土匪;待长了,就成地头蛇了,整日价敲诈勒索,抓点儿①捕人,群众恨得牙根痛。

是一九四三年的数九隆冬,白洋淀冰冻千里,到处白皑皑、光秃秃的,放眼四望,只见东一个西一个尽是插天直立的岗楼。天气多么寒冷啊!

忽然在一个晚上,雁翎队听见郭里口据点传

寒冷源自天气,更源自敌人对人民群众的残酷迫害。

———
① 抓点儿:按名单捉人。

出消息，说那儿的警长接到了丧信儿：他老子病死在家乡了。接着，第二天清早又听说：这位警长上了王家寨。

雁翎队判断了一下：王家寨据点驻着的是个"所长"，郭里口的警长必是请假去了，他不能不回去办他老子的丧啊。这警长是雄县人；从王家寨去雄县的道儿嘛——雁翎队当然是很熟悉的。于是，雁翎队立刻出动了一架冰床子[①]，由侦察员赵波和小张撑着，只载着三寸宽一条子木板，一直划向了王家寨。前天才下过一场大雪，冰床子冲开雪层，在耀眼的太阳刚刚升起时，就来到王家寨岗楼底下的码头了。码头上还停有许多冰床子，都在等待着外出旅客的雇用。

简洁地说：不论贵贱，凡一般旅客，赵波一律不加招揽。当然他就等着了那位警长——就见从岗楼里出来了一位肥胖的、贼头贼脑的家伙，穿一身黑色的警官服，蹒跚地走近来。赵波连忙呵着冻手迎了上去：

"长官，上哪儿？"

"雄县。"

"这边请，这边请……"赵波殷勤地指着自己的冰床子。

那警长停住步，把赵波一打量，心里不由得一惊，这个黑苍苍莽墩墩的小伙子，有着铁塔一般的身架，钢筋一般的大手，那胳膊显示着怎样沉重的力量啊！

"你是哪村的？"警长突然地问。

"赵庄子的，顺民！"赵波说。

这"顺民"俩字说得不大好，不说它容易引起疑心，至少是有点儿多余，不想却投合了警长先生的胃口。赵庄子是郭里口的属村，这个汉子当然是他的子民，而他又自称"顺民"，这点儿敬畏之情，使警长高兴了：

"那——我可要快！"

"快！"赵波搓搓手说，"保你不到晌午就到老家了！"

[①] 冰床子：冰上滑行的交通运输工具。

警长对这个"快"是相信的，赵波粗壮的身体就是证明。价钱自然也便宜，警长于是款款地上了冰床子。

不料，警长并不直奔雄县，却还要回一趟郭里口。赵波疑心这小子会有什么变化，为了利于变通，他说还没有吃早饭，让小张先回家拿点儿饽饽，然后再去雄县的半道上等着。这样把小张支走了，他独自把警长撑到了郭里口。

其实也没有别的事，警长只是脱掉了警官服，换上了一套便衣，唯有怀里鼓鼓囊囊的，好像新掖了支短枪。赵波心里掂量：这小子的心眼儿还是很底细的，不能小看了他。不过，他也高兴了："今天，也许又闹把盒子使呢！"

从郭里口往东，一片冰天雪地，太阳迎面射来，贼明闪亮，逼得眼睛难以睁开。赵波猛力地撑着冰床子，一路唰唰地，把雪花儿冲得飞溅起来，轻捷得像只燕子，再给太阳一照，冰床子仿佛罩了个五光十色的大花团，那景象是很开心的。警长先生不由得笑眯眯的了。不知怎么搞的，雪层越来越厚，冰床子也越来越慢，尽管赵波使出全身力气，可是冰床子仍像头大笨牛，越撑越慢了。警长生起气来，并且破口大骂：

"他妈的！今天倒霉就倒在你小子身上了！还说保老子不响午到家呢，拿吹牛当饭吃！我算瞎了眼，放那么多人不雇，单选了你这个松包①！真可惜了你这身肉，肥得像牛犊子，可劲儿还不如个蛤蟆！……"

赵波听着，肚子气得崩崩的，可是一声不言语。他见前边不远处，小张拿着一包饽饽，在路上等着呢。赵波气呼呼地把他叫过来，让他在后边推，自己在前头拉。其实他心里很着急：快干掉他算啦，冰床子有啥拉头呢？只恨白洋淀的苇子早打光了，到处白茫茫豁朗朗的，后头是郭里口，右边是王家寨，前头是雄县，三个岗楼钉在眼界里，都近在二三里之内。老实说，若不是在这样显明显眼的地方，光凭这小子这顿臭骂，赵波也早

---

① 松包：懦夫；胆小鬼。

把他敲了。

别着急，在这光荡荡的大淀里，终于出现了两道横埝①。这横埝恰像并行的两道断堤，中间一道水沟，是天旱时引水用的。赵波心里踏实下来，预定的地点到了，便拱一拱身子，照直把冰床子拽进了横埝当中，而且把绳子一抛，停下来。

"这是干什么？"警长的脸一下变白了。

"长官，前边就好走了。我把冰床子修一下。"赵波解释着，就向后面的小张说，"小张，把那块板子递给我！"

赵波的本意是让小张在警长的背后给他一家伙。不想小张心眼儿太直，答应一声，就把那条三四尺长的板子递了过来。警长见一根大板子擎在赵波手里，越发着慌起来，连忙把手伸进怀，吆喝说：

"你，你！……"

赵波看了看这个肥胖家伙，忽地笑了。他猫下腰，靠近警长的耳朵小声说："别怕，我是故意把你拉到这儿避一避的。你瞧，"赵波向远处一指，"那不是八路追来了！"

"啊？"警长急忙向后一看，赵波抡起木板，只听咔嚓一声……可怜警长脑子里还晃着"八路"的影子，灵魂就追随他老子去了。

赵波把板子扔下，朝警长先生瞥了一眼，就去解他的怀，掏一掏，摸出一支"枪"牌撸子②来。可是，好半天他都噘着嘴：咳，挨了这么半天臭骂，到头来只得了这么一只不顶用的东西，子弹打在鼻子眼里，简直可以把它擤出去……

一九六二年七月九日于保定

---

① 埝：田里或浅水里用来挡水的土埂。
② 撸子：防身用的小手枪。

雁翎队的故事

★ 水上的游击队

一九三八年，日军侵占华北，在白洋淀烧杀劫掠、无恶不作。为了维护所谓的"治安"，日军强迫当地百姓交出武器，包括打猎用的猎枪和土枪，致使老百姓怨声载道。为了反抗侵略者的暴行，在共产党人的动员下，淀区的二十多名猎人组成了一支游击队，这些猎人熟悉白洋淀地形，在大片的芦苇丛中时隐时现，常趁敌人不备截获他们的物资、拔掉他们的据点，给敌人以沉痛打击。队伍刚成立时，队员们用的是自家的猎枪，为防弹药受潮，就在火眼处插上一支雁翎，再加上他们在水上作战时呈"人"字行驶，像空中飞行的大雁队伍，因此被称作"雁翎队"。

在华北地区的战场上，"雁翎队"是一支重要的武装力量，其游击战的战斗方法给敌人造成了沉重打击，为抗日战争的胜利做出了巨大贡献。二十世纪九十年代，河北省修建了"白洋淀雁翎队纪念馆"，用以纪念雁翎队的丰功伟绩。

导读 Daodu

中华人民共和国成立前,许多女性都生活在封建势力的压迫和剥削之中,徐志深就是其中一个。她承担着一家人的吃穿生计,日子过得艰辛而苦闷,唯一的希望就是日渐长大的弟弟。令她想不到的是,自从八路军在家里住过几天后,十三岁弟弟竟铁了心要去当兵!这可怎么办……

弟 弟[①]

志深轻步走进房来,划火柴点上灯,欠身坐在桌前。她,还在微笑,兴奋而愉快。一霎间,她重又翻开手里的信,从头看起来:一字字、一行行,如数珍宝,连信尾的日期都看了好几遍呢。

"多快呀,三个月以前,还是鬼子的天下呢,满世界都是据点、岗楼、汽车道,说个动手,喊咻咔嚓几下子,就把这一面子据点扫平了。哼,杜斜眼个老顽固,看你还说八路不行呗!……"

她对谁说话?屋里没有一个人呀。她噗地笑了,把灯捻[②]向上拨拨,灯头就发亮地突突跳起来,照着她满是红光的脸。她又把眼光落在信上,却想到家里去了:

"旮岗据点这一拿,爹和妹子一定比我还欢气,近一步是一步的,那起子'白脖儿',整天横得没法儿,离得又近,一跷腿就到。丢东西、打饥荒倒是小事儿,担惊受怕的罪,可真够人呛了!……"

[①] 此为1946年冀中地区发起之"抗战八年写作运动"中的应征稿。
[②] 灯捻:用棉花等搓成的条状物或用线织成的带状物,放在油灯里,露出头儿,点燃照明。

弟 弟

想着想着，她禁不住把桌子一拍，大声道："好啦！抗日总算抗出头来啦！敌人光剩县城和大清河上两三个岗楼子，怎也掉不了蛋么。八路军同志们可痛快痛快吧！……"声音突然闸住，一想起八路军，她便要想起弟弟，一想起弟弟，便想到从前——

弟弟名叫玉振，生得大眼溜睛，活泼伶俐。只是有点儿怪性子，你要喝他碗里一口水，他就把水一泼，叫你赔他。有一年发了大水，大人们愁得抬不起头，他却每天跳到水里去洗澡。因怕他掉进苇坑淹死，成天提心吊胆，说又不听。有一次，气急了，从水里叫上来，打了俩耳刮子，拽回家去。可又忍不住暗暗流下泪来。谁知一转眼，他又不见了。再找，仍是在水里答应着。就再也叫不上岸，还说，"上去也是叫你打我呀！……"

一家人勒紧裤带，让弟弟九岁上进了初小。功课很不错，字眼儿有长进，眼见一天天出息起来了。志深用裁衣裳剪子，给他剪了个时兴的小分头，拢得亮光光的。每逢放学回来，端饭给他，看着他很像母亲的小脸，明亮的眼睛，偶尔冒出一句的"文才"，她便要心花怒放，充满了对未来的希望……

志深是个旧式妇女，从小便缠起了双脚。十四岁，死了母亲，穷家只剩下父亲，一生日的妹子和这个六岁弟弟。于是，一家的穿衣吃饭，洗涮缝连，大小杂务，全落在了她身上。她也正当天真活泼、贪图玩耍的年龄，从此便怀里揽着妹子，身后追着弟弟，锅台磨道，盆边缸沿，日日忙个黑明不到头。

熬到二十岁，父亲一图饭口有门，二图"进门就当家"，信着媒婆的撮弄，把她嫁给了邻村一个男人。临过门，她搂着妹子弟弟两个孩子，凄惨惨哭了半夜。第二天被花轿抬走的时候，她只有一个想法："一辈子完了！妇道就是妇道。人们常说，草鸡不能打鸣，骡马不能上阵，女人干不了大事，这是天经地义！唉，有什么心高妄想，下世再托生了……"

出嫁的当年七月间，七七事变的炮声从卢沟桥直响过来。"国军"夹着尾巴，在细雨烂泥里朝南跑了。乡亲们惊慌地望着天，小学校散了伙，一个恐怖混乱的世界。

正惶惶不可终日的时候，八路军来了。她回来住娘家，恰碰上一班八路军就住在家里。起初，她意外而害怕，想躲到邻家去。然而，弟弟却跟八路军混得烂熟，他追着"兵"们学歌学忘了吃饭，出来进去直劲儿唱："大刀向鬼子们的头上砍去！……"还常常跟"兵"们蹲在一个圆圈里做游戏，简直成了个"兵迷"。冷眼再瞧，八路军不打，不骂，不抢，不夺，自己挑水做饭，还偷空帮父亲铡草，放牲口。说个话，斯文柔和，老是笑。天下头一回，出了这样的军队！

料不到的事竟发生了，弟弟居然向父亲要求参加八路军——他要当兵！孩子那么小，才十三岁，又那么可爱，可又没有妈。父亲想也不想，就拒绝了。他哭着去找姐姐：

"八路军那么好，我跟他们抗日去……"

她想啊想啊，从天黑想到天明，一阵一阵的泪下如雨，最后咬了牙，做出了不是当时女人能做的决断："我去跟爹说，净在家窝囊着，还不如到外边去闯荡闯荡。我是废了的人了，不能都废了！何况八路军是出息人的——"

弟弟一连哭了七天，吃着饭，泪也顺着碗边流。父亲烦死了。姐姐再一劝，终于横一横心，准许去当兵。

那天，弟弟穿着青裤白褂，哭黄的脸一下子变得通红。姐姐给了他三十个大铜子，与父亲含泪送他到村头，去昝岗，参加了一二〇师特务营。又偏是这般紧急，参加的第二天，队伍便开拔，在雄县上了船，一直奔向西南……

她和父亲，一连三四夜睡不着觉，屋里，院子里，街上，野外，到处空空落落，心，给飞走了一大半……

雨后的庄稼随风长，八路军在大清河越发展越多。各村都成立了救国会，建立起抗日民主政权。志深在婆家也入了妇救会，常开会，听讲话，做做军衣……起先，很不习惯，"一个年轻女人，疯疯癫癫跟人瞎跑，多叫人笑话！……"然而，从工作人员那儿听来的道理，又公道，又义气，国

弟 弟

家有难，不应该救？八路军前方打仗，不该做做衣裳？特别是妇女解放那一篇道理，乍听真有点儿胆小，越琢磨就觉着越对。凭什么妇道就不能出头办事？凭什么女的天生就得听男的？凭什么"嫁鸡随鸡，嫁狗随狗"？这些老理儿真是混账！于是她一天比一天积极起来，特别一想起八路军，一想起弟弟，工作就更有劲儿，生命更蓬勃。她终于当选了村妇救会主任，后来还兼了妇女自卫队长。

工作越上劲儿，家庭的苦恼就越显得突出。丈夫是个二流子，好吃懒做，每天上赌局耍钱，输了就家来卖粮食。她虽然早就看不过，但"三从四德""男人当家"的道理压着她，偶尔劝说两句，又不顶事，只好不管。近日，他反而要限制她的活动了："一天价瞎闹腾什么？八路军根本就待不长……"她起初还解释解释，终至三天两头吵嘴，气恨起来，她几次咬破自己的手指。尽管疼痛钻心，可根本不想离婚。那时的风俗：一个女人要自动提出跟男人"散了"，是最下贱的！走在街上没人理，脊梁骨得叫人戳烂了。她宁可在臭水里把尸骨沤烂，也想不到离婚上去。

环境眼看着紧张、恶化起来：周遭几个县城都占上了鬼子，常出来"扫荡"。妇女自卫队不断地参加战斗勤务，进行军事训练，还常常扛着铁锹半夜里去破路、扒电线。为着行动方便，她把缠着的脚放开了，再不做那尖尖的三寸小鞋了。第一次穿着宽头鞋出门，还有点儿脸红呢。可也幸亏把脚放了，有一次半夜破路，被敌人打了袭击，枪子儿啪啪地绕腿乱飞，钢盔一颠一颠地追上来了。她踢趿踢趿一路急跑，半道上还把个栽倒的姑娘拽起，拉着跑了一大截子。也不觉有什么高低坑洼，都平平妥妥跑回来了。

她越来越觉着提高文化的需要：不能看区里的来信，不能看文件、传单，刺激最深的是给弟弟的信也不能写。托人写吧，有话说不出，写出来总不大随自己的意，老是这么冷枯枯的一小条：

  吾弟大鉴：离家日久，甚为悬念。望注意饮食，珍重身体。别不多嘱。

              姊白

她下定决心，一定要认字。先狠着心卖了二斗^①粮食，买了支钢笔。给自己规定每天学三个生字。天天晚上一练几个钟头，灯油熬干了，鸡叫头遍了。还没有睡觉。

一九四一年冬天，一场急风暴雨就晴不开天了：鬼子连续"扫荡"了两三个月，安的遍地是岗楼据点，公路也横七竖八织成了网。八路军主力暂时撤走了，工作人员转入隐蔽活动。村政权有的被摧毁，有的不再出头，有的只暗中活动。地面上逞凶发狂的只剩了鬼子汉奸，简直变了天了。

志深像一下跌进了万丈深渊，又像被大炮弹震昏了，她茫然地呆望着天。天，昏暗而阴冷，乌云翻滚，不见阳光。而苦难专门欺负苦人，一层又一层向她扑来。

弟弟二年多杳无消息，不光无从打听着落，现在连八路军也看不见了。村中首富杜斜眼，得住理了似的在街上嚷：

"我说八路军待不长吧，就应了我的话啦！不是正宗正派，到底不行！……"莫非八路军真不行了？

从娘家传过信儿来：老爹想儿子快想疯了，整天唉声叹气，出来进去乱转，别人劝也不听，吃着饭，豆粒大的泪珠子啪嗒啪嗒打在粥碗里；锄着地，忽听儿子叫爹哩，扔下锄就往家跑……

丈夫，一天天更变坏了。一九四一年秋后就没有做过活，一直蹲在赌局耍钱。八路军一走他可气粗了，劝一回就吵一回。终于有一天输钱太多，把家一扔，逃到北平去了。

弟弟，最重要的是弟弟！这不单是因从小养大，还因为他当了八路军。八路军给人民带来过光明，带来过解放，压在阴山背后的妇道，是八路军来了以后才出头的！……然而，弟弟始终杳无音信。有几次，在梦中看见弟弟来了：不是头上裹着伤，就是血淋淋地躺在担架上，瘦瘦的，面色蜡黄，还是入伍时那么高，那么大。……醒过来就疑神疑鬼，更加悲凄，用被子蒙上头，一哭哭到天亮。

---

① 斗：容量单位，1斗等于10升。

弟 弟

"不！天地良心！像八路军这样忠勇仁义的军队，是不会被消灭的！总有一天翻过手来！"痛到极点时，她就更加抓紧学认字，用认字顶住精神的重压。黄昏学到半夜，半夜学到黎明；学得眼肿，学得失眠。可她不悲观，不丧气，横心到底，终于学会写信了。

在一个神秘的夜晚，闪进来一个女同志，跟自己年纪相仿，要求"借宿儿"。一盘问，原来是区抗联的，名叫张居吟。哎呀，她带来很多共产党八路军的消息，原来共产党就在跟前，活动着，战斗着。两个人一下子就成了朋友——不，亲人！她们说起话来就是一夜，可总也没有说完的时候。张居吟借她的房子偷偷开会，联络了很多人，又讲了很多新道理。志深越听，心里越亮堂。不久，就在居吟介绍下，加入了共产党。迷途的孤儿找到了娘啊，地狱也照进了阳光。她陡然间觉得浑身都饱藏着气力，精神上又得到了解放，工作起来就像在飞，像长了翅膀在天上高高地飞！……

一天，忽地听见一片枪声，嘎嘎嘎，咕咕咕！邻村在打仗！是八路军在打仗！八路军又露头了！他们就在我身边活动着哩！我们的靠山没有倒呀！……此后，不断听见打小胜仗的消息。大清河，一天天又苏醒过来。虽然不见大部队，鬼子的势力却在削弱，他们的气焰下降了。

在张居吟帮助下，她一心一意组织和发动着全村妇女，把抗日工作双手往前推。区里来信表扬她，说她工作有成绩。她更加心血沸腾……

一九四四年开春，八路军沿大清河展开了攻势，先后攻克了开口、板家窝等据点，活捉了好多"白脖儿"，吓跑了不少岗楼里的鬼子。汽车道，封锁沟，大部填的填了，平的平了。敌人被挤到县城去，八路军转入了公开活动。就在这时候的一个下午，她接到张居吟这封信，告诉说昝岗据点拿下来了。昝岗，离娘家只有二里地哟……

灯油快熬干了，火焰渐暗下去，邻家传来一阵驴叫，天，半夜了。志深打个呵欠，一边拉开被子，一边想："打走了日本，弟弟回不回来呢？我们还能见上面吗？他不会——"有多少次，每一想到这里便急忙打住，她不愿想那个"死"字，她不知道那是一种什么情景，即使能想出来，她也

★ 105

不敢去想。她吹灭了灯，和衣倒在炕上。弟弟，仍在脑子里盘旋：光亮的分头，母亲一样的脸型，明眉大眼，青裤白褂，小口袋里掖着三十个大铜子，迈着细瘦的双腿，一闯一闯走了，参加八路军去了……窗外月光很明，窗棂上印着一条一条阴影。她眼睁睁看着那阴影，好久好久，还是那么宽。"唉，日子过得多慢哪，半天了，还不见月亮动一动，什么时候才盼到弟弟回来啊？"

"……"似乎有人叫了一声，她一骨碌坐起来。再听，却又听不见了。耳朵里余音还在响，似乎就是"姐姐"。"敢莫是弟弟吧？"正自猜疑，又叫了一声。她赶忙起身下炕，小跑着去开门。门开了，却是张居吟。

"还没有睡呀？"

"睡不着，光想你那封信了。"她理一理头发，进屋点上灯。

"兴奋得失眠了吧？嗯，还有更欢气的事儿呢。"居吟解开小布包，抽出一封信来给她。她拆开一看，鲜红的印章下盖着"命令"两个字，下面写道："调徐志深同志赴县临时干部训练班学习……"她的眼一下子凝住，呆呆的许久不能动。

"怎么样！看把你，哈哈哈……！"居吟大笑起来。

她猛地扑到居吟身上，紧攥住她的手腕，激动得牙齿也在互相敲打："张同志，我这才叫解放了吧？……"

第二天清早，她很快地做熟饭，给公公端了去。她虽在极力镇定，心仍是突突乱跳，终于使了使劲儿，开口了："爹，区里来了命令，让我到县里去受训……"

"什么？"老公公身上一抖，刚夹上筷子的菜又抖掉了。

"到县里受训去。"

"……还，回来不？"

"许是脱产了，可也，断不了家来看看……"

"那怎么办呢？"

"什么怎么办？"

其实老公公明白，这是阻拦不住的，儿子又不在家，共产党虽隐蔽着，

弟 弟

势力却无所不在。他只酸着鼻子哼了一声。志深又给他做一番解释，也做了必要的家务交代。

早饭一眨眼便吃完了，她和居吟夹起小布包，一路飞跑，便赶到了娘家。跟爹说：她就去受训，受完训就工作，就成八路军了。还特别补充：在外边，打听弟弟的信儿更容易。父亲满口应承："只要离了那个糊涂婆家，自己高兴，我怎么都乐意。"父亲对自己做主给闺女订婚的事，一直怀有内疚。

妹子却羡慕地向张居吟道："我什么时候也出去呢？"然而，她看见姐姐瞅了瞅父亲，正悄悄拿眼瞪她。

第三天黄昏，由张居吟领着，绕过雄县据点，蹚着水，进了白洋淀。啊，打从此时此刻，她迈进另一世界来了……

训练班的生活，是那样新奇、生动，火热蓬勃，有着丰富的兴趣，含融着甜甜的滋味。讲的，学的，说的道理，都是自己的心里话。她每天都像一蓬火，破死忘生地学习着。一个半月之后，经过测验，被评为优秀学员而结束了学业。县里分配她到四区抗联做妇女工作。

她怀着一颗猛烈跳动的心，生手乍脚闯入四乡。一接触工作，便忙个不可开交。每天都开几个会，一张口便要把嘴讲干。常常一个会天黑才散，忙又迈开疲乏的双脚，跑十几里去赴另一个会。工作成堆成垛地涌来，天天要处理几场"官司"，两口子打架啦，婆婆虐待儿媳啦，妯娌不和啦，加上分家格业，地亩纠纷，家务琐事，都找了她来。起初，她也分不清轻重缓急，凡觉不公的，跟抗日有关系的，对多数老百姓有好处的，她都管。早饭总错到晌午才吃，晚饭就推到半夜去了。夜夜睡不够四个钟头，可从来觉不出困。她自己也奇怪，身上好像开了一道闸，力气水涌泉喷地流出来，老流老有，永也使不完。有人劝她休息，她说："我一点儿不觉累，越忙越痛快，再苦再累也比在婆家受窝囊好受！"唯一觉得不安的，是"能力太小，顶不了多大用"。可是，终于一天比一天熟练了，眼见得工作越做越见成效。她以前一点儿也没想到：敢情世界上有这么多事情要办，办起来又这么必须，这么有意思。自己竟过起这样儿日子来了，这不是做梦吗？

雁翎队的故事 | YANLINGDUI DE GUSHI

不久,四区老乡都知道有个志深:"办事又急又快,断官司顶公平,对老百姓最热心。"

环境的变化也很迅速。八路军的攻势一个接一个,工作的开展也像水上的波纹,一圈一圈地越漫越大,敌占区更缩小了,敌人的气势眼瞅着往下消。工作更其堆堆垛垛地涌来……

形势好,喜事多。一九四四年秋后的一个黄昏,志深正蹲在当地,就着凳子给区委写汇报,交通员[①]小刘进来了:

"徐同志,别写啦。"

"怎么了?"

"大伯叫我捎个信儿,让你赶快回趟家,你弟弟来信啦!"

"是吗?"她不相信,她怕,怕是个残酷的玩笑。

"我什么时候说过瞎话?——还捎来相片了呢!"

小刘的确不跟人开玩笑。她,木住了,只觉眼前冒了一派金光。随即猛醒似的,拿信纸把钢笔一卷,掖进小布包,往起一站就要走,险些把凳子带倒。

"看,慌成什么样子了……"小刘微笑着说。

"可也是呀!"她猛地停住,羞个满脸通红,心想:"可了不得,怎这么慌呢!这要反映到上级耳朵里去,该说我多么大的家庭观念呀!"于是,她强压住激烈的心跳,稳一稳气,重新打开小布包,取出那半截汇报来。

"小刘,略等一会儿,这就完。"笔尖在纸上唰唰响,一袋烟工夫,又写两三页,急急封了,递给小刘:

"请跟张(居吟)主任说一下,我今儿告一宿假,明早就回来。"

天色渐黑,她迈开如飞的两腿,一口气不喘就赶到了家。父亲和妹子仿佛都变成孩子了,满脸是笑:

"六年哪,才来了这么个信。这横是知道还有这个人哪!……"父亲掀

[①] 交通员:抗日战争和解放战争中担任通信联络工作的人员。

弟 弟

开桌上的红漆匣子，珍重地把个报纸糊的信封递到她手里。

厚厚的三张蓝格子纸，工工整整写满蓝色钢笔字，一趟一趟，都是一般大小。这在她心目中，比任什么印的还好看多少倍。那上面写着：他（弟弟）现在六分区政治部工作，身体健壮，很有进步。还谈到，这些年去过不少地方，到过冀西、太行，打"摩擦专家"朱怀冰的时候，还去了河南北部。爬过很多高山，渡过许多大河，见识了很多新鲜东西。最后谈到形势上，说"希特勒就要完蛋了，日本鬼子也长不了。请全家安心抗日，胜利就在前头"。最有意思的是，末后还提了一点要求，要求家里不要给他订婚，他要自由自主哩。……信末恭肃地写着"儿玉振上，七月三日"。

"哎呀，可真不像孩子说的话啦，这不是成套的理论了吗？这个'文化'可是进步多多了。"她情感跳荡，神色飞扬，洋溢着满足和骄傲。

"本来就不是孩子了嘛。出去这些年，学问上能没点儿长进？！"父亲搓着手，与其说是反驳，不如说是夸耀。

她又把相片拿在手里，稀世珍宝一样地凝视着。这是张二寸半身像：瘦瘦的长圆脸，嘴抿得很紧，眯缝着眼，似笑非笑。穿着便衣，相当野气地蒙块粗布手巾，显出一股天不怕地不怕的神气，大不是先前那个样子了。

"长多高了呢？比我不矬了吧？"她甜蜜地端详着，猜测着，觉得身体云彩似的往上直飘。

"今年十九岁了，当然不比你矬啦。"父亲不知早看过多少遍了，却又把老花镜戴上了。

"他出去那年，还没我高呢！"妹子也插嘴说。

这工夫，她，已经没有自己了，完全溶化了。她，也不知道自己在笑，只觉一阵阵的喜悦，打心里往外流，往外漾，往外涌。眼里一直有泪花在转，转了不知多少时候，才叹一口气说："还是八路军哪！……这信，念书时教他的先生，也写不出来。"她忽然又解开小布包，拿出信纸："得给他写个回信，告诉他我现在……"她的泪哗地就下来了。

她伏在炕桌上，把油灯往前挪挪，就哧哧地写起来。有多少话要说啊！写了一张又一张，可写了半天，又没有说着最重要的。猛地刺的一响，赶紧把头一偏，用手去摸，果然把额前的头发燎去一大缕。扭头一看，父亲早已贴墙睡熟。窗户已经发亮。啊，写了多长了？五张！一面从头看，一面小声念着：

  玉振弟弟：自分别以后，六年多了。你在外坚决抗战，受尽辛苦，一心一意保国尽忠，这是最光荣的。我一生一世，有你这样一个弟弟，就死了，也心满意足了。父亲见了你的信，特别喜欢，说比给他几顷地都乐……现在，我也脱产工作了，在十分区二联县六区抗联……希望你在共产党领导下，坚决抗日，革命到底！家里用不着惦记。老人很健康，妹子也长大了，很进步，也不封建……最后，希望多来家信。

这封信就这样寄走了。很奇怪，千言万语，汹涌澎湃地倾泻到信里去的，独独没有提到一个合乎情理的要求：让弟弟有空回趟家，父子姐弟们做一次短暂的团圆。她根本没有想到这一点吗？还是以为这是个过分的奢望？多少年后，再想到这一点，她也不免惊奇的吧？

转眼已是一九四五年八月，一个永世难忘举国欢腾的日子。
  盛大的"庆祝日本无条件投降大会"就要开幕。志深坐在主席台下的土坯上，后面是机关团体工作人员，左边是肩上靠着枪的武装部队，右边是一片喧腾的群众组织。人人喜气洋洋，兴高采烈。她呢，几天来一直兴奋得直想跳，睡觉总也不安定，心里活像装着盛不满放不下的事情，茫茫然跟做梦一样。日本投降，消息来得太快了，精神还没有做好准备！——现在，她呆呆坐在那里，望着"日本无条件投降"几个大字，出神地想："八路军马上出动，去缴鬼子和'白脖儿'的枪。然后修上铁道和汽车道，国家就和平，交通就方便了。啊，和弟弟见面的日子也不远了……现在，弟弟在干什么？也在开庆祝大会吧？还是开出去缴日本人的枪去了？"
  "喂，徐同志！"

弟弟

　　她一回头，见群众队伍中一个人向她招手，原来是婆家村中的老村副。他凑过来说："听见日本投降，乐得不知怎么好，特地赶来开大会和看戏的。"沉一下，却低下声音说："给你捎来个信儿：黑子回来了。看样子还是那么落后，日本都投降了，他还说八路军是杂牌，占不长，日本投降也不会投降八路……对你出来工作，他很生气呢，说，简直是疯了，等回去了才跟你算账。我看，你还是想法教育教育他吧。"

　　她早已气得嘴唇发抖，面色铁青：

　　"你看还能教育过来吗？"

　　"要说教育过来，可不容易。不过，总得试一试呀。"

　　会不知什么时候开了，地方和部队的首长都讲了话，海涛一样的口号声此起彼伏。天暗下来的时候，汽灯亮了，台上开始演戏。可是，她再也沉不下心，独自回了自己的住处。

　　有大半宿工夫，她辗转翻腾，怎也合不住眼睛……

　　第二天一早，她请了一天假，回到了那个"家"。"丈夫"见她来了，第一眼，很窘迫，张一张嘴，却没有说出话来。她，却开口了：

　　"困难年头，你把钱输光，塌下一大堆窟窿，把家一扔走了。如今胜利了，太平了，年头好过了，你又回来了。这个，我都不怪你，就问你一句话，以后进步不进步？"

　　"进什么步啊？"

　　"进抗日的步，进革命的步！……"

　　"算啦！"他横起眼睛，"我死听不惯你这一套！什么抗日革命，一个娘们儿家，不说安分守己过日子，一天价瞎撞瞎跑，不嫌个害臊！……"

　　"你——不听我的话？"

　　"女人，"他继续说，"自古以来就讲大门不出，二门不迈，守贞节，知礼教……"

　　"好！那你同意不同意离婚？"她几乎是拼尽气力，才说出这句话。

　　"离婚！吓唬谁？谁怕那个！走着瞧！"他威胁地一甩袖子，奔出门去。

她往回走的工夫，喉咙几乎堵塞，气愤填满胸膛："什么'下贱'，什么'无耻'，全是封建！全是欺骗！全是压迫妇女的胡说八道！我以前是叫旧社会弄糊涂了！再也别想叫我忍着！……"她脚下越走越快，一回到机关驻地，立即伏上桌子写离婚报告：脑子里的话流水一样涌在纸上，她不需辩护，不必讲理，只是控诉。一个钟头便写成了。马上寄上县去。

隔了三天，县里来了信，她怀着一颗激烈跳动的心，赶到大莹镇，迈进县政府办公室。司法科张科长已经坐在桌子后面，他右边坐着垂着眼的黑子。她就坐在靠墙的一张凳子上。

张科长温和地对黑子说：

"徐志深向你提出了离婚，理由是：夫妻感情不合；各人的思想政治立场不同；在困难年头，你把钱输光，扔下家逃到敌区去，没有尽到做丈夫的责任与义务。"他唯恐黑子不懂，又详详细细解释了一遍。然后说："现在三头对案，谁有什么话，尽量地说。"

"……"黑子两眼看着地，脸上红一块，紫一块，一言不出。

"到底有意见没有？"张科长又追问一句。

"……反正是我不对啦，实在对不住人家，……我也——离就离吧……"黑子好像很疲倦，淡淡地说。

于是，张科长宣布：准许二人离婚，永远脱离夫妻关系。

她禁不住要跳起来，扬一扬手说："给办手续吧，我还有要紧的事呢。"

张科长还问到财产要求。她只说了一句："我不要他一根草刺儿，我图的就是自由。"

下午，她一回到区，便领着妇女自卫队，抬起二十副担架，参加了对雄县城的围攻，参加了对拒不缴枪的敌人的扫荡。

胜利跟着胜利，雄县城终于解放了。县直机关马上搬进城里。由于在大反攻中表现出来的能力、经验和成绩，她又被调到县武委会任自卫大队副。她活得更充实、更热烈、更有力量了，她居然能伸出手去打击武装到牙齿的敌人，这对一个"废人"来说，不就是真正的天翻地覆吗？所以她常常激动地想："是共产党把我从坟里刨出来了！革命，是妇女的出路，我

弟 弟

活着，就得跟党走！……"

一九四六年的旧历年节，喜气冲冲地来到眼前。大家在兴奋愉快中沉浸着，品尝着自七七事变以来第一个胜利年的甘甜滋味。

初五的后半晌，她擦完手枪，想要给弟弟写封信，好告诉他过年的美好光景。她旋开钢笔，一抬头，见院子里走进一个八路军，草黄军装，外罩一件粗布大氅，胁下挂一架盒子炮，把一匹红马拴在南屋的廊柱上，就转身向自己的房间走来。隔着玻璃看：高高的个子，红涨涨的长圆脸，明眉大眼，围嘴一圈青虚虚的胡子楂儿，但是很年轻。

"谁呢？怎么朝我这儿来了？"她于是喊，"办公室在西院呢！"

然而，那人竟似乎没有听见，一挑帘子撞进屋来了。她惊诧地问：

"你找谁呀？"

"谁？你说呢……"那军人水汪汪两只眼，直直地亮亮地盯着她，在急切地辨认。

她猛地想起相片，想起那副天不怕地不怕的神气，"哎哟"一声，扑上去抓住了他的双手：

"你！……"

"姐姐！……"

"……你怎么来的呀？"

"请了十五天假……"

四行泪挂在两张脸上，心里都热辣辣的像万马奔腾……

一九四六年七月二十四日于胡合营
一九七九年二月十五日改于保定

导读 Daodu

一九四一年，正值党的生日这一天，十八个刚刚接受完训练的八路军学员要穿越日军的封锁，去根据地工作。部队指派了一个排护送他们，一行人在夜色的遮蔽下，冒着被敌人伏击的风险，向根据地的方向出发了……

前前后后

我久久不能忘记这件事，更不能忘记这个人。特别是每当纪念"七一"的时候，他就更鲜明地来到我的面前了。

这已经是整整十年前的事了。一九四一年夏天，我们十八个学员刚在山里受完训，要回到平原来工作。我们必须通过平汉路，然而时机不对：前几天，我们部队在这一带举行了一次大规模的阻击战，弄得日本鬼子两三天没有通车。敌人增了兵，把平汉路严密封锁起来了。

月亮升上东方，照着青青的山坡。我们在山脚下集合了。护送我们十八个的，是八路军同志一个排，由一位姓田的指导员带领着。

"共产党员们这边集合！"田指导员在队前做过一般的战斗动员之后，这样喊了一声。

点明了"我们"面临的巨大困难。

立时有十几个战士围住他,站成一个圈儿。

"同志们!今天是'七一',是我们党的生日。现在全团正开纪念大会……"

一阵轻风,把田指导员的话送过来,清清楚楚、爽爽朗朗,不禁使我加意听下去:

"……在这样的日子执行任务,大家都知道我们是多么光荣!可是,我们的任务也特别艰巨。根据团里情报,这几天敌人防守得特别严紧,还经常在铁路两边布置埋伏,打我们来往部队的伏击。同志们,我们共产党员,在党的生日,一定要保证这次任务的胜利完成!前进要警惕,战斗要勇敢,一定要把这十八位同志护送到平原上去!"

话一停,我马上就听到一个清朗朗的声音说:"指导员,让我二班当尖兵①吧,我在头前开路!"

"好吧!"

队伍出发了。我看见,肩着三八式,上着刺刀,雄赳赳走在全队最前面的,是一个矮胖胖的小伙子。他是班长呢?还是战士呢?他叫什么名字?我都不知道,但我知道他是一个共产党员。

队伍在茫茫夜色中飞速前进。从陡峭的山梁上翻过来,从崎岖的山路上走下来,轻巧得像一阵风,像一只燕子。

哗嗒嗒嗒……前面三四里地方,有一盏巨大的灯光空窿空窿横驰过去。平汉路就在面前了。

在敌人的压制下,八路军队伍只能趁夜色悄悄前进,斗争条件十分艰苦。但就是在这样艰苦的条件下,队伍还能"轻巧得像一阵风,像一只燕子",又让人感受到了一丝豪情。

①尖兵:行军时派出的担任警戒任务的分队。

115

人们的心情顿时紧张起来。

渐渐逼近了铁路上的封锁沟……

啪啪啪……立地响起一排机枪，成群的子弹突然迎面飞来。

"卧倒！"田指导员一挥手，我们十八个人一溜儿伏下来。战士们却像呼啦展开的一把扇子，一扑面冲上前去。

战斗一开始就是这般激烈，轰隆轰隆，前面的机枪炸弹打得分不开个儿，爆炸的火光也像连续不断的闪电，烧红了半边天。

远处又一阵哗啦啦响，敌人的铁甲车增援来了。

很显然，从此冲过路去已不可能。田指导员把队伍撤了下来。在黑影里我仔细留心着那一排战士，在最后，我又发现了那个矮胖胖的人，肩着三八式，上着刺刀，雄赳赳地担任着后卫。

退回五里地之后，队伍停住了。我们去找田指导员了解情况，讨论怎么办。

哎呀，真是险得很哩！原来敌人就在封锁沟上伏着，想打我们的伏击。幸亏吕建华心明眼快，早发现了一步，可是，他刚一向后做手势，敌人的机枪就响了，他的帽子被穿了三个窟窿。吕建华一阵手榴弹摔出去，虽然没有压制住敌人，却吸引了敌人的火力，使我们自己一个也没有伤亡。

"吕建华？是当尖兵的那个胖小伙吗？"我问。

"就是他。"

突然遭遇敌人的伏击，吕建华没有恐慌，以灵敏果敢的反应化解了危机。

"啊！我说呢，看着就是好样儿的。"

"我们的党员同志都是这样儿的。你看吧，不论前后，敌人在哪边，我们的党员就在哪边。"指导员说着笑了一笑，他很有几分骄傲。

月亮将落下去，附近有鸡叫了，天看看要明上来。我们有人叹着气，预料今天夜里将过不去这条路了。

然而，田指导员和他的班排长们商量了一下，马上来了个"长虫蜕皮"，把队伍翻回头，又照刚才的过路处走去了。那个胖胖的小伙子——吕建华，又由后卫变尖兵，还是雄赳赳地走在最前。

"田指导员，还能过去吗？"我有些不敢相信地问。

"能，这次一定能过去！刚才打了一下，我们撤了，天就明上来了，敌人一定以为我们不再回去，我们就偏偏要回去！"

"换个地方过怎么样呢？"我的同伴小赵这样说。

"恐怕更不保险。因为除这儿以外，别处的敌人都还没有松劲儿。再说，要绕道，时间也来不及了。"田指导员十分有信心，又兴奋地拍了小赵一下，"放心，今天是我们党的生日，我们要保证把你们送到平原上。"

果然，就在刚才打仗的地方，我们翻越了两道封锁沟，跨过了平汉路，安然地到达路东来了。只在最后两个人跳出封锁沟时，被敌人一个巡逻组发现，打了几枪。我们理也没有理他，就一直

突破战场上的习惯思维，使敌人措手不及。

朝东插下来。

天渐渐亮了，平原上有一层白茫茫的雾气，我们虽然知道再有十多里，才能突出敌人的统治区，可是都兴致勃勃，觉得再没有什么可担心了。走在我身前的小赵，竟然舞着双手，唱起他最心爱的歌来：

> 我们生在冀中，
> 我们也长在冀中，
> 我们爱我们的冀中，
> 冀中是我们的家乡……

敌人是狠毒的，敌人从来也没有对我们放松过一步！就在我们已接近抗日根据地的时候，两辆满载鬼子的汽车，携着机枪和小钢炮，从背后追来了。

敌我力量的悬殊是一眼可见的，首先是我们十八个没有武装的人有些恐慌。

"二班长！"田指导员叫道。

"有！"那个叫吕建华的答应一声，立刻就站住了。

"你带二班赶快掩护这十八位同志往下撤，我和一、三班后面掩护！"

"是！"吕建华把三八式一顺，向我们一挥手，"同志们，这边走哇！"他让他的上半班头前开路，我们后面跟着，他和下半班走在最后。这时候，我有机会好好看了他两眼：红润润的圆脸上，

让其他人走在前面，自己在队伍的最后掩护，这是怎样无私的精神！

两道弯眉，一双细眼，生来一副笑相，他竟是这样一个温和的小伙子！——和我一样，我们十八个人一见他在跟前，恐慌就立即收敛了。

嗵——咣！小钢炮在空中爆炸着。敌人在逼近我们二百米的左近，就跳下车直扑过来。田指导员在我们背后五六十米处，带两个班抗击着敌人，边打边退。

突然，一颗流弹飞来，从小赵的左胸穿了过去，他叫了一声就栽倒了。我急忙上去搀扶，然而，小赵刚刚迈了三四步，又栽倒下去。我蹲下来，好让小赵伏在我身上背他走。就在这时候，仿佛抢夺似的，吕建华跑上来把他一抡放在背上，背起就向前跑了，左手还提着他的三八式。

一气儿就是二里多地出来了。

整整走了一夜，没有休息，也没有吃饭。眼看着吕建华的衣服就汗透了。但是，他却还在用眼睛、用嘴，照顾着他的上半班和下半班。他让他们在副班长带领下，赶快向前突，一刻也不要停留。<u>他说：要尽量早一刻让这十几位同志脱出敌人的火力圈。</u>

"吕同志，换一换我背会儿吧。"我赶上去说。

"不，我背吧！"

"你太累了，你还得指挥部队呀！"

"不碍，什么也耽误不了。"

别的同志都被吕建华轰到前边去了。我因为和小赵素来不错，不忍离开他。于是，我们三个就一起掉下来。

> 反映出吕建华克服一切艰难险阻，一定要完成任务的坚定决心。

雁翎队的故事 | YANLINGDUI DE GUSHI

又跑了二里多，吕建华的汗从眉毛上、下巴上啪嗒啪嗒直往下掉。

"吕同志，还是我背吧，你快受不了啦！"

"不碍，你快头里走吧。"他就像大人哄孩子似的，简直不拿我的话当话。

"你就是不让我背，我到前面叫个同志来，换一换好不好呢？"我有点儿急了。

然而他不急，他只看了看我，慢慢地清清楚楚地说："我是共产党员！"

又很认真地看我一眼，就像说："这就是我不可反驳的理由，你该明白了吧！"

我简直想不出和他再争的办法。

总共跑出六七里地了。他的步子一刻比一刻慢起来，通身大汗，先前他还时常伸出袖子擦一擦，渐渐擦也顾不上了。张着大嘴，呼呼地发喘。

在田指导员步步阻击之下，敌人已被甩在后面一二里地。我再次上去哀告他：不让我背也好，至少放下歇一歇，喘口气吧，不然，要累出病来的。一面说着，我硬夺下了他的枪。

他仿佛对我也没有了办法，叹了口气，便放慢脚步，扭头向背上的小赵道："同志，离敌人远一点儿了，咱歇会儿好吗？"

小赵趴伏在他的背上，头从左肩上直垂下来，一声不吭。

等了一刻，吕建华小声说："大概他不同意。"就又放开大步走下去。

越来越明显，吕建华脚下拿不稳了，他开始左

> 这一句"我是共产党员"，蕴含着坚定如铁的意志，体现着舍己为人的精神，力有万钧！

右摇摆,像喝醉了酒似的,他实在太累了啊!我急忙跑到他身旁,一面架住他的胳膊,一面拍着小赵的肩膀,连连叫道:"小赵,小赵!敌人离咱已经二三里地啦,让咱吕同志歇一歇吧?啊?小赵!"

然而,小赵只是重重地把头垂在他肩膀上,一声不吭。

"得啦,慢慢背他走吧,负了伤的同志,你总催他,会让他伤心的……"吕建华仍然晃晃悠悠地向前迈着脚。

就在这时候,我突然看见从前面村子里插出一支队伍来。从服装看,从气派看,一眼就知道是我们自己人。

"嘿!咱的队伍接来啦!"我不由得跳起来叫着。

吕建华抬头一望,突然两腿一跪,栽倒下去。小赵随势压在了他的身上。

"怎么?"我急忙上前去搀。当我把小赵的头一扳起来,我吃了一惊,他的眼紧闭着,嘴唇和鼻下都已凉冰冰的,原来他早在吕建华肩上断了气了。

吕建华望着小赵的尸首,愣愣地发呆。好久,他突然一转脸,双眼冒上泪来,随即一口痰吐在地上,不,不是痰,那是一口鲜血……

> 这口鲜血,代表着吕建华极为复杂的心情:震惊、悲痛、愧疚、悔恨……

事情是过去十年了。每年都过一个"七一",每一个"七一"都使我们记起很多人,也便更深刻地记起我们的传统!

一九五一年二月二十八日于北京

导读 Daodu

一九四五年，持续了十四年之久的抗日战争终于结束，举国上下洋溢着欢乐的气氛。可是，战争虽然结束了，顽固的封建势力却依然存在，尤其摧残和迫害着广大妇女同胞，在共产党的领导下一批进步女性开始觉醒和反抗，比如村里的秀燕儿……

秀燕儿

参加革命以来，回过三次家。每次回都是趁旧历年年假，一来不耽误工作，二来可以赶赶家乡年节的热闹。

第一次是日本投降那年的除夕，跟姐姐一块儿回的。进村时候天已经晚了，成对的千眼灯照着家家门上的红对联，打着"飞机"灯的孩子们放着"二踢脚"，在天上崩开一朵朵金花，长杆"起花"像升天的火龙一样，一条一条从地上直蹿起来。房檐下飘着"花红钱"，屋子里剁着饺子馅——半年前还满是日本岗楼的地方，现已是一片升平气象。

第二天大年初一，天刚透亮，拜年的就上门了。一会儿是一群神高气爽的青年，一会儿是一伙叽叽喳喳的妇女，因为听说我回来了，拜年的格外多些，往往头一伙还没有走，第二伙已经踢他们的脚后跟了。我父亲就赶紧招前顾后地照应着。我和姐姐早是"打倒封建"不兴跪拜的，乡亲们也特别原谅这一点，辈分小的并不给我磕头，辈分大的也不怪我不给他磕。可是，因为招呼我的特别多，应了张三又忙答李四，整整一上午，还是很够忙的。

秀燕儿

忽然院子里一片嚷,紧接着有人叫"大伯"。初小教员带着儿童团[①]和妇女识字班,特为给军属拜年来了。哄哄嚷嚷的,排着队站了一院子。父亲、姐姐和我,都被请了出去。儿童团长小马拉拽着袖子又"布置"了一番,让我三个照相似的并排站好,才叫了口令:"敬礼!"

"秀燕儿!"拜年的队伍往外走的时候,姐姐忽然叫了一声。识字班立即有个女孩子回过头来:明眉大眼,剪着短头发,蓝布大褂,脖子里一条白毛巾。啊!记得我参军的时候,这秀燕儿还是个十二三的小闺女,梳着两根干葱似的小辫,整天价大道沿上,草坑边上,满处乱跑。三年不见,居然是个大姑娘了。

"琛姐姐!我拜完了马上就来。振雨哥,哪天回来的呀?"她笑着向我们点点头,仿佛道个歉。就跟整个队伍走出去了。

"积极着呢,大小事总跑在前头。"父亲向我夸了她这么一句。可是,刚回到屋,却见秀燕儿又一个人回来了,脚步轻悄悄的有些急,也不叫,一直就进了屋。

"怎么?出了什么事啦?"姐姐问。

"我爹找我哩,刚才在街上差点儿叫他看见。"秀燕儿轻声说。又笑一笑,坐在炕上。

"噢!"姐姐仿佛全明白,"那你早起怎么出来的呀?"

"嗨!你没见哪!我吃完饺子刚一下炕,他就把眼珠子一翻:'上哪儿去!吃饺子是叫你干活的,不是叫满处野跑!'我妈忙又把我推上炕去啦。直等到他给我二爷拜年去,这才偷着闪出来。就这么还落了后,军属拜过去好几家子了。"

"真是,你爹可为的什么呢?"

"顽固呗!"秀燕儿天真地把眼一直,"总认住个老死理不放,一说就是:'敢去给我惹是生非!你也要学小凤哪!'……"

秀燕儿她爹不光脾气挺横,脑筋的古板也顶出名。八路军才来那会儿,村里成立了妇救会,会里有个委员是他叔伯侄女,当时出操上课的很活跃,

---

[①] 儿童团:民主革命时期中国共产党在革命根据地领导建立的少年儿童组织。

可是，不久就发生了谣言，说她跟青抗先的百顺不清楚，因为一切工作还刚开始，村里人们大部分都是封建脑筋，后来居然开了个会，"斗"了她一顿。这事虽然过去好几年了，小凤也早明正言顺地和百顺结了婚，秀燕儿她爹却还余恨未消，一提起来就替人羞愧难当似的，硬说闺女家不该"出门乱跑"。还听说，那年秀燕儿要参加妇救会，叫他把双腿打得褪了一层皮去，关在家里三个月才放出来，不过，他心里也清楚，秀燕儿还是没有换心。近二年来，她步步长大了，他也步步更管严了。

大门上有点儿响动，秀燕儿急忙从窗玻璃朝外一望。果然，她爹进了院子，努着眼，气冲冲的。姐姐说："这怎么办哪？"秀燕儿摇摇头小声说："不要紧，他不进来，顽固得不进进步的门。"

"燕儿！"院子里挺粗地叫了一声。

秀燕儿却挤眯着眼笑着向我父亲摇头，让他不要答应。

"燕儿！"又是一声。

"啊！满仓兄弟呀，进来坐会儿吧！"我父亲搭了腔。

"不啦。燕儿没有在这儿吧？"好像相信了确实不在，翻转身走出去了。秀燕儿望着他出了二门，才轻快地把身子一抖，向我姐姐吐了一下舌头。我们几个人都哧哧地笑起来。

"你就那么怕你爹？"姐姐笑着问她。

"说怕也怕，说不怕也不怕。光凭再叫他打一顿，犯不着；真叫他着了急把我赶出门子，这么大闺女家，可叫我哪里去存身呢？"秀燕儿说完，就睁圆一双大眼，直盯着我姐姐。

"将来硬给你找个婆家，可就有地方存身了！"

我看了姐姐一眼，觉得这话未免有点儿辣味儿。秀燕儿却低了低头，全不把这当成笑话。她长出了一口气，猛地把头一抬说："他真敢那样，琛姐姐，我就学你！——现在，我是太没文化，也太年轻。"

我父亲仿佛有点儿不舒服，慢吞吞走出屋子去了。我看了看姐姐，心上也涌来一股酸。姐姐是十七岁上被父亲硬嫁出去的，两口袋麦子抵给了一个流氓。三年中，姐姐每天都是用眼泪洗脸过日子，最后那个流氓丈夫因赌输了钱要卖她,她才一个人黑夜逃到大清河南,参加了八路军的地方工作。现在是在本区做妇联会的工作了。

屋子里静了一会儿。

"振雨哥,你有对象了吗?"贸然间秀燕儿问了这么一句,使我一怔:"没有哩。"

"为什么不找一个?"

"部队上女同志太少。"我顺嘴胡扯起来。

"怎么太少?找不到文化相当的是不是?"她紧追着问,那对明光的大眼睛一动不动地盯住我。

"嗯——"我心里拐了个弯,想发个坏,便道,"可不,就是这样呗!"

她半信半疑地傻愣着,大半天没有说话。

假期只有三天,第四天我紧着回了部队,姐姐也在那天回了区。

隔不到一年,国民党又发动起内战来——我的家乡总是这样"倒霉",日本鬼子在的时候,一会儿游击区,一会儿敌占区,来回"拉锯",八路军的地方工作始终未能站得太稳,老百姓也便像掉在河里,刚刚扑腾着喘了口气,一个浪头又打下去了……日本投降才太平了多半年,不想这次又被国民党给一口吞去。我在的部队,也便因此兜着大圈子,东西南北、山地平原,一直两年多没得着家乡的信息,只知一九四七年以后,汉奸王凤岗被蒋介石委了个什么司令,发下大股"白脖儿",修了遍地岗楼子。姐姐呢,据说还在本区坚持打游击。日子是水深火热的。直到前年,北京解放了,家乡才又解放。可我们部队又匆匆赶往太原去了。

打开太原不久,接到父亲一封信。——接到家信,本来并不稀奇,独有这一封却比往日透着新鲜:第一,这是钢笔蓝字,不是墨黑毛笔字;第二,是横行的,不是直行;第三,我姐姐虽然也用钢笔横写,但这不是她代笔,她的字是"柴火垛体",常常把"鸡蛋"写成"鸡旦",把"积极"写成"积急"。这一封却不同,虽然说不上清秀,倒还工整、清楚,没有错白字[①],一

[①] 错白字:错别字。

看就知是费心思写的。再看内容就更不同了。以前来信，一开头总是："振雨吾儿见字知悉……"而下面却只含含糊糊几句："吾儿在外长年奔波，衣食不定，望多自珍重。"最后落上个"父谕"便完了。这一封却不然，开头只"振雨"两个字，下面便细致得多，先告诉我说：北京解放以前，本地面的岗楼子全打光了，解放军捉了好多"白脖儿"，还带着五百多来咱村"游行"了一趟，妇女会慰劳了解放军很多鸡蛋。然后又告诉我：家里种了九亩麦子，苗儿出得都很好，今年要是不缺雨，收了可够一年吃的。最后还嘱咐说："希望你积极工作，努力学习，打倒蒋介石，解放全中国！"而在信纸边上，另外还有一行字，仿佛是特意附加上的："希望你常来信……"下面的字又画掉了，隐约可辨的是："军队里女同志多了吗？……"想是意思没有写完，就半道上变了决心了，却又不知为什么留下了半句。

以后就接二连三地常收到这种家信，心肠很热火，口气很亲切，我真觉得父亲突然间变了，变得特别喜爱起我来了。

去年的春节，我第二次回了家，又是赶的除夕。因为预先有过约定，姐姐也在那天赶到家。一进门，我就看见顶棚上挂着一只四角灯笼，新糊的纸上贴着四个精巧的亮红纸剪字，写的是"自由民主"。

"嘿！这个灯笼可真讲究！这是请谁剪的字啦？"我嘴上夸字，心里可是在称赞着父亲：看，老人家把新词贴在灯笼上，真是进步了！

"请谁？这是燕儿的手艺。"父亲正在包饺子，一提起了秀燕儿，高兴了，接下去又说了一大串。我和姐姐一面和他包，就一面听。

原来自我那次探家走了以后，秀燕儿的文化学习就格外加了油。纳着鞋底也念字，端着饭碗也念字，做着饭还用掏火棍写字。她妈偷偷对人说，把新垒的锅台和风箱板都画黑了。前年冬天，背着她爹半夜在牲口棚里练字，把脚冻了一大块，整拐了一冬。有一次她兄弟和她吵嘴，说把他上学用的石板给磨薄了，非让立刻赔他！

去年春里一天，她忽然找到了我父亲，先是脸红了红，后来一咬牙就说出来了："大伯，借给我二斗棒子（玉米）吧。等夏天拾了麦子再还你。"

我父亲很奇怪，这大个闺女塌窟窿借账为什么呢？

"嗯，好说，你是……"

"识字班教员说：要想文化学得好，非得自己有支钢笔……我想去买一管。"

"啊！"我父亲这才明白，却又自言自语地说，"你爹这人也是，念书识字还不好？就连个买笔的钱也不给？"

"咳，大伯你是没看透他那份心思，他装着怕我给他臭了门风，可心里就怕我长了出息，他沾不上光了。八路军左右是不挣钱，这他早看透了，成天说闺女念书是瞎子点灯，白费油！他还给我钱买笔？"

这天晚上，她把粮食偷着背到老宝根家，藏在他卖白菜的大车上，第二天跟大车到了六合集，把钢笔买来了。那年春秋，她就真的在日头底下，弯腰滴汗地捡那一棵一棵的麦穗，把膀子晒暴了皮，脸也晒得漆黑，到底把二斗棒子还了。

这样，到这头过年，秀燕儿就由识字班学生，一步升到了识字班教员。妇女们说：比那初小教员还教得舒心可意哩。

现在我才知道：在太原城下接到的那些家信，就是秀燕儿代笔的。父亲说：她不只很乐意代笔写信，还特别爱看我的回信。她每隔四五天总来一次，进门就先问："振雨哥来信了没有？"听说来了，忙要过去就看，一看就是两三遍。我父亲就说："那比课本还有看头？"她说："可不是，比课本的文化高多了，课本上见不到的，这里都有！"因为这个关系，她和我父亲走得更近了，还常给洗洗衣服做做袜子的。就是这盏四角灯笼，也是她嫌原来的词太不时兴，拿去撕了又换的。

"唉！真可惜了这闺女！"我父亲感叹地说，"抗战那时候，一来年纪太小，又闹"白脖儿"，这二年懂得事啦，国民党又来啦！总也没得着咱同志们个好好指引。偏又当着那么个'横'爹，硬把她掐在咸菜缸里沤着。要换个人家，再碰见个好环境，凭她这股心劲儿，早成了大材料咧哩！"

姐姐也说："她的文化可真提高得快，比过去我的功夫还下得大。唉，一半在环境，一半也在人哪。"

第二天大年初一，还是和一九四七年一样，人来人往全是拜年的，只因常闹"打倒封建",年轻人少多了。秀燕儿因为和区里一位女同志研究个什么文件,下午才来。还是短发,蓝布大褂,脖子里围条白毛巾。不同的是衣襟上还插着一支钢笔,笔杆黄澄澄的直闪光。人显得大气了些,也"文明"了些。一进屋,只喊声"琛姐姐"就爬上炕去了。

"唉,你怎么越长越'大'啦,连个头也不磕就往炕上爬呀?"我姐姐假嗔怪地说。她常常把她当小妹妹逗着玩的。

"得啦,见面发财吧。"秀燕儿干脆把腿也盘上炕去,不慌不忙地说。却又回头问我父亲道:"你说是不大伯?"

人们都仰起脖子笑了一阵。

"振雨哥,这会儿部队上女同志多了吗?"一坐稳她就提出问题来了。眼睛已不像上次似的死盯在我身上,而是很灵活地一会儿头上一会儿脚下,各处打量着我,好像我成了个货郎担子。

"和以前……"我还没说完,她又接过去了:"你们那里女同志尽什么资格的?全是大学毕业吧?"看她的样子,很认真,听她的问题,却是故意装傻。部队上女同志的"资格",她早已摸个八九成了。

"哪里。"我说,"看工作的需要,能完成任务的都行。文化程度有高有低——哎,你净问这个干什么?是不是想参军啦?"

她仿佛没防备我的突然袭击,愣了一下,就瞅我一眼,笑着低下了头,像在肚子里现编词儿去了。

就在这工夫,李二婶给父亲拜年来了。一挑帘子,就听得她叫得满屋子山响:"嘀哟,这是我那傻侄子啊?胖啦!"接着就伸了手把我的肩膀一拍,又捎带推了一下:"听说你当了大干部阔起来啦!真,怪不得从小就人人爱见,说'日后必能成其大事',可不是应验了吗?唉,熬成这样可也不易呀,吃苦耐劳英勇牺牲的五六年啦,说不上十大汗马功劳呗,光这份'光荣'还不够吃双饷的?——殿奎哥,你的老运可真好哇!"她一面说就左右扭头,四面八方地把一屋子人都照顾到了。

李二婶是我们村的媒婆,做成过很多姻缘。可是,年轻人并不大欢迎她,常在背后幸灾乐祸地说她的笑话。比如:在老宝根家"请媒人"的席上，因为急着抢豆腐丸子吃，烫得满嘴燎泡的事，就流传得很广。不过，这二年人们脑筋一开化，只有一般守旧的人们，才去找她。她呢，为了维持嘴头上那点儿清福，也特别拿"眼力"，专"搜寻"那些顽固主儿下叉子。——"年过二十五，衣破没人补。"她一来我就料到会有一句话要问我，果然就等到了。

"啊哟，我那傻侄子，你今年多大了？"她把"眼力"使在我满嘴胡子楂儿上，十分关切地问。

"二十九啦。"

"啊哟，日子过得这个快呀！——还没有成家哪？"

"这会儿叫找对象，什么成家呀？"秀燕儿把眼珠儿摆在眼角上，对着她说。

"你又斥打我！我不是老脑筋说走了嘴啦吗？！"

"是啊！说话比不得吃豆腐，走了嘴也烫不了腮帮子！"

李二婶腾地红了脸。我心里也暗暗吃了一惊：平常很柔的秀燕儿，怎么一下子这么"毒"了呢？不过，我家里向来挺拘谨，又是大年初一，李二婶只把脸红了红，就又转过头来对我搭讪："怎么样，就在家里找一个吧？"转眼看看别人：我父亲拿起掸子掸迎门桌去了；姐姐皱着眉头从玻璃亮儿望着窗外；秀燕儿还是眼珠儿摆在眼角上，狠狠盯着她；我虽然还笑着，眼里大概不受感动。她轻轻叹了口气，立即拨转马头："这会儿都兴自由自主了，像你这么大干部，还能要庄稼丫头？用得着我这老婆子瞎操心？……"又客气了几句，就抬起屁股走了。

"什么东西！就知道拿人家闺女换豆腐丸子吃，嗓子眼儿里怎么不长疔？！"李二婶还没出二门，秀燕儿就大声骂起来。忽又转头对我说："振雨哥，你革命这几年，怎么脾气一点儿不变！为什么不训她一顿？看说的净是什么呀！"

"她不是说过兴自由自主了吗，干吗还训她？你就那么厉害！"

"厉害？哼！不厉害早叫她填进油锅了呢！"

原来，李二婶已经给她提过三回亲了，都是偷偷对她妈说的。一说就是男方出多少口袋粮食，裁多少件子衣裳，再不就是多少多少钱，每次都是秀燕儿找上她家骂一顿才拉倒的。第三次，秀燕儿非拉着她上区去说理，要跟她算算说媒的账，查查她到底骗过多少钱！把李二婶吓了个满脸汗。要不是燕儿她爹赶去骂一顿，秀燕儿那天真不想再让她了。

"我非得让她知道知道，"秀燕儿又上来气似的，"这会儿的妇女学精啦！我们得正经八百地干点儿事，不能任你们摆布着玩了！"

正说着，恰好本村民兵队拥来四五个，硬扭着我去看他们"打野外"。秀燕儿只好走了。临下炕，问我什么时候走，我说后天早晨。她又向姐姐说："明天我还来，有点儿事打算跟你们商量一下。"

第二天上午，她没有来，听人说区里要找识字班教员们开会，她到各户搜集意见去了。下午，我一家子全上了六合集，看八个村剧团的演出比赛，快半夜才回来。

因为要到六合集去赶汽车，初三那天日头刚冒红，我吃完饭就动身了。姐姐的机关在六合集街上，她和我同路走。父亲送我们出村。

天是刚睡醒似的碧青，只东边涂着胭脂一样的亮红，正是阳气上升时候，小风刮上脸来，潮乎乎的叫人挺长精神。我们刚出东街口，一拐弯，就见井台上站着一个人：蓝大褂，短头发，脖子里一条白毛巾，正是秀燕儿。她身后两只水桶，水已打满了，担子也挂上了提梁，却不担起走，好像就那么站了好久了。

"是秀燕儿啊！你怎的起这么早？"姐姐赶过去兴奋地说。

"嗯，惯啦。——你们这就走哇？不再多待一天？"她笑着，疾速地把眼向我一闪，又看看姐姐，却低下了头。

"还多待一天，要叫你耽误一天识字班行吗？"姐姐说。

"秀燕儿，前天你不说有点儿事想跟我们商量吗？什么事呀？"我忽然想起来了。

"嗯……"她忽然脸一红，背转身子，把担子从水桶上摘下来，"我是说我的文化……哎，你们不是急着赶汽车吗？"她忽又把眼向我一闪，就转脸对着街里，那边有几个挑着水桶的老乡，吱扭吱扭地正奔井台来了。

我看看表说:"不忙,你说吧。"

秀燕儿又回过身子去,提起一只水桶,弯着腰晃啊晃的,和另一只并到了一块儿。姐姐噗的一声便笑了:"你想干什么?不担着走啦?"秀燕儿也突然发觉这动作太不自觉,脸忽的一下更红。几个挑水的看看也走近了。她连忙重新把水桶分开,一面慌乱地说:"别再耽误了你们赶汽车,还是快走吧!我……没有什么事,回头琛姐姐回来,再慢慢商量吧,又不是什么要紧的事。"

看样子是决意不再提了。挑水的人已经上来,我们就各自道了别。可是,等我们走出十几步开外,又听见她叫了一声:"琛姐姐,可记着常给我来信哪!"

就见她担起水桶,甩着胳膊,飞一样奔进街里去了。

和姐姐一路向前走着,我就想:"秀燕儿有什么要商量的呢?为什么又扭扭捏捏、吞吞吐吐的,难道……"

"难道……"我再三地想。突然,我把手放在嘴上,胡子楂儿刮得手刺啦啦响:"不行,绝对不行!她比我小十来岁,站在一块儿简直是两辈人了!再说,参军以来总共见过两次面,再深一步什么都不了解,哪里敢动感情啊?更何况我早已……"

"噗——"姐姐突然又喷出笑来,使我一愣。

"笑什么?"

姐姐仰起头来又笑了一阵才说:"你看秀燕儿为那两只水桶,忙成个什么样子了。"于是我也笑了。

"振雨,你真没有对象吗?"停了笑,她问。

啊,这叫我怎么说呢?——我的机关上有个女收发,跟我很接近;我呢,因为没恋过爱,怕引人注意,总怕接近她,可是又常常不由不觉地跑去找她。我也想过:"莫非要跟她恋爱?"可是马上又说:"别瞎想,人家只不过大方一点儿罢了。"——现在姐姐问起来了,怎么回答她呢?

"没有。"我到底说了这两个字。

"可是该啦。"

"嗯，没有合适的——嗬！这是谁家的麦地呀？麦苗长这么厚！"我指着一块麦地说。姐姐告诉我是老二叔的。我又看看天说："快走吧，真误了车就糟了。"

谈话打住了，脚步稍稍快了点儿。

"人哪，非挤到急劲儿上才肯下决心呢！我要不是快叫人家卖了，到这会儿也许还围着锅台转哩！人胆小了就是吃亏，我要早出来几年，这会儿学个文化理论的，也不能这么费劲儿。唉，也快折磨老了，也才知道往外逃了！"姐姐眼睛痴痴地盯着前面，直走直自言自语地发感慨。

"不过，要不是共产党来了，要不是有个八路军的根据地，你想逃也没处逃啊！"

姐姐仿佛没有听见我的话，继续说："就说秀燕儿吧，思想挺进步，办事又有办法，文化也提得不大离了，还在家里这么耽搁着。她要软一点儿，早叫李二婶葬送了哩。至今也说不定哪天叫她那火神爷爸爸换了粮食吃！"

"不要紧，有你经常回家给她指点着，你俩这么好，她还出得了问题？"我觉得姐姐就代表着抗日政权。

"那倒也是，她对咱家的人，向来都挺信服，就是对你，她也长啦短啦，每次见面都打听。"

"哎，你们常常见面，又离得不远，干吗刚才还央求给她写信？"我又想"打岔"了。可是姐姐却微笑着看我一眼说："那不准是囔给我听的……"

我和那个女收发终于接近得更多，周围同志们也慢慢拿我俩起哄，事情的发展，眼见得非揭盖子不可了。在"五一"节那天，我把她邀出大街，彼此谈开了。从此，我们的关系就完全大明大摆出来。

也恰好在"五一"节那天，接到姐姐一封信，说她调到静海妇联会去了，四月二十离的家。紧接着很感动地告诉了一大串关于秀燕儿的事：什么秀燕儿送她上汽车的时候，泪花糊在眼上，千叮咛万嘱咐地一定叫常常给她去信。汽车开出半里地了，还见她站在原地方望哩，以致姐姐心里火烧火燎的大半天。什么三月间村里成立了青年团，秀燕儿是第一个被吸收的，现在当着宣传委员。什么区妇联主任也发现了这个闺女，说她是女青年们的榜样……信的最后，我曾是朦胧感到的事，到底来了。姐姐写道：

"……振雨，那天她和我提出一个挺急的要求，叫我求你给她找个工作。她说什么工作都成，离家越远越好。我想：农村里像她这样的很不多，她思想正确，进步很快，又有志气，也一定有远大前途！我们革命这么多年了，能看见这样一个人，可叫人多么喜欢呀！你知道培养一个人是多么不容易？把这样的人窝囊在她爹手里又多么可惜！振雨，你帮她一把吧！……"

看着信，我心里有些翻滚。是的，应该帮助她！革命救过我的姐姐，我更应该援救那些后来革命的人！一刹那间，我开始想，在我们部队机关上，哪儿安排秀燕儿最合适：文化教员吗？已经有两个。文书吗？是才换的高中学生。打字员吗？她不会。收发吗？也有了。文工团正招收女团员，可惜要求条件秀燕儿不具备。……去问问组织科，说暂时不需要添人，其他部分呢？我又不了解情况，也不合组织手续。——总之，都不行，没有地方！

我只好回了姐姐一封信，说眼下还没有办法，只能等以后再说。

进了七月，连着来了十来天粗风暴雨，不几天，听说家乡发了大水，把庄稼大部淹没了。家乡的音讯也暂时隔绝。姐姐来过几次信也没有提到秀燕儿，想是给她的信也不通。

年底，我结婚了。结婚之后，又到春节，我和妻子一道回了家。到家还是三口人，多了个我的妻子，少了个我的姐姐。姐姐因为组织农民度荒，没有请假。初一那天我就想："秀燕儿大概不会来了？"这一天过去了，果然没有来。

初二的上午又过去了，仍不见来。

我心上逐渐来了一层不安。仿佛欠下她点儿什么，想还她，却偏不见她来讨似的，又不知怎么一下，我又有点儿可怜她，我模模糊糊觉得她正躺在家里哭呢。……

可是，天快黑，她突然一个人摸进来了，还是蓝大褂，短头发，脖子里一条白毛巾，衣襟上挂着黄澄澄的钢笔。我喜欢得"啊"了一声，连忙跳起来招呼她坐。

她笑着点点头就指着说："这是振雨嫂哇？"却突然把嘴一捂，仰头大笑起来。我不知道她笑什么，弄得手脚有些不自然。她笑罢了才说："你们也兴叫'嫂'吗？"于是我们也笑了。

马上她就和我妻子谈在一起。她问她上过多少年学？什么毕业？还问她怎么参军的？是不是和琛姐姐一样逃出来的？家里大人让出来吗？……奇怪的是部队上生活苦不苦，女同志受不受得了，打仗害不害怕，她都没有问，也没有问的意思。她两个谈得很亲切、很坦然，和先前我姐姐一样。这样，我的不自然也便渐渐打消了。

"唉，你们真是幸福啊！"谈过很久，秀燕儿突然叹了这么一声，脸色也随着有点儿消沉。"幸福"两个字虽然说得生硬，却是咬得结实，毫不含糊。

我心里陡地又一翻："她是指什么说的？"我想找几句话安慰她，却一时不知怎么说好。

"李二婶子没有上这儿来吗？"秀燕儿闪闪的眼睛，来回扫着屋子的四角，仿佛我藏起了李二婶似的。

"没有来，找她干什么？"

"也不干什么，这两天不见她了。"她又笑了，眼睛眯着，从里面闪出一种光芒，挺热烈，也挺尖快，"振雨哥，部队上的工作还不好找吗？"说着，不由得望了我妻子一眼。

"嗯……眼下还没有适当的地方，不过，将来总有机会。"

又待了一会儿，她掏给我一封信，是给姐姐的，托我带走转寄，说这样收到得快些。然后便告辞了。临走，我和妻子都想送送她，可是她不让，跳来跳去地，拦着不叫出门，一面大声笑着，样子很快活、很兴奋。可是，我总感到她眼里还藏着一股什么东西，叫人猜不透。

自从这次回队之后，秀燕儿的影子便在我心里扎下根，再不像前两次那么容易忘掉了。她对我们"幸福"的赞叹，赞叹时脸色的消沉，眼睛里热烈尖快的光芒，以至那快活兴奋的笑，都叫我猜不透是个啥意思，不，我总怀疑这与我有什么关系。我想她大概有什么伤心的事吧？她会不会怪我什么呢？她是不是太失望了？……我简直有些后悔，觉得不该和妻子一块儿回家了。

渐渐我有点儿熬不住，我想：既然不能给她多大帮助，至少不应该使她伤心；既已伤心了，更不该冷眼看着。我决定给她写一封信。我说："一个有志气的年轻人，应该专心在进步上，不要为个人的私事去荒废精神。婚姻问题也要看开点儿，天下的好人多多了，像你这样的精明，还愁找不着一个遂心的？……"

可是，直到大前天，我才知道完全把她错看了！那正是快近中午，我在北窗下晒着太阳看书，接到了她的回信，工整，清楚，没有错白字，差不多两年前我就看惯了的——秀燕儿的回信：

振雨哥：

你的信收到啦。我向你谢谢吧，因为把我高兴坏了！因为我乐意接受你的指导。可是，你准是在心里猜我来着，一定是猜我因为你自由结婚了，我就不高兴。你说是不是？是不是希来信说明。

我把真心话告诉你吧，那天我去看你和你的女同志（我不知道她的名字），刚好生完了气。李二婶那个臭老婆子又给我提亲了，这回是偷着对我爹说的。今年不是发水啦？她跟我爹说：马上就能吃上两口袋棒子。振雨哥，你看，她估量我就值两口袋棒子哩！偏又碰上我爹个老顽固，他说区里的贷粮吃着不气势，生儿养女就为个沾光，一口把我许给人家了。我妈跟我一说，可把我气急了！我围着村找那个李老婆子，找了个七露八开也没找到。我就去找村干部，又找了青年团，他们都跟我站在一边。我还觉着腰里不硬，你们走的那天，我又上了趟区。见了区长和齐主任（就是妇联主任），他们也全说我对，还说有婚姻法给我当后台，叫我抗战到底。我有了根了，就找我爹去说理，当然叫他骂了一顿，还要打，我说你打吧，打了咱就成官司！他又不敢打了。振雨哥，这会儿我可学出来了，我们女的非闹得开不行，琛姐姐闹得早点儿，你看她现在多自由哇！我对我爹说：我们女的解放啦，不能净是小看，以后不管什么国家大事，我们也练习着管一份哩！

这会儿我爹整天给我砸盆子摔碗，我妈就整天跟我哭鼻子抹泪，他们一软一硬，前后夹攻，单等叫我妥协投降哩。他们可是想错了，国民党那时候，我还许妥协，这会儿办不到啦！我早料到有这一着，也早预备下后手了。齐主任说，不久可以把我调到区里去，也干妇联会。琛姐姐跟你说了吗？她们那儿开了个妇女训练班，说也可以叫我去受训。三月里我入了青年团，组织上也一定给我做保证。天下是我们的了，到处都有道走！老封建、老顽固，想截也截不住啦！

振雨哥，对你来说，自然啦，也不是没有往好里想过，可我主要的还是想托你给找个事。因为部队上离家远，省得我爹来找麻烦，不承想总说不出口来。对于你们的自由结婚，我是非常地赞成，绝没有意见。反正我是决心出来了，在哪里不是革命？你说得对，年轻人不该在私人问题上荒废精神，自由解放才是顶顶要紧的。我要光在心里惦记着结婚，还费那么大劲儿学文化干什么呢？

写信不同说话，写信不害羞。一下子写了这么长两大张，一定有很多不对的地方，请你多多批评，多多指导！

秀燕儿　三月三十日

我一口气读了三遍，每一遍都觉得心里火燎燎的，像有什么要奔腾起飞！我脱下棉衣，搭在窗前的海棠枝上。春天来了，那铁青了一冬的枝丫，刚钻出绿茸茸一片片嫩叶，在轻风的鼓动里，在充足的阳光里，像一丛丛振开翅膀的蝴蝶，向广阔的晴空中带劲儿地伸长着。

一九五一年四月十一日于北京

导读 Daodu

一九四二年，日军对冀中军区展开了残酷至极的"五一大扫荡"，大大小小的战争不断打响，在其中的一次战斗中，"我"负伤晕倒，幸而被相熟的同志齐又昌救起，他背着"我"来到一间小院。可这间小院就在敌人隔壁，又昌和"我"能躲过搜捕吗？

齐又昌

一个人活了三四十岁，总经历过大大小小很多事件，这些事件印在记忆中，恰似满天繁星，闪发着一个个的光点。事件本身越有意义，代表它的那个光点也就越明亮。有时候，还会蓦然发出异彩，给你鼓舞，使你奋发，激扬你勇敢向上。在我的记忆的长河中，就有着这样一颗明星，那就是——齐又昌。

是残酷的一九四二年，日寇对冀中抗日根据地展开"五一大扫荡"的时候。在近敌区的一个村子里，爆发了一场激烈的战斗。半夜，我们的部队突围了。我腹部受重伤，跟部队失掉了联系，在焦黄的麦垄里，爬了两天两夜。第三天拂晓，由于失血和饥饿，我昏迷了过去。当我醒来的时候，觉得身子在摇晃。原来有人正背了我飞快地走着。

天色还暗，辨不清背我的是谁，从轮廓上看，他戴着军帽，穿着军装，是正规部队中的同志。这人肩膀很宽厚，个头却不高，年纪跟我相仿，顶多也就是十六七岁。我乏得没一点儿力气，懒得说话，便任他背着随便往哪里跑。

雁翎队的故事 | YANLINGDUI DE GUSHI

　　天亮上来得很快，他背了我急急走进一座小村，挤过一道秫秸①夹成的破寨篱，来到一个小院落。这时他已累得呼呼喘气，背上的汗水透过两层衣裳，使我的胸脯都水津津的了。

　　小院里只有三间西屋，矮小而破败，门窗都紧闭着。那人背了我上前推门，推不动，就轻轻地叫："老乡，老乡！"没有人应。他又背了我走近窗户，敲着窗棂子低唤："老乡，老乡！"还是没有人应。他于是对着窗口解释："老乡，不要害怕，我们是八路军，只在这里躲过白天就走。……"话音浑厚，不大流利。我听着有几分耳熟，竟一时想不起是谁。但不管这人是谁，使我感动的是：他尽管累得喘着大气，汗下如流，却不肯放下我，硬是把腰弯得低低的，一直驮着，跟屋里人柔声和气地搭话。

　　近敌区的老乡是既怕"白脖儿"又怕土匪的，更何况敌寇如云的"大扫荡"时期。然而，背我的人用他的精诚感动了房东，屋子里吱吱呀呀一阵响，门开了，出来一位四十多岁年纪的大叔。可是，他一露面就说：这地方可实在待不得，鬼子、"白脖儿"跟发了水一样，天天来杀人烧房，况且东边隔壁就是保公所，这小院就在鬼子眼皮底下。但背我的人只说一声"没关系"，就驮我钻进门去。于是，先倒退着让我的腿挨着炕沿，放我坐下，随即翻回身，轻轻扶我顺躺在炕上。

　　就在这时，我真是又惊又喜了：朦胧中，我看见一张颧骨高大的方脸，厚厚的阔大的嘴唇，深陷的眼窝里滚着一对稚气的浑黑的大眼睛……

　　"啊！你……又昌！"

　　"哈呀，怎么是你？"他也认出来了，一下抓住我的手，厚嘴唇颤了几颤，想笑，可是却突然滚落下来两行大滴的眼泪。"啊，真没有想到！"

　　原来他是跟我在同一场战斗里，因掩护机关突围而与部队失掉联络的。现在，他身上只剩一颗手榴弹了。正胸上，还印着碗大一片殷红的血迹。他说，这是抱一个伤员上担架时留下的。

---

① 秫秸（shú·jie）：去掉穗的高粱秆。

齐又昌

房东大叔又说了一些关乎"危险"的话,但见我们"住"意已定,且又浸沉在友情的欢乐里,便叹口气,住了嘴,去催老婆孩子赶紧离开这里,仿佛这屋子就要变成一个战场了。

"大叔!"又昌上前拦住了房东,恳求地说,"有干粮吗?我们这位同志是个彩号①……"

大叔为难地望他一眼,拿过一个小口袋,撑开了。里头是高粱帽子②和谷糠轧成的面粉,至多二斤,红惨惨的轻得一吹就会飞起来。

"没剩一点儿熟的吗?"

"没有啊,真没有啦!"

又昌看我一眼,皱着眉咽一口气,又问:"你们村有治红伤的医生吗?"

房东又摇着头,低低地说:"也没有。……"

"那么——"又昌断然下了决心,"大叔,麻烦你,隔一会儿把办公的找一个来,我们有点儿事。"

房东大叔抱歉地点一下头,也走了。

现在,屋子里就剩我们两个人了。时间是早晨,敌人随时会来。我们凭着信念相信房东绝不会出卖我们。然而,敌人也可能自己撞了来的,何况隔壁就是保公所!

但又昌仿佛没有敌情观念。先是他要看看我的伤口,我因伤口上缠裹着很长的绷带,怕一旦敌人来了,收拾不及,便劝止了他。他望一望我的脸色,就又满屋子张望起来:一时扒着吊在屋顶上的篮子看看,一时打开破橱子瞧瞧,甚至把一个木头匣子也搜寻了一番,最后,颓然回到我的身边,摸着我的手道:"再忍一会儿吧。这房东实在可怜,什么全没有,不光没吃的,连点儿刀伤药牙粉什么的也找不着。只能等办公的来了。……"

"我不饿,"我说,"你快歇一会儿,注意外边一点儿。"我心里想:又昌一定饿极了,我知道,他的饭量一向是很大的。就又劝他说:"再忍一会儿吧,以前,咱们挨饿还不是平常事——"

---

① 彩号:指作战负伤的人员。
② 高粱帽子:高粱外面的壳。

我突然缩住了话头，忙朝又昌脸上看去，果然，他那厚厚的嘴唇动一动，笑了一下，连连点头应道："对，对。"我心里一阵发热，脸上也辣辣地起来。咳，我说了多蠢的话啊！

两年前，我在分区警卫连当小通信员。部队驻在滏阳河[①]畔一个村子里。中秋节那天，连部会过餐，人们都聚在院子里等候月亮出来。这时，突然来了一个小老乡：敦敦实实的个子，宽阔稚气的方脸，光着脊梁，却穿着一条夹裤，两只手抱着双肩不住地打战。他在院子里呆呆地站了一会儿，就绕过几个大同志，直奔了我来，愣头巴脑地问道："哎，你多大了？"

"十四岁，怎么？"我说。

"嗯，我也是十四。"他似乎有些喜，接着又问，"谁是连长？"

"你要干什么？"

"我也要当兵。"

一听说要当兵，连部的几个人都围了过来，乱哄哄地问他什么村的，多大了，叫什么名字。文书老陈还拿出填"军人登记表"的架子问他的"参军动机"："你为什么要当兵啊？"

小老乡想了一想，直着大眼道："为——找碗饭吃。"

我们都哄地笑了起来。我忙自作聪明地提醒他说："莫非不为抗日？"可是，他已经被笑得很忸怩，只点了一下头，没有作声。再问他吃饭了没有，也只是摇摇头。文书老陈又想跟他开玩笑：

"你来得不凑巧，伙房里全吃光了，饿一顿吧！"

可是，小老乡抬起头来，睁圆那对浑黑的眼睛答道："能叫当兵就行，饿一顿算什么？挨饿还不是平常事！"

老陈马上觉得玩笑开得不对头，大家也没有再笑出来。

这就是齐又昌。当时连长把他拨给了通信班，和我住在一起。大约同是"小鬼"的缘故吧，那天晚上，我们面对面睡在两块门扇上，谈了很久

[①] 滏阳河（Fǔyáng Hé）：水名，在河北。

很久。从谈话中知道：打他逃出来时算起，家里就只剩下半升高粱了。而家中还有一个老爹，一个十来岁的小妹妹。小妹妹仿佛很使他挂牵，一晚的谈话竟有很多次谈到她。他说，她叫"穿白"，名字有点儿怪，这是因为她一生下来，妈就死了。这名字是给妈戴孝的……

又昌很快便获得了大家的喜爱。他勤快、坚忍，事事跑在头里，但说话很少，也不会掉花，可是很有劲儿，一口咬得断钉子。他的饭量很大，但每次打了饭来，总是先尽我们吃饱，而后有多有少由他一扫而光。我曾几次问他："不饿吗？"他总是摇摇头，而且老是那一句："不。以前，挨饿还不是平常事！"

可惜，我们在一块儿只相处了四五个月。之后，我便调分区剧社了。这分别，一晃儿就过了两年。我们俩也同时蹿高了半个头。

死寂的街上忽地传来踢踢拖拖的脚步声，夹杂着汪汪的狗咬。随即东院里人声嘈杂，呼喝不止。远远近近不断响起战马的长啸。又昌把腿一弹，横越过我的身子，蹿到炕里的窗台跟前，从破窗眼儿里往外张望着。是的，敌人来了！

一霎间，屋里好像连空气也铸了起来，静得能听见自己的心跳。为了避免搅扰又昌应敌的专心，我仍旧躺着不动。可眼睛却透过破窗眼儿，望着东院大椿树下的房顶。一刻，在那枝叶森森的背景上，突然有两个圆滚滚的东西冒出来，是两顶钢盔。隐约间还有两把刺刀，在钢盔一旁寒光闪闪地翘着。

我扫一眼又昌。啊，他是地地道道铸在窗户跟前了。他蹲着，脸对着一个破窗洞，钢筋似的双手扣在腰里的手榴弹上。那牢固坚定的姿态，像是已蹲了几百年似的。我的心一下子稳住了。我怕什么呢？我是在一个铁的守卫之中！他就是我的大门、我的城墙、我的千军万马啊！

但是，我听到了一阵沉重的拖、拖声，猛然吃了一惊。这是钉着钉子的厚底皮靴声，这是鬼子的声音！拖、拖、拖、拖……越响越近了，从寨篱门那里响过来了，响到窗户跟前来了。突然，从窗洞里闪过两个圆滚滚的东西。我扫一眼又昌，依然是那个铁的姿势。拖、拖、拖、拖……从窗前响过去，响到我们的屋门口了！我再扫一眼又昌，巍然耸然，还是那个铁的姿势，只是头部转向了屋门，手榴弹的导火索紧套在手指上。接着，是门响，豁啷豁啷，鬼子在摘门。一会儿，摘下来了，嘟噜了两声，竟然拖拖地扛起门扇走了。我吐一口气，再看又昌时，天哪！依然是那个永恒的铁的姿势。

又昌这个凝固着的姿势，又保持了很久，后来，我无意中出了一口长气，才把它破坏了。

又昌回过头来，一双浑黑而稚气的大眼把我注视了好久，忽地叹一口气，愤然道："我就不信这村里没有一个医生！这房东胆子太小了！"

我懂得他的气愤是起源于对我的体贴。我很后悔刚才的长出气，便安慰他道："这种环境还找的什么医生，能安安定定地躺一会儿，就求之不得了。其实我现在挺好，全身都舒舒服服的。"

"可是，你的脸——太黄了！"他说完，便把脸又转向窗外，仿佛对他自己也生起气来。

终于，街上响起了一阵人喊马嘶，不久，又复归寂静。东房上圆滚滚的东西不见了，却有一只老母鸡飞上去，在那里安闲地漫步。显然，敌人已经走了。

又昌马上想要上街去看看，搞点儿吃的或找个医生来。我因他穿着军装，印着血迹，生恐敌人不曾走净，便说不如等办公的来了再说。他见我态度很坚决，也就打消了那个念头。于是回过身来，笑吟吟地陪我坐着。不料，我肚子里咕噜噜一阵鸣响，又使他哭丧起脸来。我忙着想起一些话，好把他的注意力引开："又昌，你的妹妹穿白怎样？她好吗？"

"好吧？——谁知道呢！"

我的话显然又说笨了。目前到处是刀光血影，相隔几百里，谁能知道她好不好呢？这不徒然更挑起他的挂牵来吗？于是，又沉默了。

"喂，你们剧社的小兰呢？她好吗？"又昌突然开口了，而且提起了小兰。

"好啊！突围的时候，她跟在我们组长后头，跑得欢着呢！"

"那么，她不会……"

"那当然，一定跟部队冲出去了。"

"噢，噢！"他点着头，眉目间突有一股欣喜之色在飞动。

这很使我诧异。小兰是我们剧社的一个小女同志，只有十二三岁，长得很瘦小，为人又特别腼腆，除了有时演戏在台上露露面之外，平素与外界是很少接触的。可又昌怎么会如此关切地问起她来了呢？

"听说，"他又开口了，"她很封建哩，连洗脚，都背着男同志们，是真的吗？"

"这些你怎么知道？你认识她？"我更加惊奇了。

"不认识，以前听人这么说过。"眉目间那股欣喜之色仍然飞动着。然而他的眼神说明：他的思想倏忽间飘然远逸，好像到很远的地方捕捉了什么。接着又很感慨地加一句道："她又小又弱，也参加了打仗。人，就是要锻炼啊！……"

院里一阵脚步响传来，打断了我们的谈话。

房东大叔领着一个人进来了。这人穿一身半新洋布裤褂，耳尖上夹着半截烟卷，满脸灰气，微躬着身子，好像随时都想打躬作揖似的。但他一见我们，却把肚子腆了两腆，惊乍乍地喊道："哎呀呀！同志你们可真命大，洋人成天价踢破门限子①，你们生生地没出事！哎呀呀，我刚一听说你们在这儿，就吓了一身冷汗！……"接着，就问我们从哪一面出村，说他好派人送。他肯定：洋人马上要回来，一来就要挨门查户口。

这种借夸大敌情、想三言两语把我们吓跑的做法，一眼就给我们看破了。一种由于年纪小而被欺生的感觉，激怒了我们。又昌立起眼来问他是干什么的，贵姓。那人大咧咧回答：姓邢，本村的保长。

"邢保长，"又昌说，"先去给我们做点儿吃的。我们这个同志两三天没

---

① 门限子：门槛。

吃东西了。"

"嘻嘻，洋人来了怎么办呢？"

"吃多少粮食，我们给你打条子，你可以找抗日政府去报账。……"

"可是，洋人马上要来了。……"

"最好找点儿白面，做点儿面汤。我们这个同志是个彩号。……"

"洋人一来，可要查户口！……"

又昌忽地眼睛一瞪，两道寒光凛凛然直逼保长面门，手往腰里一拍道："查户口怕什么？这儿有手榴弹顶着！——你先给我找饭来！"

邢保长的脸唰地变白了，腰也马上躬了两躬，乱眨了一阵眼，忙才堆下笑容，说了些"行行，好好"的话。随就往后撤腿，灰溜溜地想退出去。可是，又昌又把他叫住了，为了缓和一下僵局，他又说了几句抗日救国人人有责的道理。随后问他村子里有没有治红伤的医生。

"这这……可实在没有。"保长又把腰躬了两躬。

"能不能给这个同志找点儿什么药呢？"又昌指着我又问。

"药，咳咳……"保长把他那对老鼠眼滴溜溜一转，油滑地说，"倒是有两瓶补药，可就怕咱同志吃不起啊，一瓶，老头票①就得七十多块！咳咳，要呢，我就给咱拿去。"

又昌把头低下来了。我于是朝保长摆摆手。保长躬一躬腰，带着房东拔腿走了。

"记着赶快弄饭来！"又昌追一句说。

"是，是……"

不一刻，房东端来了两个大黑碗，一人一个，放在我们面前。

我挣扎着坐起来。三天不吃饭了，这时候才觉得真是饿极了。可是，碗里是黑糊糊似粥似汤的东西，翻一筷子，净是些菜梗树叶，只有一星半点儿白糁糁的小颗粒。闻一闻，酸不必说了，另有一种甜腥腥的邪味。我看一眼房东，房东扭脸向门外，凝视着墙角。转看又昌，他却已经把大半

---

① 老头票：指伪币。

碗扒拉完了。我也忙吃了一口，觉得嘴里又苦又涩，不敢嚼，连忙下咽，又吃第二口……又吃第三口……到第四口时，胃里便觉得满了，仿佛还要往上涌。

又昌已经把他那一碗吃完了，便轻轻劝我道："硬吃点儿吧，总比空肚子强啊——可也是，这饭太不像话了！……"

我不禁冲口而出："这不是饭，是猪食！"

又昌不由得一怔。我马上觉得不好，我是没有理由向他发脾气的。但已觉不好解释，便探问地转看着房东。

"大叔！"又昌叫了一声，房东这才吸一下鼻子，回过脸来。不知怎的，他眼里有些湿，嘴紧紧闭着，好像一张开便会涌出什么似的。又昌请他再去找保长来一趟。然而房东似乎再也忍不住他的难过和委屈了，他大声说："同志，我恨不能把心给你们炒着吃了，可再去找他——就是找着，他也不来。……"

又昌圆睁着眼，一阵，把炕一捶道："我去找！"说了便跳起来，要亲自上街。房东和我都慌了，赶忙拦住说，那么一来，可能招致更大祸害，说不定连房东都会受连累；要找，也得等到天黑！又昌嘴里仍在愤愤道："这太欺负人了，这太欺负人了！"直到我问"是不是对我生了气"时，他才安静下来，又对着我的脸凄然道："别的，怎么也好说，只是你——太黄了。"

随即，他猛地想起了补药的话，问房东道："大叔，那两瓶补药到底是什么东西？"

"咳，"房东大叔叹口气说，"他们，是指着这两瓶东西讹人哩！听说，是一个'白脖儿'官儿丢在保公所的，叫什么'人造自来血'，说能补人的气血不足。……"

"眼下东西在谁手里？"

"大半他们账房先生们攥着。"

又昌那浑黑的大眼里一波一波地放起光来，张着的手猛地往前一抓说："既是'白脖儿'官儿的，咱去把他赊了吃！"

"同志，"房东大叔赶忙说，"保公所咱可千万去不得，进进出出都是鬼子派儿的，那班人一个比一个难斗！"

我也觉得又昌说的太天真了，便笑着劝他说："算了吧，跟他们还能讨出好儿来。离天黑还早呢，我看咱们还是先歇歇再说吧。"

又昌见我有些累了，便把房东大叔打发走，扶我重新躺下。我合上眼，不久，便迷迷糊糊地睡着了。

睡梦中，忽觉有人拉我的胳膊，张开眼，见是又昌，笑嘻嘻地把握着拳的左手伸到我的眼前，突然，手一张，沙拉一声，二三十个红艳艳的扁圆豆儿，满炕席上滚着、跳着，像一个个很精致的小钮扣，红而且亮，显得那么鲜艳，简直可以说是娇滴滴的。又昌从兜里又掏出一个茶色的小瓶，里头盛的也是这样的小东西。我迷惑地把眼望着他，疑心自己依然是在梦中。

"吃吧。"又昌兴高采烈地点着豆儿说。

"这是什么？"

"人造自来血呀。"

"嗄！怎么弄来的？"

"这……喏，房东大叔给赊来的。"

我还想再问些什么，可又昌急不可耐地把那豆儿往我脸前一推，催着说："吃，吃，吃了再说！"我只好欠起身子，捏一粒放在嘴里。一面也抓了几个给他："你也几天不吃饭了，一块儿补一补吧。"他却退着身子摇头道："我壮着呢，吃了怕上火。"我急了，抓起一把向他一扬道："你不吃我也不吃了！"他见我红了脸，才捏起一颗放在嘴里，却像吃糖球儿似的在牙齿间含着，好半天都不下咽。

这些扁圆的红得很可爱的小药丸，有些甜，还有一股炒豆面似的香味，想来该是现在我们常见的维生素一类的玩意儿。当时我主要是解饿，就一口气把那散着的二三十粒吃个精光，却也不显有什么感觉。只记得，在我吃完时又昌脸上那两只眼睛，流露着怎样的喜悦和欢乐，那是怎样的明亮啊！简直是两苗火、两朵花、两颗秋夜晴空中的星星！

"你觉得好些吗？身上是不是有点儿劲儿了？"他眯着稚气的大眼，笑着问。

嗵嗵嗵……一阵脚步响，把我俩吓了一跳。急看时，却是房东大叔。他风风火火地闯进来，满脸是眉飞色舞的兴奋，眼里闪着明朗的火花，早晨那副慌慌乱乱急于扔下家溜走的样子，连一点儿影子也没有了。他大踏步直奔了又昌去，一把抓住他的胳膊，大声嚷道："好家伙！你可真敢玩命啊！"接着转向我："同志，你怎么也不拦住他？"随后又昂起头，自语似的赞叹道："嘿！我只说关二爷单刀赴会那是唱戏哩，敢情天下真有这样的人！"

我被他这一路嚷弄迷糊了。又昌却忽地有些畏缩，连连递眼色给房东，怪他在那里多嘴。

房东大叔还是把故事告诉了我：就在我睡熟的时候，东院保公所灶上的刀勺响了起来，是几个过路的伪军在那里打尖。他们吃过之后便走了，保长和两个账房先生便围起桌子，大嚼那剩菜残羹。房东大叔其时正被抓往灶上担水。突然，他看见一个穿了军装、扎了皮带的八路，胸前染着牡丹花似的一片血迹，迈着堂堂大步，撞进了保公所——正是又昌。

他进得正房，堵着门口一站，响当当地说："保长，那两瓶补药呢？给我看看。"保长万想不到他一个人会明出大卖地跑到保公所来，一时吓得呆了。不待保长发话，有个账房先生赶忙拉开抽斗①，取出两个茶色的扁瓶儿来。又昌拿在手里，刚要拧开盖子，突然从大门口又撞来两个"白脖儿"，他们肩着大枪，披着子弹，扬风乍毛地直抢了上来。保长吓得一缩身，筷子都扔了。眼看无处可躲的又昌，立地身子一旋，闪在了门背后。那两个瞎眼的"白脖儿"竟而懵里懵懂撞进屋门，什么也未曾发觉；倒抢近饭桌，抄起筷子就去捞菜。其中一个拿起那茶色的小瓶对保长道："二叔，这是治什么的药？"这时，他才猛然发现保长两眼木直，死僵僵盯

---

① 抽斗：方言，指抽屉。

着他的身后。他一回头，呱啦一声，瓶子掉在一个汤碗里，打个粉碎。那娇红的豆儿就丁丁咚咚地撒了一桌一地。原来他背后的门已经关上，一个莽墩墩的小黑汉子，左手拉着弦，右手把个手榴弹直直地插到他们眼前来。

"不许动！"

五个人：两个"白脖儿"，两个账房，一个保长。十只眼睛，都直勾勾盯在那悬在当头的手榴弹上；五个人，化作了五段木头。

"把枪给我！"又是雷震似的一吼。

这个毛发直竖、两眼冒火的小黑汉子，仿佛霍然变作一团光焰四射的刚烈之气，逼使得两个"白脖儿"颤抖抖话也未能哼一声，就乖乖地把枪递了过去。

"怕死不当八路军！"又昌把两支枪搂在怀里，展一展那双浓黑的大眼，大声说："我本不想找麻烦，是你们自己碰来啦！对不住，你们得听听我的辖制！"接着，他紧忙问"白脖儿"们打哪儿来，干什么去，叫什么名字，什么地方人……这一问，竟意外地发现其中一个家伙原来就是本村人，他的妻儿老小就住在丁字街小庙的对门儿，今儿来此只是想捡洋落儿赶嘴吃的。

又昌皱起眉想了一想，便高喝一声，对"白脖儿"们讲起一番中国人不该糟害老百姓的道理来。最后，把手一挥，断然道："得啦！八路军有宽大政策，我还等着走道儿呢，放了你们啦！"说着，把两棵枪的枪栓卸下，将撞针在阶石上撞弯，扔给"白脖儿"说："你们可老实点儿，我记着你就是丁字街小庙对门儿的！——去吧！"两个家伙这才拾了烂枪，退一步一鞠躬地跑了。

又昌动手去捡那桌上地下的小红豆儿，可惜有一大半泼了菜汤还沾了泥，捡了半天，只落得一握，便和那一整瓶一起拿着，向保长道："明明是鬼子们丢下的东西，你怎么敢要七十块钱？"保长自"白脖儿"进来就一直瘫在椅子上未能动弹，如今才挪一挪尿湿了的屁股，捣蒜似的点着头说："拿去吃吧，拿去吃吧！"

他就是这样把补药"赊"了来的。

齐又昌

　　听完故事，我激动地望着又昌，一时竟完全忘记了说话。好一阵，我才一把攥住他的手，想骂他。可是，还未开口，泪水就夺眶而出了。

　　转眼之间，这事过去已近二十年了。至今想来，那一切仍在眼前。记得就在当天，我们碰到了一支自己的部队，我马上被安置去休养，于是，就那么匆促地与又昌分了手。临分别，还记得他问过我一句话："喂，你看，穿白也能当兵吧？她比小兰要壮得多呢。"这句话，曾在我耳边响了很久。至于那个盛"人造自来血"的瓶子，我一直把它随身带了三年多，拿它盛纽扣和针线，也盛过盐粒和墨汁。抗日战争快结束时，不料在一次偶然的比较紧急的情况下弄丢了，使我难过了好多时候。

　　以后，再没有能和又昌见过面。解放战争后期，有消息说他在海南岛，一九五二年，又听说在朝鲜，但一直未能接上头。曾到他的老家去探望过，老人仍健在，如今在生产队里任着饲养员。至于妹妹穿白，早已是一位妇联干部了。

　　又昌啊！你在哪里呢？与又昌不见已近二十年了。然而他仍然时时像一颗明星一样降临到我的回忆中来，推动我前进，激励我奋发，督促我向上！

一九六一年十一月二十七日改于保定

导读 Daodu

在华北平原上，有一个小村庄，名为张各庄，这里是老农民得福叔的家乡。得福叔为人稳重，虽然沉默寡言，但说话做事都十分靠谱，这样的一个人，却和自己的邻居闹了不愉快，甚至到了老死不相往来的地步。这是怎么一回事？

故乡明月

一轮明月高高挂在天上。那清水似的光华，欢快地四下喷射着，使笼在黑暗中的事物，都隐隐地冒出头来；独在远远的天边上，留下一片朦朦胧胧的青霭，很像一个用淡墨晕染成的谜。小雪节快过去了，平原上的夜晚，到处是光溜溜、静悄悄的。然而，同在月光下的张各庄呢，它也静悄悄的吗？

如果在月色下从村北的野外看张各庄，那是很神妙的：几家高高低低的房屋，疏疏落落的树木，轮廓鲜明地贴在青爽爽的蓝天上，恰像巧手剪成的一张灯影儿，恬静、优美，令人想到月里嫦娥的住处，若是侧耳倾听，还可能听见音乐呢。

现在，在村北的原野上，正有一个人在悄悄地注视着张各庄，这就是二队的菜把式得福叔。他坐在园田中间的温室里，隔着一线清水水玻璃，对了自己的家门深深地注视着。

得福叔今天觉得清闲了。倘在昨儿以前，他得整整忙活一天，才能把温室里的活儿干完。单说打水吧，他一桶桶地把水从井里拔上来，然后提了桶一步一晃地往前跨,跨出七八丈远,掀起沉重的谷草稿荐[1],再钻过两道半人高的小门,才能把水倒在缸里,然后才谈得到给蒜黄喷水。这温室,每天起码用水十来挑儿,他就得这样一桶桶地提它二十来趟。活儿虽说不重,只是地方窄狭,伸不展腰肢,把力气全窝憋住了。倘一发急,就又不免桶倒水泼,常常连鞋脚袜子都弄个精湿,到钻被窝的时候,两腿还在发寒呢。

今儿呢,不用了。素娟拉了锁子来:上半天,在墙外砌起个池子;下半天,跟墙里通上根竹管,只要把机井上的闸门一合,水就沿着垄道涌进池子,然后哗啦啦、哗啦啦的,像一队喊着口令的小学生,活泼泼的水流,就顺竹管喷到缸里来了。瞧,也没见他们费多大手脚,简简单单一下,给了这个五十五岁的老头儿多大方便啊。

一股蒜黄的清香突然飘起来,绕着得福叔的鼻头打个回旋,就升上去,沿着矮矮的屋顶,潮湿的墙壁,涂着桐油的窗纸和玻璃,到处弥漫着。这香气这样新鲜、这样强烈,略带一点儿辣味儿,浓得仿佛可以攥成团儿。得福叔吸一下鼻子,朝黑暗中望了一眼。他想,蒜黄一定在生气勃勃地往上长哩,才喷上这么充足的清水,它能撒懒吗?——可是,他什么也没有看见,温室里黑黑的,从那一线玻璃里射进来的月光,只能在他的眼仁上点下两点星星,却照不到菜畦里去。菜秧儿是怕烟熏的,得福老头儿不只管束着烟瘾,连煤油灯也禁绝了。

唉,看不见就不看吧。他转过头来,伸手从床头上抓了一把韭菜根,想摸瞎儿把它捋一捋,过两天把畦平出来,应该栽上了。可是,他原觉得韭菜根是放在了铺板上,然而再摸时就少了一大半,敢情它们早顺缝儿溜到床下去了。得福叔叹一口气,抬起头来,又只望着自己的村庄。

那紧把着街口的三间北房,朝东盖着个小平门楼儿的,就是他的家。正对着这个家,像挨肩儿比着似的,路东也有三间北房,也朝西盖个小平门楼儿,那又是一家。得福叔看看这紧紧相对的两家门户,又看了看路东

[1] 稿荐:稻草、麦秸等编成的垫子。

雁翎队的故事 | YANLINGDUI DE GUSHI

那家已是光秃秃的房后,心里一动,眼神落在了自家后院那两棵树上,心情不由得忧郁起来,新账、老账,一齐在心里翻开滚儿了……

路东那家也有个老头儿,跟得福叔年纪相仿,叫萧仲义,是一队的菜把式。这两个老头儿住对门儿,同在一个洼里种菜,很有些年头了,说得上是青年时代的伙伴哩。可是,他们俩却一向很不对眼,见了面,总是一个扭东,一个朝西,连句应酬话儿都没有。这是为了什么呢?

坐根儿①第一桩,是十年前的事情了。那时候,人们还在单干,七八家子伙用着村北那眼水井。正是火烧火燎的天气,有二十多天没下雨,菜畦里干得烫手,来股风就会冒起烟来。谁个心里不是烧干锅似的发燥啊!可水井上只安着一架辘轳,吊着一个柳罐。这七八家子就在井上一户一户地挨个儿,轮到谁了谁浇。那时候挨个儿没有人管秩序,只凭各人去问,如果是李家在浇,张家先问了去,那么李家浇下来就该张家;再有问的,就只能由张家去答应,接着张家往下排。事情恰巧错在这一问上:萧仲义问的是二海哥,二海答应了;得福叔问的是二海嫂,二海嫂不知道二海哥已经应出去,也就答应了。当时萧仲义的根达菜旱得干了叶,得福叔的北瓜干得落了花。一到接辘轳的时候,两家子就红起眼来。他们一个把住辘轳头,一个抓住井绳,这个说:"你要浇我就把辘轳砸了!"那个说:"你要浇我就跳井!"四只眼瞪得血红,结果谁也没有浇上,可一条怨根儿却从此栽下了。谁见了谁都别别扭扭的。

过了一年,村里搞起了初级社,两家尽管家对门儿,地连片,还是一个入了东社,一个入了西社。再过两年,高级合作化了,东西两社并在了一起,成了一家子。这回该有个圆通了吧?他们却一个要在一队,一个要在二队,还是互不通气。可是,事情偏偏凑巧,他俩一同给派到菜园里当起把式来了,种的是同一片园子,使的是同一口水井。这时,井上的辘轳已经换成水车,可因为社里的园田比过去那七八家子加起来的都大,一到农忙,水车也供不上用。自然,日子不多,这两个菜把式为争水车又嚷起

---

① 坐根儿:方言,指最初。

来。幸亏双方的队长赶来得快，不然，还许动了手呢。打这儿起，一来是各队园田不断扩大，二来他两个又直劲儿怂恿，到底一队又在东边打上一眼井，两队的园田分了家，又各自在井上盖起看园子小屋，各人的菜秧各人管，各人擦火各人吸烟，面孔是互相望得见的，就是不说话。

其实这只是明面上的情形，内里还有更深一层的缘由儿呢。在得福叔看来，萧仲义这老头儿还有两点不值得敬重：一个是做事没根，一个是喜欢夸耀。比方吧，有一次，大田里推行密植，搞得挺热火，萧仲义看得眼馋，就在社里嚷嚷说：大白菜也应该密植，一亩地种他八千棵，产量就能翻一番。社里于是发下话来，让各队试验试验。得福叔不言不语，到定苗的时候，一亩地只留了两千二百棵，比往年稍稍密了一点儿。后来他偷偷去数一队的菜地，留了五千左右。可是，就按五千说吧，秋后一收菜，一队比二队反而少收了一两千斤，还大多是些泥帮子，菜心儿灌得不满。

至于喜欢夸耀这一点，也有事实的：萧仲义有个上过中学的儿子，叫连锁，一九五六年在城里做了电工学徒。这在得福叔看来，也值不得什么大高兴。萧仲义可不同，他当天就蹲在村中的庙台上，一直对过往行人谈讲了两个钟头，说是他儿子这一下成了器了，将来可望是个经管电灯、电话和收音机的师傅。过了三年，连锁改做了农具修配厂的工人。萧仲义又宣传说，他儿子在城里落了户，"成了一个真正的'工人阶级'"！

得福叔紧守着这样一条道德标准：闲谈莫论人非。他不赞成萧仲义的这些宣传，却只笑在心里，绝不去对任何人说。他的脾气本来不大爱说话，也不爱管闲事。这一点，又正好成了被萧仲义看不起的原因。

萧仲义对得福叔的看法是：生性太倔，不开化，心眼儿发死，归总一句——是个死庄稼主儿！跟这种人交往有什么意思呢？所以也不觉得与他闹别扭有什么可惜。

可是，俗话说：不是冤家不聚头。就跟莎士比亚那个很有名的故事相仿，尽管两家的长辈互相看不上眼，他们的后代却偷偷地搞起恋爱来了，弄得事情不得不跟着发生新的变化。

得福叔的女儿，就是前面提到的素娟。那个被她拉来给温室砌池子安竹管的锁子，就是萧仲义的儿子——她的恋人。

他们的恋爱有多长历史了？很难说，当他们还在高小读书的时候，就是一对挺亲密的小朋友，后来年龄一天天长大，友情也就转化为爱情。总之，一切都是一帆风顺的。唯一的波折是发生在三年之前。是个夏天，二人商量了一下，觉得有必要采取个步骤，把他们的关系正式肯定下来。于是就跑去找到二海婶子，托她做个介绍人，在双方家长面前给表露一下。

当时的得福叔，恰好刚听了萧仲义说，他儿子将来是经管电灯、电话和收音机的师傅等等那一套宣传，心里还在吃吃囊囊的不舒服。赶到把二海嫂子的话听完，就掏出烟袋，拧上一锅子烟，就着眼前的煤油灯吸燃，然后才不慌不忙地提了个问题："你说，电灯电话那玩意儿能吃吗？"

二海嫂摸不清这个问题的头脑，只好回答道："不能吃呀。"

"不能吃就好说了，"得福叔冷峻地点了点头，指着煤油灯上的火焰，"二嫂，你就这么告诉萧仲义吧，什么时候他儿子能叫灯头儿朝了下，俺家闺女才嫁给他哩！"

二海嫂就这么红着脸出了得福叔的家，又红着脸去见了素娟和连锁，把那句话原封不动地还给了他们。这对青年自然吃了一惊，心头一个又大又圆的月亮，一下子给一团黑云裹住了。

这一次二人的婚事虽然没有定成，可恋爱关系却公开了，街头巷尾到处都在谈论。有人说："得福老头子这回算挑花了眼了，闺女找了那么好个对象，人有人材，肚有肚才，又是在城里做事的，净赗①过好日子了，他生不愿意，真是死庄稼脑袋。……"

这话自然也传到得福叔耳朵里过。不过，他心里是有主意的：连锁是萧仲义的儿子，像素娟这样人有人品、貌有貌相、百里挑一的闺女，总不能嫁给一个光吹大话做事没根的主儿啊！

事情就这样不阴不阳地拖了三年，拖到今年夏天，突然间，连锁背了个行李卷从城里回家来了，理由是"大办农业"，村里立刻有人说："要坏！

---

① 赗（qíng）：承受，这里有"等着过好日子"的意思。

这一下素娟非跟他吹了不可！""以前她爹还不同意呢，这回更完了！"其实，得福叔对这件事倒没有什么特别的反应，他只是想："叫萧仲义吹去吧，你的'工人阶级'转家为农了！"当然，究竟因为有二海嫂先前那几句话的缘故，他总是偷偷地以挑剔的眼光观察着这个新近回乡的小伙子，搜寻着类似他爹的那一套毛病。

连锁第一天穿着一套新蓝制服进家，第二天，又穿着这套蓝制服到四邻串了串门儿，第三天就换上件粗布背心，蒙上条手巾，扛着锄下地了。而且一塌下腰就是半天，也说也笑，可手里的活儿不停，凡他走过的垄儿，棵儿底下全都干干净净，休想找到一棵护根草①。得福叔眼里看着心里想："自然喽，新回乡嘛，总得有股新鲜劲儿哟！……"

不承想，两天三天，这样干下去；俩月仨月，还是这样干下去，连锁自脱了他那身蓝制服，过夏经秋，就没有再穿起来过。连得福叔也没有心情再往下看了。八月初的一个晚上，素娟到看菜园的小屋里给她爹送饭，一进门，就喜匆匆地告诉说："爹，今儿青年团开会了，奖励了几个青年，一人一条毛巾。……"

"啊，为什么呀？"得福叔不大在意地问。

"当然为干活儿好呗。"

"都是谁得奖了呢？"

"嗯……"素娟两只大眼忽而闪了一闪，低下头说，"发奖的时候，我正好有事儿，没有听见念名单。你想知道，明儿去打听一下。"她说了，就把话头儿丢开，转着一双明亮的眼睛，满屋角上乱扫，终于屋角上有把铁锹给她发现了，近前一看，一只角卷成喇叭筒了，只见有一个笑影儿在她嘴角上一晃，提起锹来，推门往外就走。

"那锹使不得了。"得福叔大声说。

"知道，我去修修。"说着，就轻轻飘飘地跑走了，快得像一阵小风，似乎怕谁把她揪住。

---

① 护根草：杂草。

第二天，素娟再送饭来的时候，铁锹也回来了，修得平平整整的，刃上闪闪发光，得福叔拿起来一看，原来刚给砂轮儿打过，顺手把它往根秫秸上一戳，嘣的一声，两段秫秸一齐跳了起来。一向喜欢得手家具的得福叔，不由得乐了，他转脸看看素娟，却发现她正用一双雪亮的眼睛在看着自己，到眼光碰在一起了，她才慌忙地一旋身子，把张活了齿儿的铁耙，又抓在手里。

"这是谁修的？"得福叔忍不住问。

素娟却不回答，她只轻轻一笑，眼珠儿溜溜地一闪，就推开小门，一头钻到外头去，然后才说："还有谁？对门儿的呗！"说罢，就听噔噔噔一阵响，又跑走了。

瞧！对门儿的！除了锁子还有谁？得福叔马上觉得上了个当，他应该把素娟叫住，跟她发一顿火。可是，事情有时候就是奇怪，得福叔的火就是发不起来，他心里根本就不上火！他从门口望着女儿越走越远的背影，心里不由得又把锁子一阵掂量。这时，他才忽然觉得连锁这孩子与他爹很有点儿不同，他不光做事扎实，还带着随身的手艺，自打他回来，人家一队沾了多大光啊！不要说一队，就是二队，又何尝没有受过人家益。前十天上，水车链子哗啦啦断在井里了，二队的茄子马上就干了畦。可人家锁子呢，也不管一队二队，一句话没说，下井把链子捞上来，嘁哧咔嚓就给接上了。请个铁匠师傅来，也未必这般现成啊！至于说话嘛——得福叔忽而微笑了，他记起了一件有趣的事情。

就是锁子给水车接链子那回，井上围了一些人在闲看，萧仲义看见热闹，也凑过来了。到链子接成时，不知谁对水车来了几句批评，说它是件难伺候的东西，忙时供不上用，一坏就得动手艺人。锁子于是安慰那个人说："将来换成电滚儿就好了，操纵又方便，供水量也大。"不想，这几句话挑动了萧仲义的兴头，就高声大嗓地接茬儿说："是啊！等明儿实现了电气化的时候，俺们一队就去买一架专在菜园里用的电动连环锄，连耪地，带拔草，捎带手儿连黄瓜也一把儿、一把儿地给摘了！……"锁子听到这儿，已经红起脸来，忙插断说："菜园里都是些细致的手工活，不是太累人的，工序又都很复杂，要给电气化排队的话，我看它应该靠后站站。再说，也得等机器发明出来才能去买啊。"

这几句话说得很柔和，但在得福叔看来，却是给萧仲义的一个反击。而萧仲义呢，也确实掩口罢论，就此收场。这情形，今儿再咀嚼起来，就更觉得不同寻常了。"哼，莫怪人们说素娟这丫头鬼机灵，倒是个有眼力的呢。"

从这时起，得福叔再见了连锁，也就温和地说说话儿，有时还有个笑模样露一露，不再像以前似的，一见着萧家的人就噘起嘴来。

日子不多，得福叔就发现自己入了素娟他们的"圈套"了。他不但无形中同意了她跟锁子的关系，又不知不觉地加入了他们的活动。比方吧，素娟说："村里要有个农具修理组就好了，不论哪队的农具出了问题，都用不着再跑城里，又省工夫又省钱。可惜人们还没有想到。"得福叔一想：对，好事情。素娟就说："爹，你上大队去建个议吧，事儿办成了，全村人都要念你的好处呢。"他本来清净惯了，不大喜欢提意见。可是，闺女左苦右甜地直撺掇，翻回头一想，这又不是什么坑人的事儿，说错了不过白费两口唾沫。于是就跑去找了支书。不想事情办得格外顺利，支书不但一口答应，还说他这是什么什么精神，思想上有了很大进步。得福叔几句话就闹来一身荣耀，心头不禁兴冲冲的了。

日子就像春天山中的小溪，轻轻快快地向前奔流着，有时遇见一个坡坎，它就跳跃一下，飞几个浪花，又往前走了。入冬之后，大队上考虑，因为村北有几窖白菜放着，总不能离人，就把看园子小屋扩建了一下，生上个火炉，改成个小小的温室，里面栽些蒜黄，还预备搞两畦黄韭，算是冬季里一项靠得住的副业。这经管温室的事儿就又落在了得福叔的头上。得福叔以为这是村中对自己的最大信任，点头之后就走马上任，铺沙子，栽蒜头，一桶一桶地提水，忙得快快活活，俨然是村中的显赫人物了。他觉得连萧仲义也在嫉妒他哩。

忽然间，村中出现了一股热火烘烘的气氛，传来了办电的消息。说是

雁翎队的故事 | YANLINGDUI DE GUSHI

第一个奋斗目标,就是电力排灌。得福叔觉得:素娟和锁子突然间都忙起来了。他们进进出出,村里街外,直劲儿地跑,兴冲冲地好像在替谁办喜事。不几天,一伙人扛来些棍子、板子、油毡,在井台上搭起一个简陋的小屋儿来。隔一夜,锁子又领着几个人搬来圆轱隆隆一个铁东西,像半截子铁碌碡①,上面尽是些棱棱,一边还安着个圆滚子。他们把这东西装在井上,就兴致勃勃地一味朝正西瞭望起来。是的,就像从云彩里一步步走来似的,在西边的地平上,一棵棵直立的黑线,成一溜儿朝水井这厢插过来了。得福叔知道这是电线杆子,这是给电架过来的桥,什么时候桥架到井上,人们那么焦急盼着的电可就来了。这玩意儿不光能点灯,能让铁造的喇叭唱歌,它还能替人干活儿,能顶牲口用哩。

是的,那道桥跨着一孔一孔的大步,直向菜园冲来了,照着得福老头儿冲来了。瞧吧,它比牲口和人能干出更多更巧的事儿来!得福叔心里一面欢欣地噗噗跳着,一面却隐隐地感到一种威胁。得福叔早已注意到:自从办电的消息轰动之后,村子里那些能做杆子用的树木便开始一株株地往下倒。先是干部和党员们的,随后是青年团员们的,这儿的树倒一棵,那儿的电桥就前进一步。可是,得福叔把眼睛落在了自家房后那两株杨树上,他又想到了素娟和连锁,心上打起战来了。

这两棵树都三四手粗了,生得笔直,恰是做电线杆子的材料。它们因地方狭小,互相紧紧挤并着,以至丫枝叶都纠结在一起,如果心境悠闲地远远看去,倒像一对很亲密的夫妻,正在挨肩攀臂地互相抚爱着。可是,如果心境一变,换一副眼光去看,却又像一对势不两立的仇人,正在你拳我脚地厮杀。总之,这两棵树实在挤得很紧,紧得令人担心:倘乎有一天它们突然被风吹倒,得福叔的三间北屋就要受到老大的牵连。可它们又恰恰是一对儿,是从小一块儿长大的哩。不管怎么吧,得福叔栽种它们,是有个连他自己也不肯公布的重大用场的,这就是——两副棺材板。他觉得,半辈子已经安安定定过去了,没有排场过吧,也没受过太大的罪,老两口

---

① 碌碡(liù·zhou):用石头做成的农具,用来轧谷物、平场地。

子又一向相依为命,从未分离过,现在儿女们都将成人了,老两口死了以后,不要落得抛尸露骨,总要囫囫囵囵入了土,才能合得上眼啊!……

得福叔正望着两棵树出神,忽见萧仲义房后同样的两棵树——他也以为这是萧仲义的棺材板——忽而逐渐逐渐向一面倾斜起来,终于来了个半面向左转,哗嚓一声倒下去了,把得福叔吓了一跳。他连忙向井台上的青年们看了一眼,悄悄回到温室里去了。

怕什么就来了什么。就在这天晚上,素娟来到了温室。她一不取盛饭的碗罐,二不取要修的农具,温室里又没有灯,她却净是向黑漆漆里望着,只给人感到喜气洋洋的。得福叔脊背上发起紧来,她的这些喜气是个不祥之兆,藏在那后面的要求,常常叫他很难对付哩。

"爹,"素娟婉婉和和地开口了,"这蒜黄快喝上电动机送来的水啦。"

"嗯!"得福叔枯燥地应了一声,就坚决地闭住了嘴。

"这一面子的小麦再浇一次冬水,明年的麦收更是双保险了。"

"是啊。"又是囫囫囵囵的一声。

"要能敞着口儿地浇,你看得有多少旱地变成水地呀?"

"得个顷数子吧。"

于是谈话停止了,室内只剩了黑沉沉的阒寂。得福叔觉得素娟脸上的喜气正在消失,有点儿忍不住,便咳嗽了一声,然后又咳嗽了一声。

"爹,咱房后头那两棵树,尽长了些树胡子,七枝八杈地挤得伸不开手脚,我去把它们修理一下吧?"素娟的语气虽然很甜,可显然是鼓着勇气说出来的。

"看把她鬼得,"得福叔心里说,"绕着圈儿兜上来了。"他想到:那电线至多再有三四根杆子就到了井上,村里的树还有的是,又不是不给钱,难道去别的户动员一下不行吗?何苦非挤我的棺材板呢?他觉得:做儿女的未免太不体谅老人了!于是嘴里就有了一个回答:"忙什么?又碍不着谁的事,让它长着去吧。"

又是一阵黑沉沉的寂静降下来,比上次持续得更久。得福叔又忍不住,接连咳嗽了两声。

"爹，你是不是不舒服？"素娟仍是那般柔和，并关切地伸过手去，在爹的前额上试了试温度。

"不，没有事儿。"得福叔搪开她的胳膊，"准是想抽烟了。"

"累了一天了，你还是早点儿歇了吧。"素娟说着，就把铺上的被子替他拉开，然后掀开稿荐，悄然走出去了，轻得像在月色下飞去的一只燕子。

到闺女真个走远了，得福老头儿的心才忽然往下一沉，后悔起来。唉，他怎么对这么知冷知热的孝顺闺女打了驳回呢？她来的时候喜气洋洋，满心希望老人家应一个"是"字，因为怕碰着老人的肝火，连说话都绕了老大的弯，却怎么就让她冷冷清清地走了？这不太委屈她了吗？

得福叔自我责备着，一点儿睡意也没有。他摸一摸烟袋，想解一解乱烘烘发闷的心绪，便也揭起稿荐，钻到温室外面来。啊，外面的月光，像一汪清水似的四面流泻，又明快，又皎洁；不知是不是下霜了，地下到处泛起一片霭霭然的白光。得福叔忽然看见了新搭在井上的那个小木头房子：几根棍棒，支着几块油毡，在月色下守护着那个铁碌碡。得福叔觉得这一切是新划给他的"势力范围"，有责任照看一下，就信步走了过去。

忽然，他听见了说话的声音，心中陡地惊疑起来，再往前走了两步，就清清楚楚听见一个男的说："……这一点，他可不如我爸爸，没有费多大事，就答应了。"

接下去是一个女的："他心倒是不坏，就因为脑子里又没有政治，又没有文化，一别扭住就办不成了。可又不能戗着他来，唉！……"

这不明明是素娟吗？嗬，敢情她在对着锁子数落她老子的不是呢？可是，还没等他再往下想，又听连锁柔声儿安慰道："这可别急，老人上岁数了，得慢慢开化。等过了麦收，抽咱俩一点儿工分，给他配一台收音机吧，让收音机连说带唱地一点化，政治，文化，准能都钻进点儿去。"

得福叔不敢再往下听了，这么明光的月亮，倘或让他们出来碰见，这老脸可往哪儿搁呢？便赶忙提起脚跟，悄悄溜回了温室。

这一夜，得福叔没有睡好，他七想八想，辗转反侧，心中不知是苦是甜，到被一阵阵轰然的喧嚷吵醒的时候，已是第二天早上了。出得温室一看，井台上围满了人，电桥已架到井边了。但见锁子把一块钉在木板上的闸门一合，日溜的一声，铁碌碡带动了轮带，轮带拉转了水泵，一眨眼工夫，从那五寸的管口中，噌地蹿出三尺长一道水柱来。这水柱在池子里刚刚打一个滚儿，便一涌而出，沿着新开的垄道，直奔正北那片麦子地跑去，真像是一条飞龙走蛇。有五六张铁锨围着伺候它，却个个赶前奔后，大汗淋头，仍然不断在崩口子。五六十亩一片麦子，居然不到一天就浇完了。只因垄道在附近跑了一次水，就把得福叔在坡下的三分自留麦子灌了个饱足饱足。

"这玩意儿真是够神的！"得福叔张大了嘴，瞧着那三尺水柱，呆呆地想："就是龙王爷下凡，也不跟这个顶事儿！——人们可真要抖起来了！"他猛地想起十多年前与萧仲义打架的事，也是在这口井上，那争的是些什么呢？辘轳和柳罐，还要为它跳井哩！"唉！"他叹一口气，"谁料到天下会有这么大的变化啊！"

变化还在风起云涌似的向前发展。头一天浇完麦子，第二天就浇完了菠菜，第三天，素娟拉来连锁，砌上池子，通上竹管，水就自己流进温室来了。在得福叔周围，仿佛一眨眼的工夫，全换了样子。得福叔又望望那一溜儿排着的黑线，那一根根直立的杆子，远远地直插到天边的云彩里去了，有多长啊！就在每一根杆子的顶上，架着一道道的铁丝，像一孔孔的桥，电就沿着这道无尽长的桥流来了，于是轰然一声，眼前全亮起来，一切都在变化！

可是，得福叔不敢回头看一看。这道奇妙的桥竟有三天了，没有再往前挪动一步，一队的菜园就在东边，他们的看园子小屋就清清楚楚望在眼里，那儿也有大片的麦子，也有该浇水的菠菜……可是桥呢，桥还没有通过去！

得福叔就这样怀着一副忧郁的心肠，隔着那扇玻璃，望着他的两棵杨树——他的未来的两副棺材板，呆呆地出神。外面，月亮越发明亮了，在通往自己家门的那条小道上，白茫茫的好像铺着一层冰花，气闷发躁的人，出去在这样的道路上散散步该有多么舒畅啊！

正在这时，小道上出现了人影儿。起先看来是一个，再近几步，得福叔就看见原来是两个，嗯，又是他们——素娟和锁子来了！得福叔觉得，这两个人已经没有办法把他们拆开了。不但不能拆开，到头来不管什么还得按照他们的道儿走，他们已经变得这样强大，连二海嫂的人情也不想去托了。

随着一阵轻轻的笑语，素娟掀开稿荐进来了。可是，也只进来她一个。

"爹，"素娟还是那么柔柔的、甜甜的语调，"你就这么在黑影儿里坐着，闷得慌不？"

"怎么不闷得慌，有什么法儿啦？"得福叔似乎抱怨地说，"韭菜根还没有挦出来呢。白天没工夫，晚上又黑灯瞎火！"

素娟轻轻笑了一声，显得很快活："熬着吧，什么时候把月亮搬进屋子来就好了。——瞧，外边的月亮有多亮！"

老实说，得福叔不喜欢听这样的话，孩子也罢，天真也罢，终究有点儿萧仲义味道，月亮是能随便搬动的吗？"哼，这就是你的政治，这就是你的文化！也传上耍嘴皮子的毛病了！……"

忽然唰的一声，屋顶子上有个什么东西穿进来了，得福叔吓得一跳，素娟忽儿提高喉咙喊道："拉过来啦？"

"拉过来啦！"墙外是锁子接了腔，"素娟，把线头接一下。"

"哎。"素娟答应着，在靠西壁的棚顶那里抓了两抓，就刺楞刺楞拉进一道皮线来。随后，连锁打着手电，一闪一闪地进来了，接过素娟手里的线，三缠两绕，拴在正梁上，又在线头上接了个圆筒筒，忽然手电灭了，一切全落入了漆黑。得福叔又听得吱扭吱扭拧得什么响，还没猜这是什么鬼，唰啦一下，陡然大放光明，一个太阳就在正梁上晃悠晃悠地摇荡着，逼得睁不开眼睛。

"嚇！电灯！"得福叔惊叫了一声。

"爹！这回你可看得见挦韭菜根了吧！"素娟竟而在地上跳了一下，也不等回答，就借着亮光，四面扭头地到处张望起来。得福叔也随了她的眼光去看，可不，韭菜根就在畦头上堆着，那一丝丝白胡子似的根须儿，有的顺顺溜溜地打着绺儿，有的张牙舞爪地伸欠着，看得那么清楚。转眼再看蒜黄，就跟刚才想的一样：一丛丛尖刀短剑似的黄芽儿，水灵灵地挺立着，挤满一畦又一畦，密得像一床床栽绒①毯！得福叔收拾了大半辈子菜，从来不知道蒜黄这东西在灯光下会这等好看，多漂亮啊，真不枉会发出那么浓郁的香味儿来呢！他忍不住了，像对着自己的孩子一样，眯起潮湿的眼睛，默默地笑了。

素娟看见了这个笑容，就伸出手去，把电灯轻轻一拨，一霎间，得福叔的影子在蒜黄毯子上猛烈地晃悠起来。他一回头，就听素娟说："爹，你瞧，这灯头儿是朝下的呢。"

得福叔心里一跳，脸上有点儿发热，想赶忙把眼睛逃开。可是，他不能够，他瞧见了素娟的脸，他从来没有看见这张脸是那么红润和那么丰美过，那是飞扬着怎样的神采，眼睛是多么明亮啊，一颗眼仁就是一颗星星！只在这时，得福叔才忽然想到：这闺女已经二十四岁了，她柔顺、聪明、美丽，不管比什么好样儿的，也并不差了一点儿！像这样的闺女，做老人的无论如何要为她争一口气！他转眼瞧了瞧站在一旁的那个小伙子，那是淳朴而坚忍的连锁，心里接着说："至少不能让她男人把她家小瞧了啊！"

"嗯，锁子！"得福叔唔唔哝哝地发话了。可是，连他自己也不知道怎么问了这样一句："这电灯泡子是哪儿来的？"

"嗯——我借的……"连锁不知为了什么，也有点儿紧张。

"是人家专为你跑了一趟城里，"素娟赶紧插上来，"办电是先顾生产、后顾生活嘛，这是对温室的特殊照顾。咱村点电灯的，你是头一户儿！"

"啊，"得福叔恨着自己怎么竟引不到正题上去，"那，你们明天干什么呢？"

"明天，给一队拉线。"连锁说。

"杆子呢？齐了吗？"

---

① 栽绒：织物，把绒线织入后割断，再剪平，绒都立着。

"还差一根儿。"

"差两根儿!"素娟纠正着连锁。

"不,一根儿。"连锁肯定地说,"刚才我跟家里说通了,把我们老坟上那棵也刨了。"

"那还行?你们留一棵吧!"得福叔用稳重的长辈口气,俨然无可更改地说,"明儿把我房后头那两棵刨了!"

"那行吗?"连锁忽然把眼睛睁得大大的。

"怎么不行?都是大伙儿的事嘛!"得福叔说完这话,就掀起稿荐,一步跨出温室去了。但是,他还是听见素娟"哎呀"了一声,似乎是惊讶,又似乎是称赞。可是他已无心去分析这些,他只觉得自己做了一桩很重大的事情,应该去宣传,可又不知道跟谁去宣传。他抬头看见了月亮,月亮正在当空,又圆又大,她那笼罩一切的清辉,仍在无尽无休地四下喷射着,多像个巨大无比的电灯啊!再看月光下的张各庄,依然是高高低低的房屋,疏疏落落的树木,轮廓鲜明地贴在青爽爽的蓝天上,像一张巧手剪成的灯影儿!是的,得福叔又看见了他那两棵杨树,那枝丫纠结互相厮杀着的"仇人"们。他默默地笑了,他在笑自己先前的荒唐:"活得好好儿的,干吗这么早就想到棺材板呢?真是的!⋯⋯"

一九六三年一月二十五日春节于保定

导读 Daodu

为了赶去冀中抗日根据地参加游击战，"我"在老赵的陪同下，来到了钱村的交通站，寻找能带"我"突破敌人封锁线的同志。可令"我"万万没想到的是，负责护送的，竟然是个年轻的姑娘！她能顺利完成这样的任务吗？

望日莲

到底摆脱了"卧底特务"的追踪，在黎明时分，我们安然到达了钱村。

全仗着老赵的经验丰富，他领着我一连兜了三个圈子，才把特务们甩在了十几里开外的路上。若不然，这一夜真不知要怎样了结呢！

好了，我们摸近钱村的后身，在夜色朦胧中，从一个猪圈的顶上攀上墙，跳进院子来。马上就有位老大娘接待了我们。可老赵呢，在一闪之间，好像只跟大娘打了个眼招儿，便走了——回去了。

老大娘一边小声嘱咐我："轻点儿，小心脚底下……"一边引着我通过前院，钻过一棚豆架，进到后跨院来。

后跨院只有三间敞棚，敞棚下乱放着些杂巴农具，堆着一垛麦根儿，垛旁墩着一个柳罐模样浑圆的大瓦壶。老大娘让我在麦根上坐下，就简简单单放下两句话："别抽烟，也别睡着。渴了，壶里有水——有事儿我来叫你。"说完，就挪动她的小脚，一点儿声息也没有地回前院去了。

我带枪杆子打日本五六年了，大小战斗总打过百十仗，可像今夜这般奥秘的经历，还是头一回。所接触的人全像是幽灵，轻轻地来了，又轻轻地去了,仿佛流星在天上划一道线,一闪就消失了,消失得那么鸦静,那么了无踪迹,简直像个遥远的梦……

传来了一声嘹亮的公鸡的啼叫。接着,远远近近此起彼伏地都有公鸡叫起来。这叫声,在夏末的晴空中组成一组高昂的乐曲,不但给人以黎明的警醒,也使人感到世界的深广辽阔。我的心更快地跳开了:啊!脚下已是平原,我就要回到冀中了!

据说,自"五一大扫荡"起,冀中抗日根据地已然变了质。可我从来不相信这是真的。尽管主力兵团已经撤出,地方政权受到摧残,敌人还在残酷地"清剿",可这有什么关系呢?正像动身时一位领导同志向我说的:"在冀中,虽没有崇山峻岭做依托,却有千千万万堡垒似的村庄,有紧紧和我们站在一起的人民,这就是我们的依靠!"是啊,那里的人都活着、斗争着!我行将去工作的那支游击队,也正在组织一场新样式的战斗。我就是要赶去参加这个新战斗的。

老实说,我很急。新战斗是个大胆的创造,成功的话,对今后的武装斗争将有深远的意义。它预定在八月六日打响,我必须在五号之前赶到分区司令部,时间只有三天了。可我的行程还有二百余里,还必须通过敌人层层封锁的平汉铁路。而我的唯一的指靠,是这些交通站上的同志们……

公鸡的啼叫像是一声号令:天上浓重的湛蓝逐渐变淡,星星也一个个溜闪、消失,东天一片白光展开在云彩下,黎明振起翅膀飞来了。忽然,呜——的一声,喊噔咔噔地传来一阵轰响,啊,火车就在三里之内经过,我已经住在从习惯上叫作"敌区"的地方了。

我不由得竖起耳朵静听,垣墙里外都是静静的,只有微风过处,庄稼叶子窣窣窸窸地擦响。这陡地使我升起一个愿望:我要看看大平原的青纱帐,那个浩瀚的绿色的海洋!这个海,曾掩护过我们多少子弟兵,给我们多少打击敌人的有利时机啊!我真想说,它就是我们的森林,我们的堡垒,我们的千千万万的人民!

于是,我站起来,从那五尺高的垣墙上探出头去。然而,在野外迎接

望日莲

我的视线的，却是横一排竖一排的高大的向日葵。它们都张开果盘大小的花轮，像正在"向右看齐"的战士，把自己的金脸挺然朝东张望着。原来这后跨院临着野外的三面，都是给这样的战士护卫着的，我简直是处在这个金色的方阵之中。

只在这时，我才注意到，就在我的面前，在敞棚的檐下，也立着两株向日葵，它们昂着火轮似的大花，舒着蒲扇般的大叶，尤其显得坚强长大，真像一对雄壮的哨兵！

我正对了向日葵呆呆地遐想，身后响起轻轻的脚步声。我猜想是老大娘来了，就回过身子。然而不，是一个年轻轻的姑娘。只见她穿一件肥肥大大的掩襟褂子，毛蓝裤散着裤腿儿，蓬着一头短发，乍一看，给人一股很老气的印象。但她面色是嫩的，长圆脸，细细的眼，细细的眉，细细的身条，站在那里，大方，恬静，看年纪，也就是二十岁。——该是老大娘的闺女吧。

"干吗老看它，没见过这个？"她指着向日葵，贸然地问。

我觉得很唐突，却又一时说不出自己的感情，就含糊地回答："我——喜欢这个。"

"我也喜欢，这就是我种的。"她接着问，"你们那儿管这个叫什么？"

是啊，我的老家叫它什么来呢？我现在习惯叫它向日葵，可我的家乡是叫——望日莲。我告诉了她。

"噢，那你离这儿不远，我们也叫望日莲。山里头管它叫什么呢？"

"山里嘛，大概叫葵花儿吧？"我不大肯定地说。

但她两眼一闪，两只眸子忽地凝定在我脸上，一下子陷入沉思去了。好一刻，才若有所悟地微微一笑，把眼更眯细了。于是又问："在山里待了程子①，也想家吧？"

"想啊！"我慨然承认，"还是家乡好啊，哪儿也比不了冀中。"

她笑了笑，似乎很高兴。接着就轻声给我介绍情况说：这钱村是个

---

① 程子：方言，指一段时间。

"模范爱护村",但群众条件很好。眼下没什么情况,只附近两个据点的鬼子向西去了,听说在搜查十几里外的几个村子。随后她嘱咐我:现在可以睡了,要好好休息,不要满院子乱串,更不要隔着墙往外瞧。最后,睁大她那细细的眼睛,突然严肃地宣告:"首长,到了这儿,就得听我指挥。听指挥是条纪律,谁都一样!"

我不禁吃了一惊。这么个孩子气的姑娘,竟在眨眼之间教训起人来了。便也睁大眼睛问道:"同志,你负什么责任?"

"我的责任是:保护你的安全,然后送你过路。"

"什么?送我过路?你——?"

她不回答,只把眼睛更紧地盯住我。我一下子惭愧起来。我觉得,也把人家唐突了。

她看出我不好意思,就笑一笑,很随便地往麦根垛上一指说:"首长,你休息吧。闷得慌了,就看看望日莲,让它给你就伴儿。"说着,就转过身去,要走。

"同志,"我急忙叫住她,说了我必须在五号之前赶抵目的地的理由,并请求她尽力办到。她听了,轻松地点个头说:"行啊。还有别的事儿吗?"

"没有了。"

"好,一会儿我叫大娘给你送饭来。"说着,又转过身去。

"那么,你不是大娘的女儿?"我又问。

但她根本不回答,只略略回过身子,两只晶亮的眼睛一闪,给了我个十分调皮的微笑。随即摆起散着的裤腿儿,飘然钻过那棚豆架,回前院去了。

我心中猛然一动:对,我见过这个姑娘!那晶亮的眼睛,那调皮的微笑,都很眼熟。可是,在哪儿见过呢?我连忙打开回忆的窗子,一件一件寻思着:我在这一带打过不少仗,也做过不少群众工作,"百团大战"那时候,一度把这儿的铁路全部拆毁了……可是,我翻遍了所有的记忆,还是捉不到这个调皮微笑的第一次印象。唉,还不到五十岁的年纪,脑子就这

望日莲

么坏了！……

我轻轻地踱回敞棚，坐在麦根上。由于想到今夜送我过路的将是一个年轻姑娘，心中总有些不安。自从冈村宁次[①]施行"火网蛛网的新交通政策"之后，尤其自"五一大扫荡"以来，铁路沿线的封锁很给加紧了，不但铁路两侧挖有深宽各一丈有余的大沟，每隔二三里还修了岗楼。沟与沟、火力与火力之间，都能交叉应援。敌人还常常派出小股武装在夜间巡逻。而尤其严重的是：赵村的卧底特务虽已被甩掉，但我的行踪去向，敌人总是知道了的。这当然会增加路上的危险性。

可是，送我过路的却是个孩子气的姑娘！而今天是八月三号，距我的目的地还有二百几十里，我还能赶上将在六号打响的战斗吗？

是的，我还能赶上吗？……

……不知几时睡去的。当我醒来的时候，天空已变作一片浑黄，那两株向日葵也已经向西天望着了。空气里热烘烘的，很觉发闷。老大娘送来了晚饭，把个仨耳朵的瓷罐放在我的脚前。我坐起来，擦一擦额上的汗，问："大娘，有什么情况吗？"

"没有。西去的鬼子都回了据点，安生着呢。"

"听说抓了什么人没有？"

"没有。"

我放下一层心了：送我的老赵已然回了赵村。

"那我今天晚上能过路吧？"

"过吧。小心点儿，没事儿！"

我呼噜呼噜一阵把半罐子稠饭喝完，天色就发黑了。大娘收拾了碗罐，仍回前院去。我于是紧紧鞋带儿，蹈一蹈腿，打点精神，准备好再奔走一个长途；一面怀着一点儿"豁出去"的心情，预备欢迎我那位还不知姓名

[①] 冈村宁次：当时的日寇华北派遣军司令官。

的护送者。

　　正等着，她来了。在影影绰绰的夜色中，她又使我吃了一惊：她变了，变成另外一个人了。头上罩一块蓝地白花的粗布头巾，用两个斜角把头发兜住往后一拢，紧紧地扎在脑后，那两个斜角便在耳后硬挺挺地横乍着，活像两只犄角。上身仍是那件掩襟大褂，然而腰里束了一条粗大的至少缠了两遭的"裕包"，使得她胸部挺起，连衣服也绷紧起来。下面，宽裤腿已经挽到膝盖，裸露的双腿像两根坚实的圆柱，脚下是一双沿了白边的"紫花"鞋①，鞋带儿打成蝴蝶扣，扎在脚面上。她右肋下插一把盒子枪，左腰间别两颗手榴弹，若不是早上见过，我必会把她认作男游击队员的，而且是怎样一个英俊威武的游击队员啊！

　　她也把我打量着：看了我的衣着，看了我的鞋带儿，看了我小小的手枪，最后——我感到——又看了看我的神色。她那细细的眼睛，即使在黑暗中也闪闪发光。

　　"首长，歇好了没有？"她微笑着问。

　　"歇好了。我走道儿是有锻炼的。"

　　她点点头。"可是，首长，"她语气里忽然加进了安慰成分，"今儿晚上，过路、爬沟、跑步都不算，也许还得打仗，得准备受点儿累呀！"

　　"不要吓唬我！"我开玩笑说，"我是打惯了仗的人，什么都不怕。"

　　"真的！不跟你闹着玩儿。"她严肃地凑前一步，"下午，有俩生人进了村，在各街串游了好半天。傍黑了，才往据点方向去了……"

　　啊！我一下子又想到了卧底特务。

　　"发觉我们了吗？"

　　"那倒没有。可他们既然来了，就可能知道点儿影子。"

　　"嗯……"

　　"……我们本来想留你住两天，可你有急事儿，还是任务要紧，是吗？

---

① "紫花"鞋：一种土黄色的鞋。

那就还是送！可——首长恐怕得辛苦点儿。"

"没关系！"我几乎喊起来，生怕被留住，"什么时候出发？"

她抬头看看天，天上星光点点，浓重的湛蓝又重新统治了一切。而西北上，有一团墨黑的乌云在涌起。但她把手一举，坚定地说："赶早儿，立马行动！"说着，拔起腿来，带我就走。

我们离了后跨院，开了前门，由猪圈后头拐出村子，从两排向日葵中间钻进了青纱帐。

我们在高粱地中间的田埂上往东北走，走出约莫半里远，就看见一座柏树坟。在距柏树坟三十步的地方，姑娘忽儿停住脚，悄声说："首长，你在这儿等等，我去一下就来。"说完，便唰啦唰啦地拨开高粱叶子，钻往柏树坟去了。不一刻，就听见她在与谁说话，而且似乎不止一个人。哈，交通站的工作，处处都带着神秘的色彩。

隔了大约十分钟，姑娘又拨着高粱叶子回来了。"走吧。"她说。

可是，突然稀里哗啦一阵响，又钻过一个人来，一下子就闯到我的跟前。我定睛一瞧，也是一块头巾，一条"褡包"，腰间插着手枪。虽然尖细的嗓子叫了一声"姐"，但她的眼睛却圆睁睁地一味对了我瞧，仿佛我是个什么稀罕之物。

"你要干什么？"细眼的姑娘厉声地问。

"姐，"才来的姑娘嘻嘻一笑，"我想——跟你换换枪，我觉着你那个好使。……"

"死丫头！"这位"姐"忽然动火了，"还不快去！你就没一点儿正经的！"

才来的姑娘又嘻嘻两声，似乎还做了个鬼脸，就稀里哗啦地又钻着跑了。

"回来再说，瞧我饶得了你！"这个"姐"还在追着呵斥她。

"干吗这么骂她，不就是想换换枪吗？"我劝解说。

"听她！什么换枪！她听说你、你是个大首长，特为跑来看你的！——哼，调皮鬼！"

雁翎队的故事 | YANLINGDUI DE GUSHI

"她是你亲妹妹吗?"

"首长,你老是问!我们这儿不许乱问。"

于是,她领着我,顺着一块谷地往正东扎下去,钻出一里多地后,才上了一条野草很深的荒道。沿荒道又走多半里,遇见一长排黑绿森森的蓖麻,贴着蓖麻地蜿蜒曲折地拐了许多弯,陡地一转,横下里又插向了正南。我正自思摸这是为了什么,就见前面巍然耸起一件东西,黑兀兀地遮住了半边天——原来是一座土窑。然而,姑娘又并不直奔土窑,几步之后,又引我顺入一截道沟,轻轻妙妙绕个半圆,向正东折下去,把个土窑闪开了。

我一面步步踩着她的脚印前进,一面惊异着她对这一带地形的精熟;情绪虽不免有些紧张,心情是很兴奋的。我也在敌人的点线之间出没过,但行军方式已进化到如此地离奇变幻,我以前还根本不曾想到呢。

陡地起了一阵风,沙沙的从西北刮来,颇感到一些凉意。我们同时回头望望,不好,黑漫漫一片大疙瘩云滚上来了。遍地的草虫都肃然停止鸣唱,独有蛤蟆时而呱地叫上一声,看样子将有一场雨。我们不由得加快了脚步,能在下雨之前赶过铁路去才好啊。

又拐过几个弯,姑娘就舍弃道路,领着我钻入一大片玉米地来。这时,姑娘的脚下变得轻极了,她不让自己发出一点儿声响,而且支棱起耳朵,四下里谛听着,仿佛是在用耳朵摸着走路。在钻到玉米地东面边沿的时候,她忽儿慢慢伏下身子,静静地蹲在一丛豆棵儿里。我也就跟了蹲下去,同时凝起神来向前察看着。可是,眼前只有一片开阔的红薯地,薯秧在黑暗中发出宁静的紫色。再往前看,黑森森的,大地似乎在逐渐升高。而在右前方——东北方向的高空中,却有一盏灯在亮着,一闪一闪的,像一颗鬼䀹① 眼的星星。此外,便只有一股嗡嗡声,绵长而悠远,显然是风吹得电线响。啊,我们已来到铁路之下了。

"同志,"我小声地叫,想问问她,那鬼䀹眼星星是不是一个岗楼。不

---

① 䀹(shǎn):眨眼。

料，左肋下给她猛地一杵，硬把我堵住了。

我们就这样在豆棵儿里蹲着，一动也不动。

一分钟，两分钟，十分钟……一气就蹲了二十多分钟。

我看看她，她总是那个样子：探着颈子，两眼凝神向前，倘不是还偶尔有时朝南看看，真会叫人疑心她化成一座石像了。

背后已经传来了雷声，风势也渐渐增强，玉米叶子飒飒地拧着麻花飞舞。星光好像受了惊吓，悄悄地隐藏了，夜色愈发浓重起来。我再看看姑娘，啊，她还在那样地蹲着呢！

我硬是猜不透她要干什么！据我在战争中滚出来的经验，在接近敌人封锁线的时候，小心地侦察搜索一下，是必要的。然而，窥伺了这么半天，依然是个毫无异常的宁静，干什么还老是蹲下去呢？——背后的大雨就要追来了啊！

忽然，在远远的北方有一道灯光射来，接着听见一阵隆隆的声音，火车来了。那巨眼似的灯光渐明、渐大，隆隆声也终于变作咔嚓嚓、咔嚓嚓的震响，最后哞地一吼，就从一百多米的眼前横驰过去了。留给天地之间的，又是铁一样闷人的寂静。

这回该走了吧？可是，一分钟，两分钟……又蹲了十五分钟！唉！真是女同志的小心眼儿！五六里地的路程生生耽搁了！……

就在我快要暴躁起来的时候，突然，啪、啪响了两枪，方向就在南边约二里远的铁路西侧。这个姑娘猛一耸身子，整个神情都倾向了枪声。接着，是一片人声呐喊，跟着又是两枪，还轰地响了一颗手榴弹。于是，哗哗哗哗一阵叫，轻机枪也参加了战斗……

我正聚精会神地注意着战场，右臂猛地给抓住了，一回头，只见姑娘直愣愣朝前望着，啊！我立刻吃了一惊，就在大地似乎高起来的地方，十几条人影正自躬身前进，就像才出洞的狐狸，他们狡猾地取着半露半隐的袭击姿态，迅速向南包抄下去。我用牙咬住嘴唇，手心里冒出冷汗来。

一切都明白了：南边的枪声只是姑娘布置的"调虎计"，目的在把敌人的埋伏调开。嘿！一个怎样的计划啊！亏她——

我的手突然又被抓住。南边的枪声还在急响，前面的黑影刚刚消失，姑娘就毅然站起，拉着我，朝前冲击。我们跨过红薯地，爬上一道大堤——就是刚才看着高起来的地方，它原来是封锁沟的外墙。现在，我们脚下，就是那一丈多深的大沟的外沿。

姑娘站在堤顶上，唰啦啦抖开腰间的"褡包"，她自己攥紧一头，另一头递给我，让我脚蹬斜坡，从沟壁上往下滑。她呢，用"褡包"吊住我，李三娘打水，顺顺溜溜地把我缒下了大沟。说时迟，那时快，我还没有站直身子，她已经哧的一声，擦滑梯一样落在了沟底。

又怎么上去呢？姑娘让我背靠大沟的东壁，把十指交叉，放在腹部。她，头一步蹬住我的手，二一步蹬住我的肩，略略一纵身，就翻上沟沿去了。随后放下"褡包"，又一个李三娘打水，把我吊出大沟。

这时，南边那场战斗已经戛然停止。我们急忙踏着乱石，爬上路基，越过了那两条冰冷的铁轨。正当此时，唰的一道立闪，咔嚓嚓一个暴雷当顶劈下来。姑娘赶忙把我扶住，就在噼噼啪啪的大雨点中，我们又疾速抢到了第二道封锁沟。

依然是缒下、滑下、人梯、吊上，我仿佛受着钢铁机械的操纵，准确无误地完成了一切过路程序。眼下，我的脚已踏上冀中边界，千里平原已展开在面前，我只要迈开大步放心走去，分区司令部就要到达了……我不由得紧追几步，直想对姑娘说几句什么……

可惜，我未及开口，南边，猝然间又爆发了一场战斗，砰砰啪啪，枪声一开始就又乱又急，嘶嘶的流弹，不时从我们头上掠过。听方向，战斗是在路东发生，这又是怎么一回事呢？

而更震动我的是我们的姑娘，有一刻，她竟木然呆住了。新的战斗似乎使她受了重重的一击。她就地一缩身，重又蹲在了地下的谷垄中。

凭我多年的军事经验，我断定：发生了严重的事情。如果说，过路以前的一切，都是按计划实现的；那么，新爆发的战斗，必是个意外情况，而战场上出现的任何意外,就对一个熟练的指挥员来说,也是十分棘手的事情。我不能测知姑娘的全部部署,可是我知道,一个重大考验临到她的头上了……

姑娘终于激森地一动,站了起来。她先伸过颈子朝我一望,而后举起小手,轻轻地向前一挥,意思说:来!我注意到:姑娘的意志不仅复活了,而且坚定地控制着我们的行动。于是,我们拔脚往前走,但不是向正东,而是拐了个九十度大弯,抹头朝向正北。就是说,与铁路、与封锁沟平行着,直朝那个一闪一闪的鬼眨眼星星摸了过去。

仿佛枪声招来了同伙,空中闪电一亮,又炸了两个暴雷,瓢泼大雨哗哗地直浇下来。天黑得像扣了一口锅,一切都罩进了黑暗。我们往前摸着、钻着,用耳朵搜索着。前面高空中的鬼眨眼,也就在乱箭似的暴雨中,向我们一步步逼近。

突然,脚下的谷垄消失了,眼前出现了一带光滑松软的土坡。姑娘随即站住了脚。我从雨丝中张眼再看,哪里还有什么鬼眨眼,那不就是一层顶盖底下的灯盏吗?姑娘啊,你这是把我领到哪儿来了?正自惊疑,哗地又一道闪电,腾起一片极亮的白光,在白光中,一座三层大岗楼就在眼前矗立着;它的吊桥也平平地横放在沟上。而我们,只差几步就站到岗楼的外壕上去了。

"谁?"岗楼上大吼了一声。

像是一声口令,我们猛一个退身步,倒卷回谷垄,立即扑卧在地上。

但岗楼上没有响枪,却用一种疑惑的调子继续问:"谁呀?不许开玩笑!……口令!"

"喊什么?——我!"非常奇怪,就在我后边不远,也是在谷地里,呼啦呼啦一阵响,撞过一队人马来,而与岗楼上答话的,正是领头的那个人。

"啊,刘队长回来啦!"岗楼上的声音显然软下来,"怎么样?逮住个子没有?"

"逮住?哼!"谷地里新起来的人气哼哼说,"咱这一段儿上反正是白闹了一身泥,谁知道南边呢……"接着,听见咚咚地踩得吊桥响,这一溜儿约二十个人的队伍,踢踢拖拖进入岗楼去了。

　　我们的姑娘只一挺,就昂然地站了起来。她没有拉我的胳膊,也没有挥手,而是用几乎连岗楼上也听得见的声音说:"走吧!"说着,就甩开大步,坦然地像是接受检阅似的向前走了。她甚至不屑于再钻庄稼地,就从岗楼外壕的土坡上一拐,一下子找到了向东去的大道……

　　这时,南边那场战斗已经停止;雨呢,好像互通声气似的也同时止住了……

　　在我们一口气走出十多里地的时候,天又渐渐打开了。亮晶晶的星星重新在头上闪烁,风儿已经不吹,精力充沛的庄稼,舒展着各自的绿叶,发出沁人心脾的清香。偶尔,草棵儿里有两声蛐蛐叫,叫得很小心,似乎还有点儿战后的余惊,这很容易使人想起"逮蝈蝈"的童年生活来。

　　我轻快地大步走着,心中的感情在不断膨胀……是啊,一夜的经历,证明冀中的斗争确是复杂而残酷。但正唯其复杂残酷,人们才受到了锻炼,千百倍地提高了,以至变得如此坚强!谁说冀中会"变质"呢?冀中有它自己的崇山峻岭啊!……

　　然而,且慢兴奋,这一夜的磨难还没有过去呢。首先是这位姑娘从神情上变得忧郁了,我几次和她说话,她都用一种凄冷的语调回答我,而且十分生硬。起初,我相当惊异,但我也想起了那第二次爆发的战斗,同时联想起在柏树坟下一度出现的"妹妹",我的心也沉重起来。

　　若只是这一点儿情绪上的变化,那是不足道的。就在距我们的目的地只有五里路的地方,在我们两个都快要筋疲力尽的时候,在一座黑沉沉的敌寇据点的旁边,又一道新的考验横在了我们面前:我们的姑娘从一派格外明亮的灯光上,察觉了据点情况的异常。她领我连忙抢上一个沙岗子,登高一望,可不,一长列全副武装的日本鬼子,已经出发了,而方向正是我们要去的交通站——孙村。这时,时间大约在早晨三点钟,是对我们最不利的时刻。

姑娘举起拳头把自己的额角捶了两捶……

她的第一个决定是：拼着我们全副脚力，和敌人来个赛跑，以便超在他们前头，给可能在睡梦中被包围的同志们报个信儿……于是，我们在敌人旁侧的小路上，向前疾跑猛追……

可是，已然太晚了。当前边响起枪来的时候，我们还在孙村的二里之外呢。而根据枪声判断，战斗是在村子中心打响。可能的情形是：我们的同志被袭击，抵抗是在仓促中进行。

姑娘没有因战斗已经打响而迟疑下来，她敏捷地迎着哧哧乱飞的子弹，拨开庄稼，急急前进。忽然，前头出现了树，树下有井，有水车，姑娘略停一停，机警地像是四下嗅了嗅，便转身钻进一块芝麻地去。我弯了腰，紧紧跟上。

又钻了五十步光景，咦，突然有那么眼熟的两株向日葵，亭亭然挺立在芝麻地边上，它们昂着盘子似的花轮，舒着蒲扇似的大叶，那落落大方的风姿，就在枪炮连天的黑夜，也是多么壮丽啊！

猛地，姑娘一把把我拉住，原来脚下有一眼土井，我刚刚没有掉下去。就在我定神的工夫，姑娘俯下身子，对了井口倾听起来。果然，井里有些窣窣的声音。姑娘于是压低嗓子叫："老张。"但声音立刻停止了。她再叫："老张。"

"哎！"井里答应了一声，即刻听到木板响，跟着冒出一颗蒙着白毛巾的头来。"你回来啦？"那颗头惊喜地说，一面朝我张了两眼。

"我刚到。"姑娘急急回答，"站上的人都出来没有？"

"站上的人倒没事儿，武工队叫敌人围住了，刘家大院不通地道，他们正在房上跟敌人'招呼'呢！"老张说着，就从井里一蹿，跳上地来。在他后面，噌噌噌又蹿出三个小伙子，他们有的持枪，有的挎手榴弹，还有的用网兜子提着地雷。姑娘和他们一个个打过招呼，就急切地说："得想法让武工队快冲出去，天要明了！"

"我们就为这个来的。你说话吧，看是怎么行动？"老张挺着宽宽的胸脯子，充满信赖地说。

姑娘用眼把四条汉子扫一扫，突然把手一举，断然说："这样：去四个人，由南口进村，冲着十字街打他个冲锋，冲开个口子，接应武工队突围，行不行？"

"行！"

"那么，小陈！你保护着这位首长下井休息。其余的——跟我来！"

"是！"众人应声说。

"慢着，"我伸手拦住她，"我也去！我一点儿也不累。"为了表示决心，我还郑重其事地亮出了手枪。

"你可去不得。"姑娘说，"这儿你不熟。再说，我们也没有那么傻，敢拿首长去打仗！"

"这有什么关系？我去了有好处，我有作战经验。"

"这我知道，你还能指挥一个团哩！可是，你是客人，枪子儿是不管客人不客人的。"姑娘的语调仍很坚决。

但我不让步："同志啊，客人为什么不能打仗？武工队被包围着，谁都有责任去解救啊！……"我还要往下争辩，可是，我的话被严厉地打断了："同志！你是怎么的？在这儿你得听我指挥！——小陈，带他下井！"

我愕然了，我愣愣地盯着她。好一阵，在小陈上来搀我的胳膊的时候，我才一转身，请求着说："同志，井里不就是地道吗？我自己下去得了，何必又占住小陈呢？"

小陈在一边也说："是啊，把首长扶下去，我也一块儿去得了。"

姑娘什么也没有说，只冷冷地点了个头。

于是，小陈指着井口告诉我：井里贴水皮的地方，横搭着一条木板，从木板往右摸，便是洞口，进洞口不远，靠右手有一间"小屋"，铺着滑秸哩，可以躺下休息。说完，就挟住我的胳膊，扶我下井。我用两臂撑着井沿，先把脚探下去，慢慢往下落。带落的土块，就丁嘣丁嘣地敲得井水乱响。在落到多半人深的地方，果然踩着一条木板。……当我摸着洞口的时候，上面的人便动身走了。

望日莲

在这么空旷的野洼里，在这眼孤井里，就剩我一个人了。瞅脚下，是其深莫测的井水；往上看，是碗口大小的一点儿天空，枪声带着水音从那儿落下来，忽然间变得很遥远了。听着这枪声，想象着那一小支人马行将打起来的战斗，我的心不禁又吊起来，而且总是不甘心地想：唉，究竟有什么理由非把我"禁闭"在这儿不可呢？……这姑娘真是死硬得很啊！……

轰隆！轰隆！传来了两声巨响，像是成排的手榴弹。我猛地往起一站，把头探出井口来倾听。随着又是一排密集的枪声，掀起了一片人数不多然而异常激壮的喊杀声。我的心一阵猛跳，多么动人心魄的搏战之声啊！姑娘的影子突然又在我眼前浮现：她扎着蓝地白花的头巾，摆动着横乍在脑后的两个"犄角"，在黑暗中伏腰前进，摔着手榴弹，喊着"杀！"……

喊杀声猛然扩大了，从村南蔓延到村子中心，组成一片山呼海啸般的大发作。显然，武工队已从内部响应，突围发起了。……啊，喊杀声变成一团烈烘烘的大火球。带着山崩之势从村子往南滚，它渐滚渐远，终于隐隐然在东南方向逝去了。

"漂亮！突围成功了！"我独个儿叫着，不由得四下回头。这时，我又瞧见了那两株向日葵，这朴实、壮丽、一心向往光明的花儿，静静地站在夜空中，多么像守卫着这土井的忠心耿耿的哨兵啊！

天色渐渐变白了。我缩下身子，爬入地道，怀着一腔热烈的感情，摸着了那个铺滑秸的"小屋"，并且舒适地躺了下去……

……我不知躺了多久，好像只有一小会儿，便听见地道深处有人说话，语音在嗡嗡的回响中带着些喜气，仿佛在互相道贺。随后，有灯光一闪，一个人举着个灯盏，躬身向我爬来，是一张年轻的有点儿熟的面孔。

"小陈！"我冒叫了一声。

"有！"小陈用灯盏把我照一照，笑了，"首长，等急了吧？"

"哪里！你们都好吧？伤着人没有？"

"不光没伤着人，还炸死了三个鬼子，得了两件胜利品呢。"

"什么胜利品？"

"两盒罐头,哈哈!"

"啊!你们——那个女同志呢?"

"在办公室,她叫我请你过去。"

"好。"我一跃爬起来,小陈端着灯在前引路,我们就在那个扁圆的立筒中左弯右转,一时过"桥",一时钻"卡",通过了很多支叉和"十字路口",来到一个像是大匣子的地方;急切中只见有一人多高,宽长约莫两方丈,四壁绷着苇席,地下铺着干草,挤坐着七八个人。大半这就是"办公室"了。我急忙拿眼一寻,就见那位姑娘正靠着一个灯凳,把罐头底儿当镜子照着,在拢自己那蓬蓬的短发。她微眯着细眼,一下一下平静地梳着,像是早晨才醒来的样子。那镀得很亮的罐头盒,把灯光反映在她脸上,给她罩了一圈金灿灿的光轮,使我立刻又想起那些向日葵来。

"报告,首长请到!"小陈开玩笑地大声说。

姑娘一抬头,看见了我,马上把腿一跪站起来,竟出人意料地叫了我一声:"大伯!"

"大伯,你歇好了吗?"她羞涩地笑一笑,接着说,"大伯,刚才我说话不好听了,我是个孩子,你不怪罪吧?"

"哪里哪里!你是做得对的。"我不无慌乱地说。

"大伯,这一宿可真够你饿!碰着那么多危险!虽说没有出事儿,到底不是闹着玩儿的。在道儿上那工夫,我这心那个跳哇!都快跳出嗓子眼儿来了!"

"别客气了。"我郑重地说,"这一宿,你使我获得了很多东西,简直是一次学习!你不但使我这个新回冀中的人更坚定了战斗信心,而且——你先别打岔——而且,你的许多做法,对我这个部队指挥员,也给了很多启发,你对敌情的判断和处置,是大胆的,也是绝妙的。……"

"别说了大伯,"姑娘居然撅起嘴来,"我们这点儿办法,全是从部队上学的!你倒还拿它来逗我们!大伯,你是打仗的行家、老前辈,应该对我们多教育,有错儿指给我们改正,怎么倒乱夸起我们来了?"

这叫我还有什么可说呢?我只能承认,进山学习还不到一年的时间,我反而落了后了。

"哎，我还没有告诉你，我妹妹她们回来了。"姑娘兴奋地说。

"在哪儿？"

"那不。"

在角落里，有个更年轻的姑娘忽儿把头扎了下去。她刚才还挺有兴趣地盯住我看呢，现在害羞了。她瘦瘦的，梳两条大辫子，身上的衣服还湿着，正拿了一把盒子枪在擦。

"她们过路以后，又碰上了敌人的第二道卡子。"细眼的姑娘补充说，"幸亏这场大雨，把藏在庄稼棵里的敌人浇得站起来，让她们发觉了，就噼里啪啦地瞎打了一阵子算拉倒。"接着，她转过脸去对瘦瘦的姑娘申斥说，"不是这场雨，你们还不得叫敌人抓两个子去！哼！亏了你整天价'打游击打游击'地瞎吹，在敌人眼皮底下串游，就不知道多长个心眼儿，合着眼珠子才往敌人身上撞哩！——这回该知道听话了吧？死丫头！"

那姑娘服服帖帖地低着头，嘴角上挂着一丝愧悔，一语不吭。

"也多亏她们那阵子瞎打，"细眼姑娘又转向了我，"才提醒咱们提防第二道埋伏，想起从岗楼那儿绕过来。要不然，还许会钻进敌人网兜里去呢！那可就……"说着，她眼睛一闪，扫了那瘦瘦的姑娘一眼，仿佛刚才的话也把自己打中了，脸色腾地绯红起来。一霎间，她偏过头来把眼睛向我一眯，那个很眼熟的十分调皮的微笑，又忽然突现了。

我心中陡地一翻，再也忍不住冲上来的激动，便望着她的眼说："同志，我好像在哪儿见过你！你是？……"

她仰起颈子爽朗地大笑了："大伯，我早就认出你来了。一九四〇年秋天，你们团在铁路上打伏击下来，我们开大会替你们祝捷，我还给你献过花儿呢！"

"是吗？"

"在献花儿的工夫，我不知为什么叫了你一声'大伯'，叫你给笑话了一顿。"

"噢……"我极力回忆着。

"可你不会记得我了，献花儿的有一大群哩。我当时是儿童团的代表，年纪小，人来疯，说话做事的都挺傲气。你一笑话我，就把我臊跑了。跑出老远来，还骂了你一顿'黑老头儿'呢！"她飞舞着眉毛，滔滔地说着，与路上那个铁硬的样儿比较，竟整个儿变作两个人了。

"姑娘，"我也突然改变了称呼，"咱们这次就伴儿，真是个值得纪念的日子。你，能不能把名字告诉我，给我留个纪念呢？"

"我没有名字，首长。"她的声音又变得庄重了，"三个月以前，我们交通站被敌人破坏过，由于保密不严，一下就损失了一串儿。打那以后，我们就都没有名字了。不过——"她低低头，让思想打个回旋，接着说，"大伯，你要一定愿意叫我个名字，那就叫'望日莲'吧。因为我喜欢望日莲。"说了，就笑起来，一面侧过头去，拢住耳后一绺头发，一瓣一瓣地把它们劈开，随后就岔开话题说，"因为看见你很高兴，就有的说说，没的道道，瞎扯了这么一大堆。大伯不见笑吧？好了，外边早大亮了呢，大伯该休息了，睡到天黑，我还要送你到李村。"

说着，她把我引出"办公室"，又摸到一间"小屋"，把那盒罐头塞在我身边，就又钻走了。……

在这以后的战争年月里，我常常看到望日莲——平原上，有很多很多这样的望日莲——每当我看到它们的时候，便想起这一夜的遭遇来，心中便勃然有一种充实和鼓舞之感。这感觉，一直持续着，直到彻底地战胜了日本法西斯！……

一九六三年八月至十月初稿
一九六五年六月修改于保定

导读 Daodu

在冀中平原辽阔的土地上，八路军与日伪军的一场战斗打响了。伪军队长章玉喜是一个工于心计的"心理学家"，八路军大队长诸葛新一边带领队伍血战，一边琢磨章玉喜的想法……谁能在这场较量里胜出呢？

"心理学家"的失算

一

白茫茫的大雾笼罩了整个世界，看不见天，看不见树，看不见十步以外的人影，哨兵白白地瞪大眼睛，看不透这场雾有多深，也猜不透这雾中隐藏着多少神奇和诡秘。

突然，传来一阵枪声，很稠密，夹杂有机枪的连放。可不一会儿，就稀疏下来。穿过雾听，约莫四五里远近。而末后的几枪，显得更近些了。

县大队的全体战士立刻进入工事，做好了战斗准备。

身体粗粗楞楞、脸上轻轻松松的大队长诸葛新出现了。他右手掐在腰上，悠搭着左手，大步来到村子西口的哨位上。他后面是文静而爽朗的政委郭运周，再后是三四个通信员，肩上各自倒挂着一支马枪。

首先要辨一辨情况。大雾茫茫，看不出去。枪声是从东南传来的，接上火的想必是住在保土村的四区小队。保土村正西二里有个伪军据点赵庄。这据点只有一挺机枪，而且是"捷克式"，刚才传来的却是"歪把子"声音。难道四区小队碰上鬼子了？可鬼子打哪儿来呢？是城里来的？

雁翎队的故事 | YANLINGDUI DE GUSHI

按当时冀中的游击环境来说，为避免打无准备、无把握之仗，在情况不明或被动的时刻，总以撤走为宜。但是今天又不同，第一，不知道敌人"扫荡"的范围有多大；第二，也不清楚敌人是瞄准了我们来的，还是无意中撞上了？如果属于前者，闭眼一撤，就会掉进敌人"网"里去。再说，三里一碉，五里一堡，大白天，即使跟敌人兜圈子，也没有一条太平路可走啊。何况四区小队还没有来到，他们肯定要向县大队靠拢的。

大队长诸葛新抬起头来，耸起弯弯向上的眉毛和微微上挑的眼睛，朝天上望了望。在迷迷茫茫中，浮动着一个胖胖的太阳，这说明，雾不太厚，不要多久就会消散。

"等他一下看！"诸葛新把左边的袖子往上卷卷，咬着牙说。可是，等谁呢？等四区小队，还是等敌人？这，郭运周知道。他懂得大队长这双轻松向上的眉眼，也了解这张像从钢模中铸造出来的脸相。他二人已经合作了多年，彼此间太熟悉了。诸葛新这个泥瓦匠出身的大老粗，虽是本地人，却原是主力团中的一位连长。五六年来，他随着一二〇师过来的一位老红军，在战火中日夜爬滚，练就了一身的胆略。他不仅敢于举起铡刀在枪林弹雨中砍退鬼子，而且善于在复杂多变的战场上，跟敌人斗智。红军的传统已化作他的灵魂，就连刚才那句"等他一下看"，也是在模仿老红军的语气啊。一年前，由于发展地方游击队的需要，把他调到故乡来了。他带领自己的战友，在频繁的战斗中，一次又一次地"治"住了敌人，把县大队打造成了一把不卷刃的钢刀。

现在，郭运周见诸葛新已经下定决心，便对通信员说："去，传各中队长来一下。"通信员立即转身去了。

这时，从街里来了一个青年：挺精神的白净脸，穿一套粗布棉裤棉袄，扣着顶酱盔子①似的毡帽头，手里提着一支"三八大盖"，迈着军人步伐，却带着羞涩的笑容。大队长一见他便连忙招呼："冯副排长，来！"冯副排

---

① 盔子：像瓦盆而略深的容器。

"心理学家"的失算

长咔地一个"立正",站在他的面前。

穿着便衣,打这么郑重的"立正",很有点儿滑稽味道。诸葛新想笑又不好意思笑,就随随便便地问他:"怎么样?昨晚行军八十,脚上没有打泡吧?"

"报告队长,没有!"

"战士们呢,也都好吗?"

"好,也都没有打泡!"青年始终保持着笔挺的姿势。

诸葛新忽然举起一个手指,在空中画了个螺旋圈子,绷起那钢铁模坯似的脸型,庄严地说:"你看嘛,我们没有'大炮',叫作很好;日本鬼子要没有大炮,就叫作'大大地不好'了!你才来,得习惯这两种不同的'门风'才行哩!"

这个青年原来还集中注意在听,听到最后,不由得扑哧一声笑了出来,不知不觉改成"稍息"了。诸葛新趁势上去一拍他的肩膀,眼睛扫了扫周围的大雾说:"这村子的地形你看过吧?"

"看过了。"

"打他个防御战,怎么样?"他不等回答又接着说,"来个千儿八百鬼子,够不够他攻一天的?"

这个村子的地形的确很利于防御:东、北两面是连天大水,无路可通;南面,半泥半旱,很难通过;只有西面是一望展平的原野,连棵三尺高的小树全没有。倘从高空看,这个哩哩啦啦的长条村子,很像是缩在汪洋大海里的一条龙。那"龙头",就探出在西边的旱岸上,并且伸出一条"须",那是通往外地的唯一的一条旱道。这一切,活画出文安洼水乡的特色。

冯副排长顺着那条旱道往西看,见大雾变薄一些了,距村子百米左右,有一片坟地,有二三十个坟头,便小心地说:"报告大队长,敌人要进攻,一定会利用这片坟地。"

诸葛新望了望他,说:"对,这块地的地契文书不在咱手里,也不能不叫人家利用啊!……"

185

这时，两个中队的正副队长都来了。诸葛新立即下了命令：准备在村中抗击敌人，全体动员，马上抢修工事，街口插起来，房院全打通，向敌面的墙壁一律掏开枪眼，必要的交通壕尽速挖成。大队长讲完，郭运周又布置了一下政治工作和动员村中群众撤退的事，中队长们跑开散开，战备活动随即展开了。冯副排长也立即回排去。不过，他脸上带着的迷惘神情，是逃不过大队长的眼睛的。

"今天对他是头一场考验。"郭运周望着他的背影，轻声说。

诸葛新笑了笑说："小伙子还不错。得让他挨够一千发炮弹……"

冯副排长叫冯裕初，仅仅七天之前，还是城关岗楼上的一个伪军官。上过五六年学，受过二年军训，由姨父的引荐，一出道就当了伪军小队副，曾一度与伪大队长章玉喜过往甚密。正在他越陷越深的时候，一个很要好的小学老师找到了他，给他讲了很多抗日道理，劝他别干了，逃出去。他想了一想，觉得空手逃出，不如干脆为国立一点儿功更好。于是由这位老师牵线，就在七天前的黑夜中，县大队包围了他驻扎的岗楼，把他和他属下的一小队伪军接了出来。他受"起义"的待遇，连同愿意留下来的士兵，编入了二中队的二排，他当了副排长。

什么样的环境会养成什么样的习惯。猛然来到新环境，免不了出点儿洋相。冯裕初尽管身上换了便衣，头上扣了毡帽，还是不像个八路军。他那套走熟了的思想习惯，也还在使他心中突突发跳：县大队不过两挺机枪，一百五十人，大队长说"千儿八百鬼子……够攻一天"是什么意思呢？防御战到底怎样打法？因为他很清楚地知道：城里的敌人确实有一门三八野炮！

枪响过三四十分钟了，还不见敌人上来。大雾已变成透明的薄纱。村西一里开外，忽然跑过二十几个人来：四区小队赶到了。诸葛新找他们一问，敌人果然是从城里来的，连鬼子带伪军共有三四百名。正说着，野外突然出现了骑兵，三匹、五匹、八匹……一共十六匹。

"有没有发现鬼子那个'看家'的家伙？"诸葛新问区小队长。

"大炮吗？——没有。"

"骑兵为什么不死追你们？"

"怪就怪在这里，活像个跟屁虫，但不想截住我们……"

这时，才见西南方向有一百多鬼子兵，拉大距离，向村子圈过来了。

郭运周看着诸葛新，微微地笑起来。我们没有上当，敌人打算把我们惊跑，然后放出马队来堵截退路，好在一无遮拦的大平原上歼灭我们。可我们偏不动。敌人又迟迟不进攻，想"鼓励"我们在大雾中钻着跑。我们也没跑。现在，大雾消散，四野展开，他们只剩下一条路，非在不利的地形上硬攻不可。

鬼子骑兵远远地散在西、南两面的漫洼里，围成个弧形。等三百伪军把整个南面围好，那一百多鬼子步兵，便拉开阵势，攻了上来。一场激烈的攻防战，就在这水旱相交的"龙头"上展开了。

二

从早晨打到了中午，血战主要在村子西头进行。紧靠旱道的那片坟地，成了敌人的埋葬场。他们先在一阵猛攻中占领了它，而后又三次从这里扑向村庄，但他们怎么也通不过这展平的一百多米。最后，敌人不得不把死尸码成一道矮墙，伏在后头喘息。

大雾早已消净，太阳挂在顶空。披着硝烟和土屑的战士，蹲在掩体① 里面，身上暖融融的。苦战，杀伤了敌人，也争得了时间。敌人筋疲力尽了，战斗呈现胶着状态。但比起早晨的紧张气氛来，战士们倒松快多了。

大队长诸葛新迈着宽大的步子，从严重关头的村西往南查看着。他一面大甩着卷起袖口的左手，一面把眼睛和眉毛向上高高地弯起。战士们最喜欢他这副喜兴神情，但他却一步紧跟一步地下着严厉的命令，命令战士

---

① 掩体：供单个火器射击或技术器材操作的掩蔽工事。

们振作精神，立即在全村筑起三道防线，而且要求把掩体挖深，重要地段的交通壕要加盖，不准有半点儿马虎。这使得干部和战士都睁大了眼睛。

他解释说："敌人刚派了三个骑兵回城，必是去调那门'看家'大炮，人家把吃奶的力气都拿出来了，咱就得全身披挂，打定撩他三个月的决心！"

诸葛新来到二中队二排阵地上，在柴火棚子底下，碰着了政委郭运周，他正跟冯裕初坐在一堆高粱茬子上闲聊。一见到冯裕初，诸葛新就想到了整个南面的战斗：当日本鬼子在西头攻得最凶的时候，南洼里的伪军也闹闹哄哄地打过两个冲锋。可是，始终不曾接近到百米以内。我们稍一还击，他们便溜溜退去。让冯裕初"挨一千发炮弹"的愿望，硬是不得实现。

冯裕初一见大队长来了，急忙一挺身站了起来。诸葛新不等他打出那个"立正"，便赶上去抓住肩膀一按，同他挤坐在一捆高粱茬子上。

"你们在聊什么？"

"聊章玉喜。"郭运周把手朝南一指，"小冯说，这个伪大队长是位'心理学家'，连土肥原大佐也挺佩服他那两手儿呢。"

"噢！章玉喜来了吗？"诸葛新问小冯。

"来了。我看见了他骑的那匹黑马。"冯裕初回答。

"'心理学家'是卖什么果木的？你把他的厉害也给我说一说。"诸葛新这句话，说得又郑重又恳切，使小冯不能完全当笑话看。

冯裕初说："'心理学家'的特点，便是爱琢磨人的心眼儿，专抓人的内心弱点，如果给他抓住或钻了空子，是可能吃大亏的。"

诸葛新颇有兴趣地问小冯："他用什么法子搞这一套呢？"小冯便背诵了一通从章玉喜那儿听来的"秘诀"，什么"僧道清高，不忘利欲，庙廊达士，意在山林"呀；什么"初贵者志极高超，久困者志无远大"呀；什么"满口'好好好'，久居高位，连声'是是是'，出身卑微"呀……而归根结底，最能概括章玉喜心得的是这样一句话："凡能满足人们自尊心的举动，到处都会受欢迎。"

"心理学家"的失算

听到这里,诸葛新噗的一声笑了。他说:"好,我这才明白南洼里这些伪军为什么攻得不上劲儿!他跟咱讲'友好'吗?才不哩!他在给土肥原大佐赠送自尊心。他要攻在鬼子前边,不就惹土肥原的'不欢迎'了?"

几句话把小冯说低了头,也跟着笑起来。

"他对八路军怎么说?对我们的心理有个什么研究?"郭运周也笑呵呵地问。

"没有大听说,"小冯说,"每提起来,他就说八路全喝了共产党的迷魂汤,所以不怕苦,不怕死,不图名,不图利,不管什么艰难困苦,骨头一挺——血硬!简直不知为什么……"

"小冯!"郭运周站起来,感慨而激动地说,"他们这套所谓'心理学',说到底,不过是旧社会流传的'生意经'和'登龙术',是他们溜须拍马、升官发财的信条,一切反动腐朽的阶级,都把它看成法宝。在他们中间拿着耍耍,也许是顶用的;但要拿到我们革命队伍来搞,不管现在或将来,都肯定是行不通的!谁要搞这一套,谁就得准备好垮台和完蛋!章玉喜要拿这一套来揣摸我们的心理,当然不会灵……"

"那可不见得!"诸葛新忽又插了进来,"章玉喜把握我们的心理,有时也很灵。"

这次是连郭运周也瞪大眼睛了。

"你别急,我有证明。"大队长一挥左手,接着说,"春天的东里庄战斗,章玉喜叫咱们追得走投无路,钻了一家老乡的房子,咱们进去三拨战士,搜了个一溜八开,生生没有搜着,到底被他逃回了县城。后来才弄清楚,原来就藏在老乡的板柜里。他吃准了咱们战士遵守纪律是严格的,绝不会在老乡家翻箱倒柜。这个空子一钻就叫他钻着了。你能说对我们研究得不透?"

人们还在笑,远处咕咚一声,响了一下大炮。诸葛新往起一站,说声:"来了!这个土肥原真是一条好汉!"便找个枪眼,向南远远望去。

水乡的初冬,远望起来真是好看。像一片水那么平的地面上,浮起着

189

几个庄子，广阔的天地之间，只倒伏着几棵地梨苗的残茎，纵眼看去，十里以内全都清清楚楚。瞧，东南五里，矗立着两三个圆筒子岗楼的地方，便是伪军据点赵庄。穿过赵庄，有一条东西向的汽车路通往县城。在这条路上，有个尾巴上拖了一股烟的大爬虫，这便是敌人增援来的汽车，拖着一门三八野炮，缓缓地开来了。它之所以"缓缓"，是因为不断遭受游击小组们的袭扰，刚才"咕咚"那一炮，就是向民兵们撒气而兼示威的。

然而，诸葛新的视线却久久地抛开汽车而专注在赵庄据点上。在那里，总有些伪军进进出出，很是忙乱。他们忙些啥？僧道清高，不忘利欲；庙廊达士，意在山林。他们"意在"哪儿呢？

郭运周和冯裕初也凑到枪眼上来了。诸葛新指一指拖炮的汽车问小冯："这个家伙厉害不厉害？"

小冯苦笑了一下，答非所问地说："……我现在才明白为什么叫挖三道工事了，大队长真有韬略，真叫人佩服……"

诸葛新不由得苦起脸来，把眼光盯住小冯，专心地"研究"了一会儿，突然笑着说："土肥原也有他的'心理学'吧？你再说说，好叫我多长点儿见识。"

"听说他信奉赫胥黎，主张'物竞天择，适者生存'。……"

郭运周从旁下注脚："就是说，本质上是个'弱肉强食'论者。"

"你们净诌些文词儿。说白了，他那就叫'棍子主义'。"诸葛新把小冯肩膀一拍，忽地换一种坚决口气，指着越来越近的大炮说："别的先不管！咱们就伴儿，挨他一千发，怎么样？"

"是！誓死抵抗到底！"可是，小冯这句话是真心吗？还是对大队长经常挂在口头上的"大话"听惯了？

"小冯啊，我不跟你开玩笑，咱们就得老老实实地挨，要一直挨到天黑。"诸葛新说话时很少把眼睛睁得这么大。可是他又接着说："天黑以前，可也别叫他跑了。土肥原是个抡棍子的好汉。咱们呢，以抡对抡。不过得先让他拼命抡；到天黑，再看咱们抡，一定要抡得比他更狠，好让他

"心理学家"的失算

对'适者生存'那套道理有一番大彻大悟！"

然而，小冯那白净的脸上仍为一层迷惘所笼罩，只是郑重地说："报告大队长，我绝对服从！"

大队长带着显然不满的语气说："什么'绝对服从'！别听章玉喜那一套。打仗这玩意儿，不光拼勇敢，还要拼思想。思想硬，才能腰不弯，腿不软；思想硬，才能相信自己的刺刀，不怕敌人的大炮；思想硬，才能最后压倒敌人！——你别忙答应'是'，还是先把这个理儿琢磨一下，咂出点儿滋味来那才美呢。——好，你就去做做准备吧。"

小冯果然不再说"是"，打个"立正"，回排去了。

诸葛新望着他的背影，一直望到看不见才回身对郭运周一挥手，坚决地说："咱们也得用用他那个'心理学'，只有拿它打碎敌人的脑袋，小冯的思想习惯才能打碎。"

"是得让他看看事实。"郭运周补充说，"不过，更得让他明白：我们八路军的根本，就是靠马列主义，靠人民群众，我们不是喝迷魂汤，我们喝的是醒魂汤！"

"好，你总是一张嘴就抓住根本。"诸葛新忽地高高地举起了他的大手，郭运周忙一侧身躲开。他知道，诸葛新这只当过泥瓦匠的大手，在兴奋时候的一拍，是很叫人吃不消的。诸葛新却笑哈哈地继续说："咱们这些人，从红军时代起，就是文仗武仗一块儿打，打来打去，又打出'心理学'来了，真也怪有趣的。"

郭运周凝视着诸葛新那粗粗楞楞的全身，心里陡然涌起一股滚热来。他激动地想：诸葛新的脸那么粗硬，子弹打上去，也只能迸一个火花；而他的心思却总是那么细密，凡他经手的事情，没有一样不搞得妥妥帖帖，精致漂亮，以至战士们说："大队长身上的虱子都是双眼皮儿的。"他蓬勃、上进、不知疲倦，乐观而年轻，是个把革命事业心和红军传统凝聚在一身的人。这一切，不禁使郭运周升起一股羡慕之情，感到与这么好的战友一起战斗的幸运。他贪婪地再次把诸葛新看了一眼，忽地发现，自从敌人派

191

了三匹马回城调炮以来,他的心境倒更开阔了,这必是又有什么主意酝酿成熟了吧?

"天黑以后,你的鬼点子要往哪儿使呢?"郭运周笑着问。

"还没有想通透。"诸葛新摇摇头,显然对自己很不满意,"反正敌人把咱包围了一天,晚上咱一撤,他把村子一占,就算他'胜利'了。可章玉喜这个大队呢,趴洼啃泥一整天,吃不得吃,喝不得喝,一旦打完胜仗,总得找个地方,犒劳一下他那些当兵的吧?这个地方,该不该就是赵庄?"

"嗯,趁他开饭的工夫,捅他一家伙!"郭运周的眉眼更其飞舞起来了。

"赵庄是个小据点,一下子拥去二三百人,得把岗楼挤崩了。章玉喜必须把他那大兵的一半摆在街上。可他的'心理学'未必算得到有人要顺着街筒子放枪。"

"可是,土肥原呢?"

"土肥原吗?"诸葛新把大手拄在墙上,从枪眼里往外一望,啊,那辆拖炮的汽车已经穿过赵庄,绕个半圆,开到我们西南角上来了。诸葛新再看看天,太阳已到起晌①以后,正是下午三四点钟光景。

"我最担心土肥原忽然跑掉。要是不跑,攻得不上劲儿,也不利。现在,大炮一上来,可能再撒一撒欢儿。老郭,第一,还没撤完的群众,得动员赶快撤;第二,等大炮耍过了头一阵威风,咱就把第一道防线干脆奉送,你看好不好?"

郭运周想了想:"为了把他粘结实一点儿?"

"是按章玉喜的办法,也送他一回'自尊心'!……"

三

大炮这玩意儿还是相当厉害的。村头向敌面的房屋和垣墙,很有几处

---

① 起晌:指晌午。

"心理学家"的失算

给它轰塌了。三四十鬼子兵，在尸体垒起的矮墙后面冒起头，气汹汹地准备扑向村里来。

在大炮开轰之先，第一线工事里的战士，已有三分之二转入了第二线。所有第三线的战士，都蹲在盖沟、掩体中，按照诸葛新的命令：硬挨。

硬挨，特别对冯裕初说，当然是件咬牙的事情。当敌炮咣地一出口，炮弹带着嘶嘶的啸音凌空而降的时候，尤其那当头当顶的一声猛爆，是真有点儿撕心裂胆的声威的。这时，伏在交通壕拐弯处的冯裕初，那白净的脸就更加苍白了。

就在大炮猛落、烟雾冲腾中，诸葛新却右手掐腰，悠搭着左手，到处转悠。他一面走，一面从墙上向外张望。战场上常会出现一些意外情况。就在他这样望着的工夫，轰的一发炮弹，炸断了一棵大杨树，杨树倒下来又砸塌了矮墙，诸葛新躲避不及，叫乱坯压住了两腿。当战士们从烟尘纷飞中刨出他来的时候，他却挺起大拇指，把敌人炮手大大地夸奖了一番，说："这一炮，不偏不歪，恰恰打在树身上，瞄得实在是准！"说着，就迈开那车轴似的双腿，朝四区小队的阵地转悠过去了。

这件事，在冯裕初心中也引起一次小小的爆炸：若是章玉喜碰上这么一下子，怎么得了啊！如果不曾吓倒，也必然怪成别人的罪过，连近旁的弟兄也会挨一顿臭骂的。可这位大队长，只像走路被坷垃①绊了一下似的，说上句笑话，便完了。武器的威力，竟然震不动他的"心理"。这是怎么回事呢？小冯由此又联想到刚才伪军的两次冲锋。当伪军们呼而喊叫地拥上来的时候，我们的战士却笑哈哈地看热闹儿，硬是不肯打枪。小冯着急地问："为什么不打？"战士们说："等他靠近点儿。"——这，岂不就是"思想硬"吗？有这样的一"硬"，还有什么军队能战胜得了呢？小冯想到这里，心定了，脸也由白转红了，对近旁直落的轰轰大炮，一概听成了隔墙的鼓声。

---

① 坷垃：方言，指土块。

"硬挨"进入黄昏，敌人便抢占了村子西头，接着又向我第二线工事扑来，真有点儿在天黑之前拿下全村的气概。然而，第二线工事是重修加固了的，凡是便于敌人进攻的地方，早都做了戒备。此时光线渐暗，视界不清，敌我双方便犬牙交错地在村里混战。这一来，那门三八野炮有劲儿无处使，只得消消停停地闲起来。偶尔打两炮，也只算是从"心理学"出发的威胁手段罢了。

天，终于完全黑了。群众正乘着小船，顺水撤向了大清河。南洼的伪军虽然逼近了村子，却在尽量往一块儿集中。天黑了，他们心中发虚，"心理学"牢牢地掌握着他们的大方向，所以比白天更显得"友好"。

是时候了！晚上八点钟，一中队两个班突然发起一个反冲锋，把逼近第二道工事的鬼子赶了回去。而后，整个部队向南突围了。伪军大队已收缩成一堆一堆。部队就在这堆与堆的空隙中，一个秘密接敌，紧接一个猛冲，用猛烈突然的打击，杀开一条通路，便踏着薄薄的泥浆和水浆，透出了包围圈。

但是，刚才还在坚守的村子，很快起了三处大火，一些房屋清清楚楚在燃烧。有什么办法呢？敌人是一定要放火的。土肥原就是借这火光宣布：村子已经占领，战斗大获全胜了。

仇恨也在燃烧，突围的部队刚出去二里地，诸葛新就突然命令：停止前进。

所有战士共同望着这一场大火。诸葛新粗硬的脸上反射着金属似的闪光，两眼也燃烧起火苗。老实说，直到现在，诸葛新还是把主要注意力花在章玉喜身上，他觉得，抓住他，狠狠整一下，是应该做得到的。而眼前这场大火，强烈地激起他新的仇恨。只是对手土肥原的力量太强了，一个县大队很难把他啃动。不但啃不动，还得处处小心戒备着他的锋芒。这怎能不使诸葛新眼中生火肚里咬牙啊？！

他望着，忽地蹲下了身子，他在火光中瞧见：伪军们已拉成一字长蛇，陆陆续续向西南奔去了。他立地派两个侦察员逼近去看。不大工夫，回来报告说：伪军大队已撤往赵庄。不过，路上很小心，队列两边撒出了警戒小组。

"好！放伪军到赵庄街里去！"郭运周还记得诸葛新白天那套话，希望着章玉喜尽快到赵庄去"犒劳"他的大兵。

诸葛新却担心敌人跑掉，立即命令部队贴在敌人侧面，绝对肃静地朝赵庄前进。到赵庄东南，距村子还差一里地时，连战士们也看见：伪军大队已经进街，他们又喊又叫，发出一片乱哄哄的像是凯旋欢呼的喧闹声。

二中队二排的干部立即被叫了来，诸葛新命令排长——一个与冯裕初恰成对照的黑大个子——带两个班，从赵庄西口插进去，给敌人屁股一顿猛揍；命冯裕初带另一个班，从一条胡同北口，向南楔入，与排长的两个班形成一对铁钳，给挤在街心的敌人以大量杀伤和歼灭。其余的部队，都将摆在汽车路上，准备顶住赶来增援的鬼子兵。

"小冯！"交代清任务之后，排长们刚要走，诸葛新忽又叫住了冯裕初，问："你说，章玉喜的'心理学'现在计算些什么？"

"他吗？"小冯转了一下眼睛，"一定正为给土肥原摆一桌庆功酒操心。"

"嗯……"诸葛新还在听，却猛然打了个愣怔：是的，在正北方向，两柱显得很耀眼的灯光，一闪一跃地横空扫来，恰像一只在奔腾中扑来的巨兽。——这不是拖载三八野炮的那辆汽车吗？它干什么来了？是来破坏我们袭击的吗？可是，它的奔跑速度太快了，即使鬼子步兵拼命追赶，也不可能和它保持战斗的联系！

"好，真是一条好汉！"诸葛新把左手袖子一挽，几乎叫了起来。很明白：这辆汽车是脱离步兵单独凯旋的。它竟然没有想到我们就在身边。战场上的千变万化，会提供多么奇妙的战机啊！

但是，能够打上它吗？部队现距赵庄西北的汽车路，至少一里半地，而汽车距赵庄只有二里上下了，错一错眼睛，转一下念头，它就会钻入赵庄去的。诸葛新向二中队二排一挥手,让他们快去完成自己的任务。然后带上其余部队,拔腿就跑。一边跑,一边把两挺机枪调在最前。郭运周传出飞行口号:"拿出火一样的劲头,截住放火的鬼子!"

这是一场两条腿和四个轮子的大比赛,是真正的争分夺秒!哪怕只差二十公尺[①]——几秒钟的路程,汽车就将一闪而过,全部打算就将一齐落空!然而,我们的战士,有仇恨满腔的怒火,有誓歼强敌的决心。风声在耳边响,泥水在脚下飞,龙腾虎跃,像强弓中射出的火箭在飞奔。而在这景象的最尖端,骏马般飞腾着的,就是大队长诸葛新!他此时此刻最确切地知道:战机,不仅靠计算,也靠捕捉!

诸葛新刚刚踏上汽车路的沟沿,那忽闪闪直刺两眼的大灯,便真个慌着去赴酒席似的,懵懵然直要撞到我战士身上来了。

诸葛新把手一挥:"机枪——打!"

机枪手哪还来得及趴下?在手里端着就开了火。很像突然爆发的纵情大笑,嘎嘎嘎嘎一阵响,汽车便来了个急转弯,连车带炮侧翻在道沟里去。再加一顿"乱鸦投林"式手榴弹,轰的一声,火团从车头上蹿出来。火光中,清清楚楚看见十多个鬼子在炮下乱爬。在如此接近的夜战中,这伙长于放大炮的"英雄",可怜一筹莫展。又是一顿机枪、排枪、手榴弹;火舌、火花、火焰,交叉迸射在灿烂的夜空。刚才还在村中逞凶肆虐的这帮坏蛋,大部分身也来不及翻,便一动不动了。跑在队列最后的战士,甚至没有捞着打上一枪。

熊熊的大火在汽车上燃烧着,火光映红了战士们的脸。底座朝天的大炮,正被战士们在它弹膛里填充集束手榴弹。只在此时,诸葛新才注意到:赵庄村里的战斗也在激烈进行,枪声像海啸般地传来,但谁也不晓得那是几时打响了的。

当战士们把大炮搞得稀烂,并把炮栓扔到井里去的时候,赵庄街里的

---

① 公尺:公制长度单位,米的旧称。

"心理学家"的失算

枪声也就戛然停止了。诸葛新估计鬼子步兵即将赶到。于是用欣赏的眼光,再次看了看汽车残骸上烘烘腾腾的大火,就发出命令:撤走。

部队按照预定的路线,向西北方向撤退。这时,天上挂出一弯月牙儿来,两个尖角很俏皮地向上翘着,像是一张嘻嘻发笑的嘴。诸葛新忽而带着一种微妙的心情,惦记起那个白净脸而学生气的副排长来:"章玉喜给土肥原预备了一桌酒席,小冯能给他添点儿醋儿酱儿的吗?……"

恰在此时,二排的战士们小跑步赶上来了。领头的正是大个子排长。他一见大队长便兴冲冲地报告说:"冯副排长作战很勇敢。我那两个班刚把敌人打乱,他那个班就一路猛冲,堵住了据点的大门,把一百多个敌人杀了个五零二落,死尸垛满了半道街,连章玉喜也几乎抓了活的!……"他的报告还没完,就见一个青年一钻一钻地赶上前来,身上垛垛着三支大枪,连脑袋上的毡帽头都碰歪了。

"冯裕初!"诸葛新叫了一声。

"有!"小冯一个"立正"站在月光下。那歪戴着的毡帽头,不仅使他脱尽拘泥,而且猛然英武起来了。

"你怎么一下就冲到据点大门去了,太冒险了吧?"

"这有什么呀?老同志一带头,我就跟着往上卷呗。伪军的草鸡底儿我最清楚,兵败如山倒,绝想不到会杀回马枪!……"小冯的声音是从来没有的爽朗。

"行!"诸葛新高高地举起大手,一掌下去把小冯拍了个趔趄,"我看你倒更像个'心理学家',而且运用得挺不错嘛!……"

一九七七年五月二十八日于保定

导读 Daodu

一场残酷的"扫荡"过后,村里遭受了重大打击,村民库来叔在自家发现了通缉八路军大队长诸葛新的告示,诸葛新却满不在乎,还借了库来叔的棉袍说要进城赶集。库来叔放心不下,也来到了集上,却因此看了一出好戏……

二龙堂看"戏"

半街断垣残壁,一天烟雾腥风,枣树上残留着紫色的血斑,几户人家传出低咽的哭声……张家町刚刚经历又一次日寇"扫荡",人们在愤怒的沉默中进入了黄昏。

五十岁的库来叔好不容易把晚饭做熟时,已是深夜了。他刚刚转遍全村,帮邻居扑灭了火,劝慰了遭难的乡亲。现在,点燃豆油灯,盛碗热粥,想着妻子儿女去亲戚家避难未回,打叠起苦中作乐的心情,要填一下自己的肚子了。

不意脚下哗啦一响,踢着一团纸,库来叔这才记起是"宋部队"贴在门口的那张告示。敌人一走,只顾抓下来揉在灶火膛前,却忘记把它烧了。

库来叔坐在一个小机墩上,把那团纸横里竖里扒拉了两下,用脚丫子踩住两角,喝着粥,一个字一个字地看起来。

"查,八路匪首诸葛新……"底下,是一串"罪状",什么"袭击皇军"呀,"妄行赤化"呀,"扰乱治安"呀……都是库来叔听惯了的,反正人不到脑子去,就呼噜呼噜喝着粥,也呼噜呼噜往下看。可他突然睁大眼睛,瞪住了底下的两行字：

"……若将其押解前来，或将其首级来献者，本部将奖赏十万万元或委以警备大队长一级职位。……"

"妈的！十万万！这是好几顷地啊！"库来叔的粥喝不香了。诸葛新，这是本县县大队长，曾指挥十六把斧子，大清早投身虎穴，拿下了江家庄据点，使一小队鬼子的脑袋在睡梦中开花；周各庄反包围，敌人还以为能把他生擒活捉呢，不料一个翻臂锤，连"看家武器"三八野炮都给他砸了个稀烂。就在这张家町，两个月前的一场伏击，活捉了"宋部队"头子宋保亭，是诸葛新亲自把他"训"了一顿，然后"放生"的。……就为这些，敌人把他恨透了！十万万买他的脑袋，毒啊！

啪！一粒土坷垃落在告示上。库来叔以为屋顶上有老鼠，抬头上看，静静的一片漆黑，哪有老鼠？砰，后脑上又着了一颗，库来叔转头向外，见风门上正有一颗人头堵着风眼，一排白牙在那儿闪闪发光。

"谁？"

"我。"

随着一阵风进来的，正是大队长诸葛新。

"哎呀！你……"库来叔把粥碗往告示上一蹾，赶忙站起来，"你又来了？你的脑袋是十万万呀！"

诸葛新呵着冻手，笑了一下："十万万算什么好行市？莫非你想发这个财？"说着，搬过一块坯头子，坐在灯影里。库来叔没有心绪开玩笑，只把他狠盯了两眼。见他仍是那一身小打扮：青袄、青裤、毡帽、骆驼鞍布鞋，腰里一条"褡包"，简直就是个老农。只有右肩上斜挎着把盒子枪，才说明他是个武装人员。

"瞧瞧吧，这儿有你的像哩！"库来叔把粥碗端起来，点着告示念道，"……中等身材，体格粗壮，光头方脸，弯眼弯眉，着便衣，操本地口音……"库来叔念一句,就望着大队长对照一句。最后说:"还真差不多。写这一段儿的人,说不定就是宋保亭,别人写不了这么真切。老诸,你真得小心点儿。"

诸葛新淡淡一笑:"写这个就为吓唬人,咱县的人谁不知道我这副长相,可硬是擒不了去,说明他们只是一群废物!"

"这回是'画影图形',十万万!"库来叔叫起来了,"曹操那么大神通,逃到中牟县就遭了罗网!你别老耍'二虎',诸葛新不是诸葛亮!"

诸葛新没有言声,把一个手指伸进毡帽去,挠了挠右边的鬓角。

库来叔一下子觉得失言了。大队长不是自己的孩子,怎么可以说"训"就"训"呢?还抬出古人来瞎比方,咳,老是爱谝自己看戏多啊。便赶忙拉着柔声重新搭讪,问起诸葛新的队伍,这才知道县大队已经又住在了隔壁。

诸葛新只是浑然不觉,慢言斯语地又同他拉起敌人的"扫荡",问伤了多少人、丢了多少粮,渐渐谈到敌人来了多少、取什么阵势、新增的"治安军"①的装备等,末后就仔细地问起"宋部队"来。两个人一问一答,娓娓而谈,谁也不觉得过了深更半夜。

"宋部队"就是二龙堂的伪军,总共三四十人。队长宋保亭是个色厉内荏、凶狠残暴的家伙,几次与县大队交手,先是惨败,随后被擒,他仇气咽不下,就刻毒地等待时机。两天前,鬼子猛然调来几千兵力,进行突袭式"扫荡"。参与"扫荡"的,有新从天津调来的几营"治安军"。"宋部队"若与"治安军"比,是杂牌同"正规军头"的关系。宋保亭为仰仗这点儿势力,每一见着"治安军"就卑躬屈膝,自居下流,露出一副浑身软骨的"三孙子"贱相。然而,越怯懦的越残忍,今晨"宋部队"一进村,便借着"治安军"的声势,趁风扬土:先把悬赏告示贴个满街,随后将一对青年绑在枣树上,一顿乱枪,打成了透眼蜂窝,还名之曰"打

---

① 治安军:抗日战争时期华北地区的伪军。

二龙堂看"戏"

肉靶"。……

说到这儿,库来叔念了一段顺口溜:"二龙堂,一只狼,身上披着皮两张:见了绵羊是猛虎,见了猛虎是绵羊。见了'治安军'是三孙子,糟害老乡最在行!要是见了县大队呢?——就要见阎王!"

诸葛新扑哧一声笑了。他发觉这个歌的最末两句是临时加上去的,这是一点儿小狡猾,它是转着弯地要求为那一对青年男女报仇的。

这时,大队侦察员陆德善进来了,对着诸葛新的耳朵,说了几句悄悄话。库来叔只听得半句是:"又来了一营……"说罢,两人对一对眼光,老陆就退去了。

"大叔,"诸葛新忽然郑重地叫了一声,"你不是有件半新的棉袍吗?"

"你记性不错,"库来叔觉得意外,"你提它干什么?"

"想借着穿一天。"

"谁穿?"

"我。"

"干什么去?"

"赶个集。"

库来叔掐指一算,可不,明儿初八,正是二龙堂大集。他沉默好久,才长出一口气,缓缓说:"我一个老百姓,没有资格管你们的军机大事。你要赶集,为什么?我也不敢问。棉袍呢,我借;可我有句话,求你走走心经:二龙堂是'宋部队'的窝子,集上人多眼杂,别把那'十万万'不当回子事,那不是个小数!"库来叔把话打住,盯着诸葛新的眼睛。

诸葛新也沉默了一阵,但他始终笑悠悠的。最后站起身来,说:"这都是戏。十万万,是戏;赶集,也是戏。你有一份好心,还有成千上万的人有跟你一样的好心。戏台上不是常说吗,'得人心者得天下'!我有广大好心保护,怕什么呢?"他拿了棉袍,朝库来叔举一举手,就走出去了。

几乎一夜不曾合眼的库来叔,起个大早,头上蒙块新毛巾,动身了。

201

他压不住自己的担心和好奇，决定也去二龙堂赶集。

启明星像是太阳的尖兵，在大光明到来之前，抢先跑上东天的蓝空，闪闪发光。库来叔就在它的下面，一路走，一路自问："诸葛新把值十万万的脑袋掖在腰里，究竟要唱什么戏？"

"得人心者得天下。"不错，这是戏台上反复说的，可是，这句话降伏得了那十万万吗？还有"好心"，好心见了十万万，会不会变成坏心？

启明星更升高了，东天泛起鱼肚白，太阳快要出来了。

"没有诸葛新，县大队怎么办？没有八路军，老百姓怎么办？人，得有主心骨，不能叫绑在树上'打肉靶'。……"

天大亮的时候，库来叔进了二龙堂。

二龙堂是个长条镇子，只一道南北大街。南口，是通向县城的大路；北口，顶着蓝色的大清河。据点就设在傍河路东的一家四合院里，四层高一座岗楼立在院心，俯视着河上的浮桥和南北大道。"宋部队"就窝盘在里面。

现在，冬日初升，大街上吆吆喝喝，人来人往，各行小贩摆开摊子，集市正渐渐热闹起来。

库来叔从南头往北头遛，第一个刺入眼的，是到处都贴着那张告示："十万万"，"十万万"……一直到北头，到了据点门口。而据点门口戳着"宋部队"的双岗，两把刺刀闪着寒光。就在这寒光照射下的墙垛子上，又是一张告示，密密麻麻的黑字，大远就能看见："……中等身材，体格粗壮……"活像一幅招徕看客的海报。

库来叔转个身，急忙再往南遛，心里更加七上八下了。可是，他又想：诸葛新也许不来了吧？集上还不见他的影儿哩。戏台上"声东击西"的事也是常有的。

"红瓤儿山药！"路东五道庙前，敞着一口大锅，鲜红的热气腾腾的山药，发着油汪汪的亮光。库来叔不由得停住了脚步，他有些饿了。

"来一斤啵！"卖山药的是个圆滚滚的矮胖青年，长着一对细眼，随和而热诚地兜揽他。库来叔望望日头，时间像慢吞吞的牛车，不慌不忙地往前走。"咳，不说是戏吗？就在这儿等着看戏吧。"库来叔称一斤热山药，蹲在五道庙前，有滋有味地吃起来。

说着戏，戏就到。在熙来攘往的人群中，吱吱扭扭一阵响，一辆独轮鬼头车从南撞过来，上面推着一对本地叫作"夹老包"的长条席篓，密密地苫着一层谷秸。一看驾车的，库来叔马上一怔：那不是县大队机枪手鲁青松吗？再看拉套的，却是通信员金三儿。金三儿眼活，见库来叔死盯着呆看，便诡秘地把眼珠儿一逗，脑袋一扎，一直把小车向北拉去了。往后再看，隔五七步，逛逛悠悠又来了侦察员陆德善，手里轻轻悠打着一个面袋。他旁边，是战士大韩，胳肢窝下卷着个麻包，这里那里地要找生山药买。——一转眼之间，都赶往北头去了。

"是，都是乔装改扮的套数儿。……"库来叔心里听见开台锣鼓在响。

"又来了……"卖山药的矮胖青年悄悄嘀咕了一声。可不，从南又来了三四个人，有的提篮，有的背筐，腰里鼓绷绷的，神气里含着一把劲儿，分明是县大队的战士。库来叔忙转眼瞅那矮胖青年，却见他把细眼那么一挤，眯嘻地一笑。库来叔又一怔：敢情他也看出来了！这还了得！"十万万"猛地打耳边又响起来。

"大叔！"忽然有人叫了一声。

库来叔一扭身，咦，诸葛新就在面前。棉袍已套在他身上，前襟撩起，斜三角往左腰上一掖，利落熨帖，看去十分可体。肩上搭一个"钱溜儿"，头上扣顶细毡帽头，气派是乡镇中一个广货庄的土掌柜。

"你……真来了！"库来叔像碰见强烈阳光似的，直劲儿眨巴眼睛。一面身不由己地跨前一步，打算把矮胖青年影住。可是，来不及了，大队长已经向这个圆滚滚的家伙笑着点了点头。

"大叔，兵荒马乱的，你赶的哪一家子集呀？大婶儿知道，又该心疼了。"诸葛新用玩笑口吻，说着劝驾的暗话，声音舒朗，神气松活，看不出担着一丁点儿的心事。这一点，简直使库来叔有点儿生气了。

"我不是赶集,是来看戏!"库来叔声气挺粗地说。

"什么戏?"矮胖青年诧异起来了。

"昨儿听说有《三岔口》,"诸葛新赶紧插上去,"刚才一打听,人们还不知道是不是来了戏班呢。瞧,万事都不能听见风就是雨。"诸葛新说完紧盯着库来叔。

"黄了《三岔口》倒不要紧,我就腻歪《捉放曹》。老诸,能把买卖撂给旁人,咱还是就伴儿回家算了?我心里堵得慌。……"

诸葛新吸了一口气,转眼向南北一扫,便绕过山药锅,走近五道庙的墙根去。等库来叔刚一凑近,他就单刀直入地悄声说:"大叔,你可别绊我的腿!"

"我只是叫你知道这有一份'人心'。"库来叔神气坚定地指着自己的心口。这使诸葛新一下子想到了昨天的谈话,仿佛一场争论还没有结束。于是他忙抢过话茬儿说:"'得人心者得天下'是句老词儿,虽然也挺有用,还是不如另一句更准更好,就是以前给你提过的:群众路线。——还记得吗?"

"群众路线?"库来叔的确记得诸葛新讲过一个故事。说是"五一大扫荡"中间,我分区主力在万分残酷中向外线转移,有个老班长因担任掩护掉队了。那时部队的行军,既不可能事前公布计划,也没有固定的路线,只能随敌情的变化而变化,一路上尽量隐蔽,力求不留痕迹。这样,在遍地是敌人的围堵"清剿"中,穿插迂回,盘旋曲折地前进,十天中奔走一千多里,远远脱离了原地。当时,谁都以为这个掉队的老班长不可能归队了。但是,三天之后,老班长竟然安全归来,没有一毫损伤。战友们大为惊讶,问他是沿着一条什么路线找到部队的。老班长只回答了四个字:"群众路线。"

故事是动人的,可它与目前有什么相干呢?"群众路线不也要群众的拥护吗?"库来叔直眼向着诸葛新。

"拥护不等于是保护,"诸葛新说,"还需要动员、组织、参加!你应该

二龙堂看"戏"

鼓我的气,助我的劲儿,帮我翻山过海!不能往保险柜里塞我!"

"可你说过这是戏……"

"戏和戏不同,有'二虎'的戏,有诸葛亮的戏,也有八路军共产党的戏,看新戏得用新眼光!"

"嗯……"库来叔沉吟起来了。

"山药!新揭锅的!"这突然的一声尖叫,几乎把诸葛新吓了一跳。只见南街筒子呼隆隆一阵响,赶集的人往两旁一闪,让出一条胡同来。从"胡同"中间,一支军队气汹汹地开来了:瓦灰军服,三八大盖,排作双行,响堂堂地齐步前进。诸葛新把身子后退一步,靠在五道庙墙上,右手若无其事地探进"钱溜儿"里去了。库来叔满心防的是"宋部队",这又来了"治安军",心下更急。偷眼看着诸葛新,却见他从容镇定,暗含喜气,直然是一副"正在城头观山景"的神气。

然而库来叔仍觉不合"格局",广货庄掌柜哪有贴墙一靠的道理?这不"失身份"吗?也算戏迷性子引起的飞智,他忙将头上的新毛巾抓下来,几块热山药一托,捧到大队长面前:"东家,趁热儿先垫补一点儿。"

诸葛新不禁噗地笑了。这点儿机警尽管多余,却令人感动。只好拿出掌柜的姿态,捏起一根山药慢慢填进嘴里,一面觉得这配合作戏的好笑。

"治安军"是急着去大清河北"扫荡"的,他们并不停留,汹汹然穿过大街,踏上浮桥,过河去了。从五道庙看得清楚,据点门口,有几个人不断端茶递烟,打躬让坐,恭敬地招待着过路"战友"。其中尖嘴猴腮、胁肩诌笑的一个,连库来叔都看出了是宋保亭。

不一会儿,一个营的"治安军"呼隆隆过完了。集上的人刚要松口气,呼啦一下,又往两旁一闪,矮胖青年低低向诸葛新说:"又是一股……"

果然,又一股"治安军"打南开来,仍是瓦灰军装,三八大盖,排成双行,跨着整齐的大步,堂堂地走来。而人数只有十二名,让行家看,显然是尾随前一营的后卫班。

正在大家愣着神等这个班过去的工夫,库来叔失神地"啊"了一声,指着"治安军"排头说:"怎么,他……"

诸葛新忙把他的胳膊往下一压,眼珠儿一晃,说:"他是治安军,别乱指手画脚。"说完,把棉袍后襟一撩,卷在手里,傍着那班"治安军",直向据点大门奔去了。

库来叔心里扑通一声,猛觉浑身发紧,看来马上就会有子弹横空飞过。起初,他掩进五道庙去。可是,好奇心又引逗他不甘隐藏,就借了墙角挡着身子,探头向北观望。

十二名"治安军"在诸葛新眼神引领下,旋风一般卷到了据点大门。宋保亭刚刚弯下腰去道声"辛苦",排头便劈头吼一声道:"我们的人都过去没有?"

"过去了。诸位请……"宋保亭赔笑说。

"里头有打尖的吧!"排头指着据点院里,果决地说,"我们前去看看!"

"打尖的倒没有,不过……"宋保亭话还没落地,十二名"治安军"已擦着门岗的肩膀撞进了大门。这种过分的凶横,使宋保亭也黯然发愣。神还未定,不期又走近三个人来,打头的穿件棉袍,扛个"钱溜儿",活像平地冒出来的财神。

"干什么的?"两个门岗挺起刺刀,迎面挡住。

"找宋队长!""财神"说。

"找我什么事?"宋保亭立刻意气洋洋地凶上来了。

诸葛新抬起左手,把毡帽往上一推,一字一板地说:"我要领那十万万块钱!"

"啊!"宋保亭只短短叫了一声,既没有人命令,也没有枪对着他,便一下子举起了双手。他看清了当面站着的是谁。

手疾眼快的陆德善和大韩,早已亮出短枪,解决了门岗和其余的人。

啪!啪啪!院子里突然响了枪。诸葛新抬头急望中心大岗楼,就见一条绑在枪口上的毛巾,正从最高一层的枪眼里伸出来,冲着大门晃动。宋保亭也看到了这条毛巾,他的脑袋像个撒了气的皮球那样,一下子耷拉下来。

"去!叫那些放枪的浑蛋投降!"陆德善用枪戳着宋保亭的脊背说。

"是。"宋保亭顺从地向院里走去,他浑身的贱骨还要支持他最后一次的"勇敢"行动,硬是冒着子弹去喊他的部下缴枪。

当枪声响起的时候,站在据点对过茶棚底下的鲁青松,从"夹老包"里扯出机枪,架在了浮桥桥头。通信员金三儿从另一"夹老包"里抽出斧子,将牵着浮桥木船的缆绳,一斧一根,尽行砍断。木船失去维系,顺水一冲,便在河面上剪子股似的一蜷,折为两段。那些提篮背筐的战士,早已占领堤坡,控制了渡口。在那一营"治安军"见事不妙急想回援的时候,大清河已然翻脸无情,不认得他们了。

总共二十分钟光景,据点里的库存弹药都已搬取出来。院中心大岗楼也就冒起黑烟,浓浓得像一条冲天发辫,使三十里以外的人都能看见。

在部队押着俘虏走过五道庙的时候,一只手猛然把诸葛新揪住了,原来库来叔还在这里。他手舞足蹈,眉开眼笑,一边随着大队长往前走,一边说:"老诸,我编了四句戏词儿,你听听:八路的胆子大如天,踢翻虎穴下龙潭。没人理睬十万万,老诸的脑袋真值钱!"

诸葛新眯细了眼睛,略一思索,说:"我也有四句,你也听听:群众力量大如山,群众路线胜过天。军民合作黄金贵,赛过敌寇万万钱!"

库来叔听了,思摸了一阵,说:"对,是这么个理儿。这出戏使我又长了见识!"

一九七七年十月于保定

导读 Daodu

抗日战争时期的两场战斗中，八路军和伪军各抓了对方两名俘虏，伪军中队长巴大权子提出交换，双方约定了谈判地点。"我"带着通信员薛玉一同前往。在路上，"我"告诉他，我们这次的任务是用一个伪军换回我们的两名同志。

双玉潭

一

我必须马上起身，跟敌人做一次危险的谈判。

挑谁跟我去呢？总要尽可能保住安全呀！

三天中打了两仗：一场败仗，指导员和通信员小何给巴大权子俘去了；一场胜仗，我们捉了冯福庆和余副官。于是造成一种形势：巴大权子托伪大乡长捎出信儿来，要求"走马换将"。谈判地点，他建议在铜关镇。离据点远了，他不干。

巴大权子我早认识，是三年前从我们连叛变过去的。这小子有个"言无二价"的劲儿，投敌前，由于乱搞女人，开过他两次斗争会。他就说："要再斗我，就开他妈小差！"果然，第三次斗他，他就扔下枪，当夜跑回了家。过了几天，连里派人把他抓回来。路上他说，要再开斗争会，他不开小差了，要投敌。可是不到一个月，又发觉他第四次搞女人。这一回，没等斗争会开成，他就跑到铜关镇，当了伪军。

一定是八路军限制了他干坏事的才能，这小子当伪军三年，连升三级，

双玉潭

现在已经是中队长,带着百十人,把铜关据点筑得牢牢的,日夜盘算怎样把八路咬一口;可又小心谨防,以免落进八路的网陷中。

既然面临的对手是这样个流氓,我希望一出马就能镇住他。因此本想挑选大章。大章是通信班的排头,长得五大三粗,黑憨猛愣,往地上一戳,就有个人高马大、虎势逼人的印象。可是——门一闪,薛玉进来了。

"副连长,你挑好了跟着的人吗?"

"还在掂量。你看谁好呢?"我瞅着通信班这个排尾,瞅着他"黑虎"着的两只眯眯小眼,脑子仍在想大章。

"你看我行不行?"

"你?"

"因为,"他顿了一下,接着说,"因为我跟何玉有言在先……"

"什么有言在先?"

"指导员知道——指导员要在,一定批准我去!"

对,想起来了:指导员同我交换情况的时候说过,薛玉跟小何有"私人感情",不但平日就很亲密,据说还有深一层关系。当初小何参军的工夫,他奶奶死活不同意,拽着他的手狠命往回拉,拉了几拉没拉动,一失手栽翻在地,昏厥过去,是薛玉帮她舒胸撅腿救活过来的。然而,老奶奶仍不吐口,是薛玉拍着心口下保证,说:"老奶奶,你把何玉靠给我,有我就有你孙子!"才说服了老人,把小何挽留下来。日子不久,在一场差点儿叫敌人消灭的战斗以后,他二人又相对发誓:"在干正事的时候,危险当头,要互相扶助,以命换命!"

不过,我们当干部的对"私人感情"都存几分警惕:不对党发誓,私人间发誓,这是为什么?当然他们有个前提"在干正事的时候",划定了范围,又似乎不应多心。

"巴大权子又油滑,又霸气,手里很黑,这可不是赶集上店噢。"我想吓吓他。

"我知道。"黑毛茸茸的嘴唇,闪给我一个微笑。

"说定了的,不许带枪,进据点,是个往虎嘴里钻的阵势!"

"我知道。"圆脸上板板正正,像打给我个注目礼。

"也得想想你妈,她能同意?倘乎闹个万一呢?"薛玉的妈五十多岁了,最疼这个儿子,只要部队有消息,但凡腿脚够得着,不论刮风下雪,她都得送几个茶鸡蛋来。回去时,总要攥一把碎蛋皮,到家向老头子把手一张:"我亲自眼见的,吃了!"

一提他妈,薛玉以他十七岁血气的"燃烧"速度,一下把脸涨红了,仿佛我的话伤了他的自尊:"伪大乡长捎个信儿来,你就信,怎么不信我妈呢?我妈打小儿嘱咐我:做人得有骨气,不能贪生怕死,就是脑袋掉在地下,也得滚着去咬敌人一口!……"

这样,薛玉就顶替了大章。黄昏时,我们把枪交给连部,穿着当时通行的便衣,顶着飘飘大雪,出发了。

雪没脚脖子深,天黑得看不清人脸,我有意拉慢几步,同薛玉走个并肩。我必须向他解释:巴大杈子要求"走马换将"是可信的,冯福庆虽是个伪警察所长,却是巴大杈子的亲娘舅,是从七岁把他抚养长大的人。他渴望报恩的心情,我们必须好好利用,如果价钱讲得好,连小何一同换出来,是完全可能的。

"一个换他两个吗?那余副官呢?"薛玉忙问。

"余副官罪大恶极,雨林惨案中,他一人就开了七个妇女的膛!这个人不敢放,放了,老百姓要骂死咱们!"

"可是……"薛玉显然疑虑起来了。

"所以呀,我们得好好谈,得想法抓住敌人的肠子!……"可说是说,我的声音也不免发空,天知道把握在哪里啊?

雪在脚下咯吱咯吱响,响得有点儿吵人。沉了好一阵,薛玉才说:"哼,你,开头还不大乐意我来呢!……"

二

铜关镇像大雾中的一座山,黑森森地从雪野中鼓出来。一方面是夜的寂静和雪的衬托,一方面是敌对营垒的紧张心情,它显得森严、倨傲,还有

双玉潭

点儿冷飕飕的神秘。当它还不是据点的时候,我们连常来驻防,地形很熟:两道南北街,交叉着一条东西大道,东头紧靠白洋淀,也是府河的入口。据点由三座岗楼组成,恰蹲在东口上。预定的中间人名叫武竟衡,住在东街一条胡同里,窗口朝南开,夜晚,岗楼上的灯火能把他家的窗纸照亮。

我们绕过岗楼上的枪口,找到武家大门的时候,已是半夜了,雪,沙沙地还在下,四围极其肃静。只轻轻地拍了两下门,里面便响起一声咳嗽:"嗯!"

门开了,迎出来的正是老武。他在抗日政权下当过粮秣,安上据点以后就经营小酒馆。冯福庆是他盟叔,巴大权子得叫他一声"表哥",为着这层关系,对他"抗过日"的事,也就闭上一只眼睛。

"嗷!真有胆子!八路的心气就是正!"老武悄悄说。他似乎料着我们不敢来,却又盼着我们来,他是喜欢两面落好的。可一见薛玉,他的眼睛在黑暗中闪起光来了:"咦,这是谁?"

"我的通信员。"我说。

"你们,没带着'家伙'吧?"老武上下直打量,他说的"家伙"是指枪。

没等我开口,薛玉抢过去了:"当然没有!"还双手拍拍胸前腰后,转个身给他看:"不信,你摸摸!"

我们都穿的撅尾巴小袄,连条"褡包"都不扎,哪里藏得住枪?老武哈哈腰,请我们赶快进屋暖和。

一溜儿正房:两头是套间,中间一明两暗。老武把我们让进西间。炕上已放好炕桌,摆了素子①和酒瓯②,一盏大泡子煤油灯,照亮四壁。地下顺一条春凳,墙角一个砖砌的煤火炉,小屋子暖暖烘烘,干干净净,确是个谈判的好场地。这表明,老武是盼望我们谈得成的。

"怎么样老武,你看有门儿吗?"略事寒暄之后,我想先摸摸底。

"没有问题……"老武说。

"巴大权子想怎么个换法?"

"一个对一个呗。"

---

① 素子:方言,指酒壶。
② 酒瓯:酒盅。

"那可不行，"我说，"要换，他只能两个换一个。换余副官没有商量。"

"啊呀！……"老武叫了一声，不言语了。他知道，我不是开玩笑，共产党办事讲原则，原则一定，等于生铁铸成。

"没有成头，是不是？"我盯住他问。

"不不，"武竟衡不愧是个中间人，立即脸上浮笑，油滑地说，"咱们三头对案，当面商量。买卖不成仁义在，只要——话要柔和着说，以心感心，好办。——天不早了，我这就去请，怎么样？"

他只出去一小会儿，就回来了，说巴大杈子正等着，马上就到。空气立刻有点儿紧张，谈判要开始，谁晓得唇枪舌剑之外，还有没有别的风云烟火呢？薛玉坐在春凳上，双臂交叉盘在胸前，右脚一起一落地敲着鼓点儿，仿佛给心中的歌打着拍子。一碰上我的眼神，他就眼光一撇，转向火炉，只一盯，倏地又扫往西墙。西墙上贴一幅年画，画的是"缸破水流儿不死"的幼年司马光。

巴大杈子没有"马上就到"，而是隔了两锅旱烟那么长，才听见敲门。武竟衡连忙跑出去，接着就听见高声笑语，雪上咯吱吱地响进来了。

果然是他！黑黑的莽墩子个儿，高颧窄额，薄嘴掀唇，比以前惹眼地胖了。没穿军服，而是高高的貂绒皮帽，翻领黑哔叽大氅，步子故意迈得挺大，摆出雄赳赳的样子来。

"嗬，耿排长！好久不见，你好哇！"他大声嚷嚷着，走近来表示欢迎。其实，他当然早就知道我任副连长了，他的谍报耳目是很灵的，喊我"排长"，是有意鄙薄。

"哪儿来的野小子！放尊重点儿！"薛玉往起一跳，两眼吐火，直把巴大杈子面门，"看清楚，这是八路军耿副连长，要敬礼！"

不啻一根杀威棒，巴大杈子一下僵在地上，此刻他一定觉得：房后必是蹲着整营的八路，不然，哪来这大的气势！玲珑的武竟衡也苍白了脸，但他立即巧为转圜："兄弟，别误会，没有外人！"他赶忙给薛、巴互相介绍："这位是耿连长的副官，少年英俊！这位，就是巴队长，我的表弟。诸位头次见面，彼此多多担待。嘻嘻，坐，坐呀，坐下好说话……"于是空气一松，大家入座。

我心中一笑，暗想：不简单！小薛这碰头一句，不但压了风头，而且还挣来个"副官"名衔，增强了我的谈判地位！别看他年岁小，其貌不扬，冷崩子真敢冒绝的哩！……其实，我远没有估足这句碰头话的分量，巴大权子受此一窝，终谈判之场，都没抬起头来，甚至连他准备的"王牌"手段，也弄得愚蠢不堪，未得施展。这个，一会儿便得到了证实。

双方都不是外交官，又没有什么圈子好绕，几句话就进入了正题。我说明：冯福庆和余副官，都是罪大恶极的民族罪人，血债累累，遍地怨仇，老百姓早已恨透了他们。然而，冯福庆就俘之后，认罪态度较好，有悔改之意，为了照顾巴队长的亲属关系，更为了我们的两位战友，情愿把他戴罪释放，以观后效……

"耿连长，"巴大权子喘着粗气截断我，"咱少来点儿政治词儿，也少上点儿零碎儿，这人，你究竟换是不换？"

"我干什么来了？说的就是换呀！"

"那就痛快把底亮出来，怎么换？"

"两个换一个！……"

"唔！哪两个？换哪一个？"巴大权子嘴唇在哆嗦，在变青。

"我们指导员和何玉同志，你放出来！我们放你的冯福庆……"

"余副官呢？"

"他不能放！"

啪！巴大权子炕桌一拍，站了起来，"你们讲理不讲理？"说着，脖子一晃，大氅前摆一翻，闪出前胸，在他贼红的皮带上，赫然插着大张机头的盒子枪！

啪！真是说时迟，那时快，薛玉一定是早有提防，当那大氅刚翻、胳膊尚未弯回的刹那，他跃步上前，劈胸一把，竟将盒子枪抽拨在手，且又顺肘一拐，将巴大权子扛倒在炕上。

"慢动手！……"武竟衡急急横在二人中间，"弟兄们，我的身家性命啊！……"说着就要下跪。

"好你巴大杈子！敢情诡计骗人哪！"我也桌子一拍，跳了起来。"不准带枪"的协议既已破坏，信用已经不讲，还有什么谈判好说！尽管窗外出现拉动枪栓之声，关公已抓住了鲁肃的袖头，怕他什么！我痛快淋漓把巴大杈子臭骂一顿！……

巴大杈子完全软了，他一条腿跪在炕上，连连请罪作揖，说他原不想亮枪，本心是报答舅舅恩养的，他的莽撞得罪，全由年轻气盛而发，乞求我们的宽恕和原宥。他见我气色稍舒，便请求把谈判继续下去，保证平心静气，谨遵协议。说着，又连连恳求武竟衡为他作保。

薛玉登开盒子大栓，把"顶门子"①瞧了瞧，又照样推上去，把眼向我一扫，一股很复杂的表情浮在脸上。那是思路辽远、百绪纠缠的表情，在凄楚之色中，他显然在担心，在怀恋，在自我交战，在痛爱和深恨中翻滚……然而，却有一点与巴大杈子一致，那就是，希望把谈判进行下去。

论价值，冯福庆算个什么东西！而我们的指导员，我们的小何，才应是尽心尽力争取保存的。好吧，我相信了巴大杈子在枪口之下的诚恳，让他重新坐在对面，谈判气氛随即恢复。然而，好个奇怪的薛玉，他忽地逼近炕来，当的一声，将盒子枪拍在桌心，拍在我三人都能一伸手就够得着的地方。

"枪在这儿，人也在这儿！"他对天发誓似的咬着牙说，"枪不认人，话要出在真心！再有捣鬼使坏的，老天也不会饶他！"说罢，把春凳往前一拉，沉稳一坐，恰与巴、我构成一个正三角。他，要做这场谈判的铁的监护。

枪，冷森森闪着寒光的枪，像一尊古重的神器，踞卧在桌心。它的存在，果然促进了谈判的进程，连我那"二换一"的提议，巴大杈子竟也很快赞同，只在交换人质的方式和先后次序上，略经争执，最后达成了这样的协议：明日前半晌，武竟衡把指导员送到蒲台村；中午，冯福庆由老武领回；后半晌，小何由余副官的妻子陪同，直放蒲台，而我们要付的代价是，让余妻带给她丈夫一贴贵重膏药和两件棉衣……

---

① 顶门子：指枪的撞针。

三

　　我不以为跟敌人的一切协议，都能可钉可铆地实现，谈判桌上的胜利，显然掺有虚假成分。既然决心为民除害，就得有牺牲小何的准备。这一点，我相信全连同志都会理解。然而只有一个人始终另抱希望，他就是薛玉。

　　是判断错误，还是"私情"蒙蔽了理智，还是胜利的谈判坚定了他的信念，至今也不曾弄清楚。总之，当第二天接回了指导员（他已经遍体鳞伤、气息奄奄了），又放走了冯福庆之后，从中午到日落，再到天黑，薛玉始终待在蒲台村口的雪地里，他既没有看到小何，也没有看到余副官的妻子。他把坐热了的砖头摔在树桩上，那愤怒是异乎寻常的。

　　第三天，部队转移了地方，但仍留下他，同蒲台村干部又守候了一天，还是漫野白雪，音信全无。

　　敌强我弱，游击战的环境，一切事物的处理都讲求快速果决。第四天黄昏，召开了几千人的军民大会，把余副官拉出去枪毙了。布告一出，万民欢腾，铜关周围近百个村庄，几乎家家包饺子表示庆祝。可是大会还没有开完，薛玉不见了。我到处找他，想给他疏通一下思想，不想搜遍屋角院落，毫无踪迹。大章告诉我，当把余副官押往刑场的时候，他还看见薛玉搀着个老太太，在向余副官啐吐沫，激情满脸，喜泪双流！怎么又忽然不见了呢？不一会儿，通信班报告，丢了一把刺刀——一把不及一尺、小如匕首、只有马套筒才能用的刺刀！

　　全连人都受了惊扰，战士们议论纷纷。有人说，薛玉平日的表现，只是假积极，一到关键时刻就露出原形来了；有人说，他的思想基础就不纯，"私人感情"太重的，不可能忠于革命；代抱不平的人就说，薛玉在谈判桌上的表现不容置疑，问题是连的领导弄出了差错；一种尖锐的意见却是：既然常说革命战士最宝贵，为什么舍不得拿个臭汉奸把何玉换回来？……至于我，我只有一种预感：薛玉大概回不来了，他一定走上了冒险之路，他能成功吗？我希望他还活着！……

果然，仅仅隔了一夜，从铜关传来了惊人的消息：半夜发生了血案，死了四五个人，其中有两个八路军……我怀着极大的震动和不安，急忙撤出两组侦察员去，让他们迅速查清情况。

情况当夜就摸了回来，但说法却有三样，各各对不上头。一样说，巴大权子一得到余副官被枪决的报告，立即派人把水淀凿开一个冰窟窿。就在他绑着小何要往窟窿里填的工夫，黑影里一声"刀下留人"，蹿过一个人来，手起刀落把巴大权子戳一个透心凉，唬得伪军们魂飞魄丧，四散卧倒。来人奔过去要把小何抢走，可是，小何左腿已被打断，寸步难移，来人又背又抱，勉强将他扛上肩时，伪军们却已惊魂归窍，做好了四面合围，阴冷的枪口，组成一个残酷的圆圈，在此上天无路之时，来人忽地大笑三声，肩扛小何，横身一撞，竟连三个伪军一齐撞进冰窟窿去了……

另一样说法是：正当伪军们架着小何走近冰窟窿的时候，忽见雪地里追来一个人，巴大权子赶紧拔枪吆喝："干什么的？"回答说："武竟衡有急事找巴队长！"问："什么事？"说："余副官回来了，请把八路放走！"巴大权子正自愣神，那人一跳抓住他的枪口，白刷刷地亮出刺刀，说："快放，要不，我叫你现下开膛！"可惜他人单势孤，前头的伪军回身一兜，围住了他。就这样，巴大权子还是挨了一刀，肠子都流了出来。那个追来的人，最后是抱着小何，一同跳进冰窟窿去的……

第三种说法尤其离奇：说巴大权子正拥拥搡搡，把八路往水里推的工夫，突然哗啷啷一声雷响，窟窿里旋起丈多高的浪花，冒上一个人来：红衣红裙，红光乱闪，抖动丈二红缨，一枪刺来，把三个伪军穿作一串糖葫芦。只因巴大权子是挑在枪尖上，一甩抽脱，才没有带进冰窟窿里去……

这天半夜，我带一个班，把铜关镇勘查了一周。整个镇子异常死寂，连据点岗楼，既无灯火，也没声音。敲敲武竟衡大门，闭锁森严，毫无动静；打听别人，都不知下落。转到淀上去看，确实有个冰窟窿，黑蓝黑蓝的水，汩汩有声，在冰下流得甚急。就在窟窿一旁，白皑皑的雪上，果有两片血迹，即使在黑夜中，它也红红的，十分鲜明。我们找个会子，到窟窿里去打捞，什么也没有，再搅许久，才捞上一柄刺刀，小如匕首，长不及一尺，正是马套筒上那一把。

半夜寒风飕溜溜地刮着，那一刻是多么地冷啊！……

看来，薛玉确是牺牲了。而巴大杈子却没有死，足足两个月，他不曾在任何地点露面，以后人们看见他，竟然面色惨白，神情呆滞，脸上拖着长长的鼻涕，地道一副失魂落魄的样子。至于薛玉牺牲的真确细节，一直勘查不清，日子隔得越久，越是众说纷纭：有人坚持第一种说法，有人坚持第二种说法，奇怪的是，更多的人坚持第三种说法，而且凿凿有据地说，自那时以来，那个冰窟窿再也没有冻住过，它始终翻腾着深蓝深蓝的水花，汩汩有声，长流不息，成了一口不冻的井。每当太阳出来，水花上晶红闪耀，望得见一缕缕半根头发那么细的血丝。只在七九河开、大地冰消之后，它才溶于一碧万顷、水波接天的大淀中。但到第二个冬季，水花，血丝，不冻井，又在原地出现，而且年年如此。

我的连后来调去了太行山，抗战胜利不久，又急调东北，不冻井始终未得一见。但在家信中偶然得知：在铜关据点拔掉之后，这井有了个名字，因为死在其中的两个八路，一个叫何玉，一个叫薛玉，人们便叫它"双玉潭"。全国解放后，还吸引着众多好奇的人常去参观。到了六十年代，当我有机会返回家乡，认真要去看看这个"双玉潭"时，却听说它在"以粮为纲"的围堤造田运动中淤没了。

一九八一年三月八日于保定莲花池

名家解读

这位小英雄为什么要"嘎"

邓玉环

1961年，徐光耀的中篇小说《小兵张嘎》发表在《河北文学》上，小说讲述的是抗日小英雄张嘎与敌人斗智斗勇的故事。1963年小说被改编成电影，"小兵张嘎"成为家喻户晓的英雄人物，而这部作品亦成为几代人记忆中的红色经典。小说和电影在1980年获全国少年儿童文艺创作一等奖，2004年又被翻拍成同名电视剧。张嘎是中国当代儿童文学中最著名的人物形象之一，进入新时期以来，《小兵张嘎》被编入《战斗的童年文学丛书》和《小学生丛书》。进入21世纪，"红色革命经典"阅读的积极倡导，让张嘎这个个性鲜明惹人喜爱的"小八路"又重新活跃在新一代读者眼前。

1963年电影《小兵张嘎》，增加了日军杀害无辜中国百姓的直观情节，影片黑白色调也给观众带来较为沉重的观感。阅读原著则会发现，《小兵张嘎》是一部文笔清新活泼、趣味盎然的儿童文学作品，非常符合少年儿童的阅读心理，小说无论是对乡村生活、自然风光的描绘还是精彩战斗故事的叙述，都那么多姿多彩，民间故事口语化叙述和轻快的笔调，使之与电影相比更具有轻松和诙谐感。

小兵张嘎个性鲜明、令人过目难忘。小说中他的出场，是一个日常化的、朴素的生活场景，窥一斑见全豹地展示了祖孙二人虽然穷苦却其乐融融的生活景象。嘎子让奶奶说绕口令，祖孙二人毫无隔阂非常亲昵，他

名家解读

"腿往炕上一跪，只一滚，就滚到老奶奶跟前去了"。嘎子孩子气的言行举止就是一个13岁还未长大的男孩儿所特有的，这日常生活的一幕把读者迅速"带入"故事世界。作者把这个简单的生活片段处理得十分用心，运用插叙将抗日战争背景、张嘎的不幸身世，祖孙二人与八路军的深厚情谊，嘎子活泼开朗、爱憎分明的性格等都进行了集中交代。

在河北方言里，"嘎"的意思是调皮捣蛋，词义带着喜爱的意味。张嘎精力旺盛、争强好胜、胆大敢为。他有强烈的好奇心，尤其对枪支武器十分痴迷，一次他鼓捣研究手榴弹差点儿出危险。张嘎想得到一支真枪的强烈愿望是小说一条清晰的叙事线索：为了得到一支真正的手枪，他敢直接抢"白脖儿"的；张嘎在日军手里得到了一支新"王八盒子"，兴奋不已，然而区队长要他上缴给更需要的同志，张嘎不能理解且感到委屈，甚至被关禁闭；最终张嘎因战斗有功，得到了配枪的奖励。得到了真枪，加入中国共产党又成为他新的理想，嘎子逐渐成熟，向着真正的八路军战士方向努力成长。

对激烈残酷的战斗场面的叙述，小说始终采用儿童文学创作方式，顾及儿童阅读心理，用一种通俗易懂讲故事的口吻把战斗过程描述得紧张而充满趣味性。小说写了三次与敌人的正面交锋，一次比一次激烈。第一个是"挑帘战"，嘎子遇到两个汉奸，他镇定地带他们进房东家，后汉奸跟他进西屋，被藏在屋内的八路军抓住，小嘎子内心紧张但强装镇定，整个过程仿佛是一场与敌人的捉迷藏游戏。第二次是游击队要拦截敌人的两辆汽车，冒险营救钟亮同志。小说用通俗浅白的语言描绘战斗场面：

> 清清脆脆一声响，紧接着就是机关枪的嘎嘎大笑，随后手榴弹排枪齐放，砰砰啪啪，一阵子流星急雨，漫天扫地飞将过去。……车厢里的人没命地翻斤斗，栽马趴，往外乱跳，砸得地上咚咚地响……

失魂落魄的伪军们乱纷纷跑进棉花地。不想棉枝棉桃牵起手来，成了一道道绊马索，他们跌骨碌，打前失，跑又跑不动，藏又藏不严，直像蟊虫儿撞进了蜘蛛网。

简洁生动的口语、排比短句、一连串的动词，生动的比喻，敌人狼狈逃窜的样子简直会让读者看得笑出声来。

第三次战斗最为精彩曲折，也是小说的高潮。地区队提前在鬼不灵布置好天罗地网，但狡猾的敌人突然改换了进占的布置规律，打乱了钱云清的作战部署，我军陷入极为不利的局面。此时最佳方案是吸引敌人的兵力到韩家大院，进入地区队的主力包围圈。嘎子主动请缨，他年龄小不易引起敌人警觉，确实是完成这个重大任务的最佳人选。机灵的嘎子装作给"太君"送鸡蛋，想办法混入韩家大院，但这个过程却一波三折，此时，他特有的胆大调皮的"嘎"气就显出优势。首先门口的汉奸恰好是认识嘎子的那个"红眼儿"，故意为难他，不让他进去，嘎子只能和汉奸假意周旋。纯刚大伯的出现使事情有了转机，可纯刚大伯担心他出事，让他把狗逗引走，又错过了进院的机会。最后小嘎子把鞭炮缠在狗尾巴上点燃，鞭炮声把敌人的大半兵力吸引过来，部队的周密部署起了作用，敌人被八路军全部歼灭，我军大获全胜。如果不是英雄小嘎子性格中的这种"嘎"劲儿，战斗的胜利就无法实现。

小说作者徐光耀原本是河北省雄县一个普通的农家孩子，13岁就加入了八路军，与战友们一同在冀中平原上奋勇杀敌，嘎子的成长多少会带着作家自己的亲身感受。嘎子并非只有一个原型，他是作家所见到的很多嘎人嘎事的"集合体"（《徐光耀："慈父"年近百岁，"嘎子"永远少年》，《中国青年报》2020年3月4日）。在时隔21年的小说后记中，作家从"嘎"这个性格特点谈到儿童教育，他思考一个问题：儿童到底是听话好，还是调皮一点儿好？鲁迅先生批评在中国封建传统教育下培养出的儿童：两眼下视

名家解读

黄泉，满脸装出死相。那种精神萎靡、行动迟缓、任人役使、奴性十足的儿童是令人痛心的，违反儿童成长规律的教育方式应被强烈批判。作家发现在革命战场上，很多英雄往往带些"嘎"气，他喜欢那些调皮的小八路，他们生龙活虎、机警灵活、敢想敢干、具有独创精神。作家指出：听话并非不好，守纪律，重公德，尊重公共秩序，服从正确领导，但不要因循保守，照搬照转，缺乏主见和灵活性；另外，"嘎"过了头也会走向纵容狂妄和野蛮。儿童教育最重要的问题是对孩子们要有责任心，要善于教育和诱导，还应提供适当的条件，健全的民主生活，使他们能真正蓬勃健康地成长。

这部小说中，紧张精彩的战斗故事与日常生活趣事交错展开，张弛有度。三次惊险刺激的战斗故事中，穿插了三个充满烟火气的民间生活片段。小嘎子与小胖墩儿打赌摔跤，输了却耍赖，还上房顶把人家做饭的烟囱用草塞住，浓烟倒灌，呛得老满叔涕泪直流，小嘎子却乐得前仰后合，把枪被上缴、摔跤输了的烦恼忘得一干二净——恶作剧的嘎子不就是一个普通的小男孩儿吗？被关了禁闭的小嘎子爬上窗户抓鸟玩，完全忘记了区队长让他反省的事，他还不理解共产党的队伍要解放全人类、不能只想报私仇，人民军队与群众鱼水关系非常重要这些大道理；小嘎子战斗受伤，在玉英家里养伤，俩人很快成为非常要好的朋友，玉英的父母也非常喜爱小嘎子，甚至想到将来让小嘎子入赘……懵懂的小嘎子一点儿也不开窍，他想的是革命胜利后开飞机、开火车、开轮船，最后还鼓动玉英也参了军。这些极为生活化、充满趣味性的具体生活场景，让小说除了战斗的火焰硝烟之外，还带有浓浓的真实鲜活的乡土生活气息。

小说构思精巧，多处伏笔和照应，多条线索交错铺排，疏密有致，深得中国传统小说讲故事的精髓。嘎子想拥有一支真枪是小说最突出的故事线索，其次鞭炮这一物也并非闲笔：为了这挂鞭炮打赌耍赖，小嘎子恶作剧被关禁闭；老满叔掩护了嘎子挨了敌人的打，嘎子向老满叔表达了歉意，和黑胖交换了"纪念品";这挂柳条鞭炮在战斗的关键时刻发挥了重要作用。老钟叔这条线索在故事中也贯穿始终:老钟叔给嘎子做了一支木头枪,小嘎子在营救老钟叔的战斗中负伤,最终鬼不灵战斗胜利老钟叔成功得救。故事开始提到嘎子擅长爬树,他能上房顶堵人家的烟囱,后把缴获的手枪藏在孟良营村头大树的鸟窝里,这些情节前后照应、顺理成章,整个故事编织得环环相扣、复杂而有序。

《小兵张嘎》这部儿童小说细节生动,例如张嘎有个小习惯,他在思考的时候会把舌尖在牙缝间来回逗弄。作者也非常喜欢用拟声词增强讲故事的现场感,跑步的呱唧呱唧声、啪啪啪的枪声、呱嗒呱乱跑的声音、噌地蹿出去的声音、呼地立起的声音、嘎子两眼转动的唰唰声、心窝跳着的嗵嗵声、野鸭子腾空飞起的扑棱棱声……不胜枚举。而动词的使用也见推敲锤炼功夫,"只见单布门帘往里一鼓,从底下冒出个孩子的头来""烟头往药捻上一突""没入苇塘""小嘎子便把莲子投给她"……"鼓""冒""突""没""投"等动词都非常讲究语言的陌生化效果,嘎子两眼转动竟然用的是"抡"这个夸张的动词。小嘎子与小胖墩儿摔跤写得动感十足,"一站""一腿""又一扑""一哈腰",连续的四个一,节奏明快,一气呵成,令人想起《水浒传》武松打虎的连续性动作描写。

作者运用河北方言和传统民间说书人的口吻,专注于人物动作、神态、对话的生动描写,短句居多,口语化特点鲜明。快节奏短句多,一方面由于故事节奏紧张,另一方面也是口语表达的特点。此外,作者对农村生活极为熟悉,大量运用比喻和拟人的修辞手法,白洋淀自然风光被描摹得清新优美,田野、天空、河水、树木、鸟儿、鱼都充满了活泼的生命力:

> 淀水蓝得跟深秋的天空似的,朝下一望,清澄见底。那丛丛密密的苇草,在水流里悠悠荡漾,就像松林给风儿吹着一般;鲤鱼呀,鲫鱼呀,在里头穿出穿进,活像飞鸟投林,时不时,鲇鱼后头又追

出一条肥大的花鲫来，两条鱼看看就要碰在船上，猛一个溅儿又都不见了。苇根下的黄鲴鱼最是着忙，成群搭伙地顶着流儿瞎跑，仿佛赶着去参加什么宴会。

……"纺织娘"和蛐蛐儿你飞我跳，不断弹落草叶上的露珠儿。

……溅起的水珠落在荷叶上，一盘儿珍珠似的在上面团团乱滚。

这些充满诗意的美妙的语句给小说增添了明亮欢快的色彩，值得读者反复回味。

《小兵张嘎》这部儿童文学作品鲜明的人物形象、传奇性的故事、乐观的革命精神以及语言的精练活泼、生活的质朴美，使其经受了时间考验依然散发着永久的艺术魅力，它在小读者们红色经典作品阅读书单中，必将占有一席之地。

知识考点

作者简介

徐光耀，生于1925年，河北省雄县人，中国当代著名作家、电影编剧。1938年，徐光耀参加八路军，同年加入中国共产党，随军经历了抗日战争、解放战争、抗美援朝战争，先后担任特务营战士、锄奸干事、军事报道参谋等职务，是一名具有丰富作战经验的革命军人。在炮火连天的军旅生涯中，徐光耀一直坚持读书学习，并对写作产生了浓厚兴趣。刚开始是短小的战地通讯，到后来创作短篇小说、长篇小说，徐光耀能写的字数越来越多，逐渐从八路军战士转变为一名战地作家。其代表作品有《周玉章》《平原烈火》《小兵张嘎》《冷暖灾星》《树明和莺花》《望日莲》等小说，另外还有剧本《小兵张嘎》《新兵马强》《望日莲》《乡亲们哪》，这些剧本均被拍摄为电影。

内容梗概

《雁翎队的故事：徐光耀小说集》收录了徐光耀作品中具有代表性的数篇小说，包括儿童文学的经典之作《小兵张嘎》、记录白洋淀民众自发组织抗日的《雁翎队的故事》等。这些作品大都取材于徐光耀真实的战场经历，塑造了一个个鲜活生动的人物形象，讲述了抗日战争时期八路军与人民群众互帮互助、团结一致抗击日本侵略者的感人故事。同时，作品通过描述战争大环境下小人物的选择和命运，展现了军民之间的鱼水情、中华民族的爱国情，读来令人为之动容。

人物形象——以《小兵张嘎》为例

"艺术源于生活",有了丰富的战场经历做依托,徐光耀在小说中塑造的人物往往性格立体、形象饱满,他们拥有自己的喜怒哀乐,也有不同的优点和缺点,与现实生活中的人很接近。

★ 张嘎

【人物性格】活泼开朗、正直善良、古灵精怪。

【主要经历】张嘎自幼父母双亡,和奶奶相依为命,在一次"清剿"中,奶奶被敌人一枪打死,住在张嘎家里的八路军侦察员钟亮也被捕入狱。面对这突如其来的变故,张嘎决定进城去参加八路军,为奶奶报仇并想办法营救钟亮。经过侦察员罗金保的引荐,张嘎加入了地区队,以自己的聪明机智参加了多场战斗,成长为一名合格的八路军战士。

★ 钟亮

【人物性格】随和、沉稳、宁死不屈。

【主要经历】钟亮是八路军的侦察排长,因腿上犯了关节炎暂住张嘎家休养,和张嘎是无话不谈的好朋友。在敌人的"清剿"中,钟亮沉着冷静,带着张嘎一路逃离敌人的包围圈,但最终被敌人发现并逮捕入狱。钟亮在狱中受尽折磨,始终没有给敌人透露任何消息,最终被同志们救出。

★ 罗金保

【人物性格】机智、和善。

【主要经历】罗金保是八路军地区队的战士,曾因穿着打扮被张嘎误会成汉奸,后帮助张嘎加入了地区队。

★ 钱云清

【人物性格】稳重、严厉、思维灵活。

【主要经历】钱云清是八路军地区队的队长，带领地区队的战士们活跃在敌后战场，策划了几场突袭敌人的行动，痛击了敌方势力，营救出了钟亮同志。他对待张嘎严厉又慈爱，给了张嘎许多启发和教导。

★ 玉英

【人物性格】天真烂漫、诚实善良、勇敢无畏。

【主要经历】玉英是荷花湾村民杨大伯的女儿，因张嘎在她家中养伤，和他成了形影不离的好朋友，在张嘎的引导下，和他一起回到了地区队，当了部队里的一名卫生员。